徳間文庫

再雇用警察官

0の構図

姉小路祐

徳間書店

目次

3の不明

第一節

1

天候に恵まれた日曜日に、安治川信繁《あじがわのぶしげ》は大阪府の南東部に位置する太子《たいし》町に足を向け、聖徳《しょうとく》太子が眠るとされている御廟《ごびょう》がある叡福《えいふく》寺を訪れた。この御廟には、大雨が降っても土が崩れない、鳥が巣を作らない、といった不思議な現象があると言い伝えられている。

〝大阪府警生活安全部消息対応室《しょうそくたいおうしつ》　巡査部長待遇〟というのが、安治川の肩書だ。大阪府警肥後橋《ひごばし》署を定年退職した彼は、再雇用警察官として消息対応室に配属された。

再雇用の辞令をもらったときは、中央区大手前《おおてまえ》にある府警本部庁舎に戻れるのだと思った。親を介護するために定時退庁が必要となり、肥後橋署の事務部門に転任させてもらったが、それまでは府警本部刑事部の捜査共助《そうさきょうじょ》課に所属する刑事として昼夜フル回転で職務に励んでいた。

　しかし新設の消息対応室は、府警本部から五キロ近く離れた四天王寺《してんのうじ》署の奥にある備品倉庫の二階にあり、室員も安治川を入れて三人だけであった。普段は残業も少ない。元同僚からは「せっかく再雇用してもらったのに、えらい島流しのセクションに送り込まれたな」と言われたが、安治川はこの消息対応室の仕事が気に入っている。

　安治川は、自分の名前が戦国武将の真田《さなだ》信繁（通称・幸村《ゆきむら》）から名づけられこともあって若い頃から日本の歴史に関心を持ってきた。再雇用警察官として配属された消息対応室が、四天王寺に近いこともあって、聖徳太子にも興味を寄せている。一度に十人の話を聞き分けたといった超人的な伝説がある一方で、聖徳太子は架空の人物であって藤原不比等《ふじわらのふひと》らによって創作されたのではないかという虚構説もある。謎の多い人物だが、それだけに魅力を感じてならない。

　叡福寺をあとにした安治川は、路線バスに乗って近鉄南大阪線の上ノ太子《かみのたいし》駅まで出た。天王寺まで一本で行けるので、姪《めい》っ子のところへ寄る予定だ。

　駅前で、四十代後半くらいの地味な女性がチラシを撒《ま》いていた。だが通行人たちは、大半が無反応だ。

　女性はそれでもチラシを差し出す。

「行方不明《ゆくえふめい》の娘を探しています。情報を御提供ください」

今の仕事をするようになって、行方不明という言葉に敏感になった。安治川は女性のところに歩み寄ってチラシを受け取る。

若い娘が笑顔を向けた写真が載《の》っている。黒髪色白の純朴《じゅんぼく》そうな女性だ。化粧《けしょう》も薄い。背景に写っているのは、安治川が参詣《さんけい》したばかりの叡福寺だ。

〝上尾千保美《うえおちほみ》（旧姓　小野田《おのだ》千保美）二十歳　身長百五十八センチ　八重歯が特徴です。

仕事先や住まいを知っているかた、見かけたかた、その他どんな小さな情報でもかまいません。どうか教えてください。有力な情報を寄せてくださったかたには、薄謝《はくしゃ》を進呈いたします〟

チラシにはそう書かれてあった。

「あんたは、この娘はんの母親ですのか」

「はい、そうです。千保美のことを御存知なんですか」

「あ、いえ。そういうわけやあらしません。警察のほうへは？」

「太子町警察署には四度足を運びました。行方不明者届も書いて提出しましたが、ただ提出しただけでした。『娘さんは、自分から家出したと思われます』との一点張りで、まるで暖簾《のれん》に腕押しなんです」

「旧姓とありますけど、娘さんは結婚してはるんでっか」

「いえ、違います。私は夫を病気で亡くしていまして、三年前に別の男性と結婚したんです。一人娘の千保美は連れ子ということですが、私と一緒に改姓しました。千保美はまだ独身です」

「学生さんですのか」

　年齢は二十歳と書かれてある。

「いいえ、高校を出て、天王寺のほうのデパ地下で販売員のアルバイトをしていました。それが一ヵ月ほど前に、突然に居なくなったのです。私としては、まったく心当たりがなくて神隠しに遭《あ》ったような思いです」

「携帯電話は繋《つな》がらへんのですね」

「まったくダメです」

「急に、何の前触れもなしにでっか？」

　行方不明者は二種類に大別される。拉致《らち》、監禁《かんきん》、誘拐《ゆうかい》、といった事件性や犯罪性のあるケースは、特異行方不明者《とくいゆくえふめいしゃ》と呼ばれる。それに対して、家出《いえで》、失踪《しっそう》、ＤＶからの逃避《とうひ》といった自発的なケースは、一般行方不明者と呼ばれる。行方不明者は全国総計で年間八〜九万人という大きな数字に達するが、その大部分は一般行方不明者だ。

所轄《しょかつ》署がその判断が微妙だと考えたときは、安治川が所属する消息対応室に送付される。安治川は、この上尾千保美という女性の行方不明者届を目にしたことがない。太子町警察署は「暖簾に腕押し」ということだから、一般行方不明者と考えたということだろう。

「はい、予想外のことでした」

チラシの末尾には、情報の提供先として、上尾浩子《ひろこ》という名前と電話番号・住所が記されていた。

「あんたが、上尾浩子はんですね」

「はい」

「チラシ撒きはお一人で？」

「ええ、誰も賛同してくれなくて」

「ダンナは？」

「夫とはちょっといろいろありまして……よかったらチラシ撒きを手伝ってもらえませんか。仕事が休みのときにこうして撒いていますけど、受け取ってくれるかたも減っていくばかりなんです」

「手伝うのなら、違う形でさせてもらいます」

安治川はチラシをポケットに入れて、きびすを返した。乗ってきた路線バス沿いに、太子町警察署はあった。引き返して、事情を聞いてみることにしたのだ。日曜日だが、当番者は詰めているはずだ。

「ああ、またですか」

生活安全課の当番刑事は、安治川が手にしたチラシを一瞥《いちべつ》して、カウンター越しに嫌《いや》そうな顔をした。

「あなたは、上尾浩子さんとどういう関係なんですか？」

「関係はおまへん。府警生活安全部消息対応室の安治川信繁というもんです」

「消息対応室……何か我が署のやりかたに問題でもあると言うんですか」

四十代半ばくらいの当番刑事は、少しムッとした表情を浮かべた。所轄署刑事の中には、府警本部に対抗意識を持つ者もいる。消息対応室は、生活安全部に属してはいるものの、本部庁舎の中にはオフィスのない小さなチームなのだが、彼はその実態を知らないに違いない。

「いやいや、わしはさいぜん駅前でこのチラシをもろうて、ここに来ましたんや。公用やおません」

「公用でもないのに、わざわざなぜ？」

「上尾浩子はんに話を聞きまして、詳細を知りとう思いましたんや。一般行方不明者と判定しはったようですけど、どうしてそないなったんですか」

「手紙があったんですよ」

「どないな手紙やったんですか」

「少し待ってくださいよ……きょうは事件がなくていいなと思っていたのにこれだよ」

彼はブツブツ言いながら、書類棚のところへ足を運んだ。そしてファイルを手にしてカウンターに戻ってきた。

「上尾浩子さんは、四回も来ています。一度目は、『娘が居なくなって連絡も取れない。探してほしい』という訴えでした。成人女性でもあるし、アルバイト先の食品売り場はその二日前に自分から申し出て辞めていました。少し様子見をしましょうということで帰ってもらいました。その翌々日に、千保美さんからの手紙が届いたと、母親がまた来署しました。それがこの手紙です」

きれいな楷書《かいしょ》体の黒ボールペンでこう書かれてあった。

〝お母さん。勝手なことをして、ごめんなさい。

いろいろ思うところがあって、独立することにしました。一人で自立したくなったのです。

どうか心配しないでください。

落ち着いたら連絡したいと思っています。

本当にごめんなさい！

千保美〟

「浩子さんによると、娘の筆跡に間違いないそうです。これはどう読んでも自発的な家出ですよね」

「そうですな」

封筒も添えられていた。消印は奈良《なら》・斑鳩《いかるが》となっている。差出人は〝千保美〟とだけ書かれていて住所は記されていない。

「ですから、一般行方不明者として処理しました。ところが、それから二週間ほどしてまた母親が来ました。『夫と離婚をしました。娘が家を出た事情もわかったんです。連絡をして、離婚したことを伝えたいのです』といった内容でした。犯罪が絡《から》まない失踪者の行方を警察が税金を使って調べることはしない、と説明して帰ってもらいました。そうしたら、チラシ撒きを始めたのです。市民からの同情電話も我が署に数件寄せられましたが、探偵事務所や調査会社の代わりをすることはできません。そのたびに面倒な説明をさせられました。ようやく同情電話が下火になった頃に、また母親が来ました。その少し前が自分の誕生日だったそうですけど、『いまだに何の連絡もなく、これまではささやかながら誕生日の品をもらっていただけに、縁が切れてしまって寂しいです。とにかく心配です。私の誕生日を忘れる娘ではないのに』と嘆きました。でもそれは、親離れと言うべきですよね。『娘に謝りたいので行方を探してください』としつこく頼まれましたが、帰ってもらいました。どうですか、我が署に何か落ち度があると思いますか？」

「いえ、それは……三度目の来署のときに、娘が家を出た事情がわかったということですが、内容は聞かはりましたか」

「いえ、聞いていませんね。自発的な家出である以上は、立ち入ってしまうのは民事《みんじ》不介入《ふかいにゅう》の原則からしてもよくないことです」

「まあ、そらそうですな」

警察は公権力機関であるから、民事紛争や家庭問題への介入は差し控えなくてはならないというのが、民事不介入の原則だ。詳《くわ》しく事情を聞くことにしたら、警察が探してくれるのではという期待を抱かせることにもなってしまうだろう。

「えらいおじゃまはんでした」

安治川は、太子町署をあとにした。

本数があまり多くない路線バスに乗って、上ノ太子駅に着く。

上尾浩子は、まだチラシ撒きを続けていた。

「おつかれさんです」

安治川は身分を明かしていない。あくまで私人として聞いてみることにした。

「娘はんが家を出はることになった事情というのは、なんやったんですか？」

「そんなこと、あなたに」

浩子は頬《ほお》をこわばらせた。

「警察にはその事情を話さはりましたのか」

「いいえ、まだです。たとえ話したとしても、耳を傾けてはくれませんから」

「民間の調査会社には頼まはらへんのですか」

「一度相談に行ったんですけど、手がかりが少な過ぎると言われました。それにお金もないんです。チラシに『薄謝を進呈します』と書いてますけど、五万円くらいしかお渡しできない状態です」

「自発的な家出やあらへんと考えてはるのですか」

「短い手紙一本だけで縁を切るような娘ではないです。それに最近になって知ったことですが、カレシがいたんですよ。三ヵ月ほど交際が続いていたのに、葉書を送りつけて一方的に別れたそうなんです。カレシも『わけがわからない』と言っています」

「カレシはんには、手紙やのうて葉書でっか」

「はい。撮《と》らせてもらいました」

上尾浩子は慣れない手つきで携帯電話の画面に写真を出した。パソコンの作成ソフトが使われた葉書だった。〝大輝さん。ごめんなさい。突然で勝手ではありますが、解消させてください。私のような取り柄のない女の子と仲良くしてくれて、ありがとうございました。楽しかったです。もっといい女の子を見つけて、私のことなんか忘れてください。もう連絡をすることはありませんが、どうか許してください。千穂美〟という文面が印字されていた。

「最後の名前を見てください。保つという字の千保美ではなく、稲穂の穂になっています。自分の名前を間違えるなんて、おかしくありませんか」

「まあ打ち間違いという可能性もゼロやないですやろけど。それで、葉書の表はどないなっていましたか」

「これです」

鈴山大輝《すずやまだいき》という男性の住所と名前が印字され、差出人は書かれていなかった。目を凝《こ》らして消印を見る。兵庫県の西宮となっている。安治川はもらっていたチラシの裏に鈴山の住所を書き取った。太子町に隣接する富田林《とんだばやし》市であった。

「娘さんは、年賀状は手書きで出してはりましたか」

「はい、あまり友だちもいなくて十数枚くらいだったので手書きしていました。それに、あの子は自分のパソコンを持っていないのです。中学と高校ではいずれも学校からノートパソコンを貸与《たいよ》されていました。就職したあとは、いずれは買うと言っていたのですが、デパートの販売員の仕事では必要なときがほとんどないとも言っていました」

「そうでしたか。その友だち関係は、当たらはりましたか？」

「ええ。だけど、誰も知らないということでした。こういう葉書もカレシ以外には出していなかったです」

「カレシの存在はいつわかったのでっか」

「鈴山君は富田林なので、こちらまで来ることはあまりないそうですが、先週に私がこうしてチラシ撒きをしているところをたまたま通りかかって、チラシを受け取ったあと遠慮がちに名乗り出てくれたのです」

「カレシに届いた葉書のことは太子町署には？」

「どうせ暖簾に腕押しで、また迷惑そうな顔をされるだけです。もう警察には頼る気はありません」

安治川がチラシを手に訪ねたときも「ああ、またですか」と当番刑事に嫌そうな顔をされた。

「けど、一人でチラシを撒いているだけやと、限度があるんとちゃいますか」

「ええ、そうなのです。私が離婚したことも、千保美はきっと知らないと思います。どこか遠くに行ってしまったのなら、どうしようもないかもしれません。でもたった一人の子供だけに、諦《あきら》めきれなくて……再婚なんかしたことを、本当に悔いています。前夫を亡くして経済的に苦しかったので、つい」

上尾浩子は声を詰まらせた。

2

安治川は、上ノ太子駅から古市《ふるいち》駅まで乗ったあと、同じ近鉄電車の長野《ながの》線に乗り換えて富田林駅で降りた。

鈴山大輝は、幸い在宅していた。眼鏡をかけた真面目そうな青年だった。彼は大阪府下の私立大学社会学部の三回生で、夕方からはラーメン店でのアルバイトがあるということだったので、安治川は「あくまでも下調べなので、どうなるかはわかりまへんけれど」と断ったうえで、質問を急ぐことにした。

「上尾千保美はんとは、どこで知り合わはったんですか」

「冬休みに、彼女が勤めているデパートのお歳暮《せいぼ》アルバイターになりました。配達トラックへの荷物の積み込みが主な仕事です。アルバイターでも入館証があれば、社員食堂が利用できます。その社員食堂で、僕はうっかり入館証を落としてしまっていたんです。千保美さんがそれを拾って、書かれてある配属先を頼りに届けてくれたんです。大きなデパートで、たくさんの社員やアルバイターが働いていて、普通なら知り合うこともないんですけどね。少し立ち話をしてみると、家の方角が同じで二人とも近鉄沿線でした。お礼に帰りがけにコーヒーでもと誘ったら、オッケーしてくれました。それからは、仕事が終わる時間が近接した日はいっしょに帰るようになりました。だんだんと深い話もしてくれるようになりました。彼女は本当は大学に行きたかったけれど母子家庭なので経済的理由で断念したこと、生まれつき腎臓《じんぞう》が悪くて中学校と高校で何度か通院のために休んでしまったこともあって正社員として就職できなかったこと、母親が再婚した義父とは折り合いが良くなくてお金を貯《た》めて独立したいけど給料が安くて目標にはまだ遠いといった話です。僕のほうも、両親とは血は繋がってはいますが、あまりウマは合わないです。そして千保美さんの前につき合っていた人は年上の女性で、大学受験のときに教えてもらっていた塾の先生で、『婚約が決まったから』と僕はあっさりとフラれたといった身の上話もしました」

大輝は、はにかみながらも訥々《とつとつ》としゃべった。

「千保美はんとは、どのくらい交際してはったんですか」

「通天閣《つうてんかく》に昇ったのが最初のデートらしいデートでしたが、そこから起算してだいたい三ヵ月くらいというところでした。一般的には、一番盛り上がって楽しい頃なだけにがっかりしました」

「葉書は浩子はんに見してもらいましたけど、他になんぞ連絡は？」

「ないです。一枚の葉書でおしまいです。前の塾の先生のときも、深夜のＬＩＮＥメールだけであっけなく別れましたから、まあ女性はそんなもんなのかと」

「何とかヨリを戻そうとはせえへんかったんですか？」

「自分にそんなに自信はないんです。三流大学生でイケメンでもないし、スポーツができるわけでもないです。中学校以来これまでに出会った女性計三人に告白しましたけれど、全敗でした。塾の先生は向こうから告白してくれて、千保美さんには正式な告白はしませんでした。いつの間にか、つき合っていたという感じです。だから、簡単な終わりかたでも、しかたがないと思いました」

「千保美はんとはLINEは？」

「よく使っていました。葉書が届いてすぐに『どうしてなの？』『会って話せないかな？』といった送信を数回しましたけど、反応なしでした。既読マークも付かなくて……ブロックされたということですね」

「葉書にあった千保美はんの名前の漢字が、ちごてましたんやね」

「あれは不思議でした。自分の名前を間違うわけはないんですよ。僕だって、大樹や大紀といった似た名前はありますが、入力ミスをしたことはありません」

「なんぞ思い当たることはありまへんか」

「彼女はお義父さんとの折り合いが悪くて、一人暮らしを考えていたということくらいしか……ひょっとして新しいカレシができて同棲《どうせい》でも始めたんでしょうか」

「そないな兆候《ちょうこう》がありましたんか」

「いえ、それは感じなかったです。でも女性心理はよくわからないです」

大輝は自信なさげに首を振った。

「千保美はんは、友だちは少なかったと聞きました」

「ええ。そう言っていました」

「あんたが面識のあった友だちはおりませんのか」

「紹介してもらったことはないですね。コスプレのプリクラは一度見せてもらったことがありましたけど」

「コスプレ？」

「アニメの女性戦隊モノの恰好《かっこう》を三人でしていました。高校のアニメ同好会のメンバーだそうです。女子ばかりのコスプレ大会のようなものもあるそうです。千保美さんは『趣味というほどではないけれど、唯一の息抜きです。別の人格になれるって楽しいです』と話していました。僕はアニメのことはあまり詳しくなくて、よくわかりませんでしたけど」

「デパートの店舗《てんぽ》のほうにも行ってみはりましたか？」

「ええ、葉書が来て、すぐに向かいました。彼女は辞めていて、転職先は訊《き》いても言わなかったということでした。身分はアルバイトなので、店側もあまり関心は持っていないようでした。もう諦めるしかなかったです」

3

　翌日の月曜日、安治川は消息対応室室長の芝隆之《しばたかゆき》警部と同僚の新月良美《しんげつよしみ》巡査長に、チラシを渡した。上尾浩子と別れるときに、もう二枚もらっておいた。消息対応室は三人だけの小所帯だ。

「どないですやろ。グレーな部分もありますよって、太子町署から行方不明者届を送付してもろて、うちで扱うてみることはでけませんやろか」

　事情を説明したあと、安治川はそう提案した。

「安治川さんは、何か引っ掛かることがあるのか」

　芝は、府警本部総務部で企画調整室長をしていたが、部下が使い込みの不祥事を起こしたことがきっかけで初代の消息対応室長に転任となった。事実上の左遷《させん》扱いだった。

「千保美はんは独立して一人暮らしをしたいという願望があったけど、それを叶《かな》えるだけの収入や貯金がないと我慢していたんです。せやのに、急にいなくなったのはちょっと不自然な気もしますのや。大輝君が言うていた新しいカレシという線もゼロではないですやろけど、そういうタイプの女性には思えへんのです」

「新月君はどうだ？」

新月良美は、難波《なんば》署の少年係から転属してきた三十三歳の巡査長だ。

「うちは、少年係にいたころに、親が再婚した義理の親に馴染《なじ》めなかった少年少女をようけ見てきました。親にとっては好きになった相手でも、子供にとっては好きになれるとは限りませんよね。親を取られたという思いもあります。千保美さんは母親が離婚したことを知らないということですから、教えてあげられたらと思います。彼女は成年者ですから自発的な家出だった場合には、母親に転居先を教えたり、二人を引き合わせたりすることは民事不介入の原則に抵触するでしょうが、千保美さんに母親の現状を教えてあげることはかまわないと思います。それで戻るかどうかは、彼女の自由です。もちろん、自発的な家出とまだ決まったわけではありませんが」

「太子町署は、消息対応室への送付を持ちかけたなら同意するだろう。同意どころか歓迎するかもしれない。浩子さんに何度も来署されて鬱陶《うっとう》しい存在だろうし、駅前でチラシを撒かれている姿は市民から署への批判のタネにもなりかねない。ただし、われわれが引き取ったなら、浩子さんはどんどん頼ってくることもありえる。自らの意志による失踪であったとしても、居場所を教えろと押しかけ続けるかもしれない」

「そんときは、成人した娘さんは別人格やさかいに教えることはでけしませんと説得していくしかありまへん」

「言うのは簡単だが、大変ではないかな」

「けど、わしが会話した感触では、浩子はんはそんなに非常識な女性には思えしませんでした。再婚したことを悔いていてそれを一人娘に何とかして伝えたいという思いと、娘が何らかの犯罪に巻き込まれたんやないかという懸念《けねん》で、チラシ撒きをしてはる印象を受けました。大輝君に届いた葉書は妙と言えば妙です。年賀状のように何枚も出すわけやないのにパソコンを使い、自分の名前の漢字を間違えてます。しかも千保美はんは自分のパソコンを持ってへんかったということです」

「うちには消印が引っ掛かります。母親への手紙は奈良で、大輝君への葉書は西宮でしたよね。別人が出したように思えます」

「いや、消印だけでは何とも言えへんと思うで。自発的な家出の場合であっても、居所を知られへんために、あえて離れた場所からバラバラに投函することもある」

「それはそうですね。でももしうちやったら、交際していた相手には葉書やのうて、せめて電話をします」

「それも個人差があるんとちゃうかな。電話をしたらかえって後ろ髪を引かれて気持ちが揺らぐと心配する子もおるやろ」

「とにかく、太子町署に連絡してみるか。必ずしも向こうが送付に同意してくるとは限らない。さっきは歓迎するかもしれないと言ったが、逆に自分たちのテリトリーだから任せてもらいたいと反発することもありうる。もし送付しないという意向なら、うちで扱うことはやめよう。送付してくるなら取り組む。それでどうだ?」

芝はそう提案した。安治川も良美も異存はなかった。


午後から、芝は太子町署に出向いていった。

「電話連絡じゃないんですね」

良美は意外そうな顔で見送った。

「きちんと仁義《じんぎ》を通しておくということやろ。それに太子町署が送付してくる確率は高いさかい、あらかじめ現地を見ておくんやと思う。室長はんらしいで」

「交番勤務時代に、こう思いました。うちが詰めていた交番は、商店街での無銭飲食や酔っ払い同士の喧嘩といったものも入ってきましたが、朝の登校時の横断歩道での交通整理、落とし物の届け出の受理、道案内といったことのほうが多かったです。警察って、取り締まり機関ではなくてサービス業なんじゃないかなとも感じました。慣れていくうちに、それでいいんだと考えるようにもなりました。市民のかたから『ありがとう』って感謝されるのは嬉しいし、税金でお給料もらっているわけやから、それでいいと思うんです。せやから、困ってはる浩子さんのために動いてみたいです」

「わしも基本的にはおんなじ考えやで。ただし、警察官にはいろんな権限が与えられているだけに、行動するときには適法性や公正さが求められるんや」

「うちらは、今これといった案件も抱えてないので、時間的には動けますよね」

「いや、多忙とかヒマとかを理由にしたらあかんで」

安治川が言い終わらないうちに、消息対応室のFAXが受信を告げた。南港署《なんこう》から、行方不明者届が送付されてきた。

「あら、今これといった案件を抱えていない、なんて言ったらあかんですね」

良美はペロっと舌を出した。

南港署管内の住宅に住む甲斐奈代《かいなよ》という十九歳のパティシエ養成コースの専門学校生の行方不明者届が父親から出されていた。グレーゾーン案件として、南港署が送付してきたのだった。

4

「連絡が取れへんようになりまして、ほんま困っとります」

甲斐奈代の父親・勝三《かつぞう》は、でっぷりとしたダルマのような体格に、周囲にほんの少し薄い髪が残った禿《は》げ頭、そして目鼻の小さい日焼けした角張った顔だった。南港を発着するフェリーを曳航《えいこう》するタグボートの乗組員をしているということだ。

「他に御家族は？」

安治川が勝三に連絡を取ると、すぐにやって来た。

「おりまへん。ヨメは、十三年前に愛想《あいそ》を尽かして出ていきよりました。若い頃のわいは、酒好きパチンコ好き女好きと三拍子揃《そろ》うてました。行きつけのスナックのママと懇《ねんご》ろになっているところを、ヨメに踏み込まれまして修羅場《しゅらば》だした」

勝三は禿げ頭をポンと叩く。

「奈代は離婚当時は七歳でしたが、わいが引き取りました。まだそのころは婆《ばあ》ちゃん、つまりわいのおかんが健在でしたさかい、育ててもらいましたんや。婆ちゃんは半年ほど前に病気で亡くなりまして、今は奈代と二人暮らしです」

「娘はんと連絡が取れへんようにならはったときのことを、くわしゅう話してもらえますか」

「婆ちゃんが亡くなってからは、奈代との関係はうまいこといかへんようになりました。仕事にかまけて、婆ちゃんの介護《かいご》を奈代にさせてしもていたことも原因だす。それに、例のスナックのママとヨリが戻りましてな。へへっ」

勝三はタバコのヤニで黒《と》くなった前歯を見せて笑った。

「わいがママのところで泊まることも、だんだんと多うなりました。奈代のほうも友だちの部屋に居候《いそうろう》するていうて、ときどき家に帰らんようになりました。そやけど連絡はスマホで取れてましたんで、あまり心配してしませんでした」

「居候が始まったんは、いつごろからでっか」

「三ヵ月ほど前から始まって、だんだんとうちに帰らへんようになりました。帰っても親子の会話はありませんでした」

「友だちの名前は訊かはりましたか」

「いいや、知りませんのや。下手に訊いたなら『いちいち、うるさいわね』と叱《しか》られますよって。それで一週間ほど前に、専門学校からわいのほうに通知書が届きました。学校の授業や実習の無断欠席が続いているんで、保護者宛てに通知をしてきたわけです。驚いたわいは、娘のスマホに電話をしました。そんときは何度かコールが鳴って『はい、もしもし』と出たんですが、けったいなことに奈代とは全然声が違うんです。若い女だしたけど、奈代はもっと低い声ですんや。『奈代なのか？　父さんだが、学校から通知が』と言うとプツリと切られました。番号が違ったんかと、かけ直しましたが、『電源を切っておられるか、電波の届かないところにおられます』というアナウンスが流れるだけだす。そのあとも、電話をかけ直しましたけど、同じだした。もちろん、家にも帰ってきとりません。しゃあないさかいに、専門学校のほうに行きました。そしたら、専門学校のほうには『退学します』という電話がその日にかかってきたということです。学校は『電話でなく退学届の提出が必要です』と答えたそうですが、そしたら一方的に切れてしまったというんです。若い女の声やったそうでっけど、娘かどうかはわからしません。何とのうですけど、悪い予感がしましたのや。それで南港署に行って捜索をお願いすることにしましたんや」

「離婚しはったヨメはん、つまり奈代はんの母親のところに行ってはるということは、あらしませんか」

「元ヨメは、数年前に病気で亡くなっとります」

「居候している友だちというのは、実は男やということはありませんやろか」

「それはないですな。もし男やったら、化粧の一つもするようになりますやろ。この際やから正直に告白しますねけど、居候をし出したころに、心配になって娘が風呂に入っているときに携帯電話をそっと盗み見たことがおますんや。やりとりしてるのは女ばっかしでした。それもそんなに人数は多いことおませんでした」

「経済面ではどないなんですか。まだ学生さんということで収入はあらへんのとちゃいますか」

「せやせや、それもけったいなことがありましたのや。婆ちゃんの子供はわい一人だけでしたから、奈代はたった一人の孫でした。それで婆ちゃんは、持っていた貯金を亡くなったときにすべて奈代に贈与《ぞうよ》しました。倹約家《けんやくか》やったんで貯金は総額で六百五十万円ほどおました。奈代はそれを近くの馴染《なじ》みの信用金庫に預けとりました。信用金庫で確認してもろたところ、その支店の窓口で百五十万円を引き出していました。そのあと別の日に西九条《にしくじょう》のほうでキャッシュカードを使って三十万円、二十万円と引き出しています。どちらもコンビニでした。その信用金庫においてキャッシュカードで出せる一ヵ月の引き出し限度額になったということです。そんなにようけゼニが要《い》ることは、普通はないんとちゃいますか」

「もしアパートやワンルームマンションを借りはったとしても、それは多額ですな。

けど窓口での引き出しということなら、娘さん本人が行かはったんとちゃいますか」

「ええ。わいの顔も娘の顔も知ってる馴染みの行員が応対しましたんで、奈代が来たんは間違いないということだす」

「行き先に心当たりおませんのか？　あんたが知ってはる娘はんの友人や知人は？」

「心当たりはまったくありまへん。いやあ、恥ずかしながら、娘との会話はだいぶ前からろくに成立しとりません。娘も、婆ちゃんにはいろいろ話もしていたようですけど。高校では、親しい友だちはおらんかったようです。進路先を決めるときに担任の先生に相談したことがあったんでっけど『甲斐奈代さんは寡黙《かもく》な生徒さんで、休み時間もいつもポツンと一人でいるので、少し心配はしています。声を掛けてみたんですけど、一人でいるほうが気楽でいいんです、という返事でした』と言うてはりました」

「娘はんは、部活はなんぞしてはりませんでしたか」

「何もしとりません。アルバイトの日以外は放課後になったらすぐに帰ってきて、婆ちゃんが元気だった頃はいっしょに夕飯を作っていました。婆ちゃんが倒れてからは、介護をしてくれてました」

「親戚《しんせき》はどないですか」

「わいには兄弟姉妹がおりませんでして、本家とも交流はありません」

「なんぞ手がかりはないんですか」

「あらへんさかいに、警察の力を借りたいんです」

勝三は気色《けしき》ばんだ。

「交際相手は本当にいらっしゃらないんでしょうか」

良美が訊いた。

「おるとは思えしません。無口で消極的な性格です。父親が言うのもけったいですけど、娘はブサイクでスタイルもようないです。出かけるときもいつもスッピンです。さいぜんも言いましたように、おったとしたらもう少しおしゃれもしますやろ」

「アルバイトは何を？」

「高校生のときは、最寄り駅の近くにあるハンバーガーショップです。普通やったら女の子は対面販売担当なんですやろけど、奈代は人前に立つのが苦手やということで、調理担当のほうに回してもろうてました。専門学校生になって以降は、婆ちゃんから『ケーキ屋で働いている』という話をチラッと聞いたことがありますけど、どこのケーキ屋なのかは知りません」

「電話でお願いした写真を持ってきてくれはりましたか」

行方不明者届に添付《てんぷ》された写真はいずれも高校生のときのものだったので、最近の写真を用意してきてほしいと安治川は伝えていた。

「婆ちゃんと専門学校の入学式で撮った写真が、一番新しいものでした」

父親に似て、目鼻が小さく角張った顔で肌も白くない。化粧はしていない。体型は太めだ。全体的に地味で暗そうな印象を受ける。

「奈代の行方を探してもらえまっか？」

「それは、これから検討させてもらいます。いずれにせよ、もう少し手がかりがほしいところです」

「娘と日頃から溝があったんは認めます。スナックのママにうつつを抜かしているわいのことを『不潔よ』と非難したこともおました。婆ちゃんが緩衝《かんしょう》地帯になってくれてたんですけど、亡くなってからは娘とは同居の他人のような状態でした。そやけど、こうなってしもてからは、ポッカリ心に穴が開いた思いです。なんとか頼んます」

勝三は、禿げ頭を深々と下げたあと、力なく帰っていった。

「どない思う？」

「事件性を感じさせる点は、勝三さんがかけた電話に別人と思われる女性が出たことですね。それと電話で退学を学校に申し出ようとしたことです。本人が行けないから、そうしたのかもしれません。多額の預金引き出しも気になります」

「別人の声というのは、あくまであの父親の感触や。それにイマドキの子は、就職した会社も電話で退職の意向を伝えることがあるそうやで」

「そしたら、やはり自発的に、居づらい家を出たということなのでしょうか」

「わしが気になるのは、ハンバーガーショップで人前に出るのを嫌がっていた引っ込み思案《じあん》な性格と思われる女の子がいきなりの行動をしていることや。誰かに引っ張られてのことかもしれへん」

「陰にその誰かがいるということですかね」

「その可能性はあるんやないかな。もしそうなら、彼女はまだ十九歳やから、未成年者略取・誘拐罪の対象になりうる。そやから南港署もグレーゾーン案件として送付してきたんやと思う」

「ＳＮＳの普及で、連れ回しなどの被害を受ける未成年者は増えてきていますからね」

二十歳未満の者に対して、誘惑や甘言または暴行や脅迫を使って支配下に置いたときは、刑法上の未成年者略取・誘拐罪を構成する。本人の同意があった場合でも、親の保護監督権を侵害しているという理由で、犯罪となりえる。SNSでいわゆる〝神《かみ》待ち〟を発信した家出少女を泊めた場合、いくら少女が希望していても、有罪となったケースもある。

「そういう神的な男がいるかもしれへんのやが、具体的には何もわからへん」

「調査は難しそうですね。時間をかける必要がありそうです」

「警察の仕事というのはコンスタントにはならへん。事件や事故は起きるときは、えてして重なって起きる。けど、太子町の案件はわしが持ち込んだもんやさかい、わしが時間外にやらせてもらう」

「うちにも手伝わせてください。うちも賛成したんですから」

芝からは夕方に「きょうは遅くなりそうだ。戻らないから定時になったら、君たちは帰ってくれ」という電話が入った。南港署から甲斐奈代の案件送付があって父親と面談したことを伝えると「わかった。詳細は明日話し合おう」と答えた。

第二節

1

翌日、消息対応室の三人は、申し合わせたわけでもなかったのに、全員が早めに出勤した。忙しくなることが肌で感じられた。

「まず、私から昨日の報告をしよう。太子町署は案件送付にあっさり同意した。それで、仕事から戻ってくる浩子さんを待ったうえで、われわれが担当することを伝えた。家に上げてもらって、千保美さんが黙って出ていくことになった理由と離婚原因を詳しく聞き出すことにした。駅前でチラシ撒きを熱心にする母親には、太子町署には言っていない何らかの事情があるかもしれないと思ったからだ。話したくなさそうにしたけれど、解明のためには必要だとじっくり説得した。ようやく話してくれたのは、義父による千保美さんへの暴行、それも性的暴行だ。頻繁《ひんぱん》ではなかったものの、高校三年生の夏休み頃から始まっていたようだ。仕事で在宅の時間帯が違っていた浩子さんは、まったく気づかなかった。千保美さんは恥になることなので、母親にもずっと黙っていた。そして千保美さんは家を出ていった。浩子さんは、そうなってから新しい夫の鬼畜《きちく》行為を知った。きっかけは彼の浮気を疑って、夜中にそっとスマホを見たことだった。娘への鬼畜行為が隠し撮りされていた。義父は、千保美さんが誰かに打ち明けたなら、その映像をバラまくと脅《おど》していたんだ」

「ひどいっ」

良美が思わず声に出した。

「浩子さんは、それで離婚を決意した。隠し撮り映像が入ったスマホは金槌《かなづち》で叩いて壊したということだ。そんな男を再婚相手に選んでしまったことを、千保美さんに詫《わ》びたくて、必死で行方を探しているということだったんだ」

「千保美はんは、大輝君にも話せへんかったんですな。『彼女はお義父さんとの折り合いが良くなくて、独立を考えていた』としか彼は聞いてへんかったです」

「そりゃあ、言えないですよ。可哀想です……」

「事情がわかったことで、自発的な失踪という可能性が高まったと言える。義父の件は近いうちに、強制性交容疑で太子町署に通報しておこうと思う。刑法改正で親告罪ではなくなったから、告訴するのに被害者の同意は不要だ」

「自発的失踪であっても、うちは千保美さんの行方を探して、浩子さんが離婚したことを教えてあげたいです。きっと知らないまま、そして誰にも言えないまま、今も苦しんでいると思います」

「心情的には私も同じだが、犯罪性のない自発的失踪という可能性が高くなった以上は、南港署からの案件のほうが優先する」

「義父の行為は立派な犯罪です」

「犯罪に起因しているが、今のところは、失踪自体は自発的なもので犯罪は絡んでいそうにない」

「だけど、太子町署はうちへの送付に同意したんですよね」

「同意をもらったあとで、事情がわかったことになる。しかし、すぐに逆送するのもどうかなと思う」

太子町署が応対したときに、浩子は深い事情を打ち明けなかった。娘の秘密に関わることだし、浩子自身も恥だと思ったからだろう。それを聞き出した芝の力量はさすがと言うべきだが、一般行方不明者に該当《がいとう》することがわかったとして太子町署へあっさり戻したなら、太子町署の能力不足を皮肉っているとも受け取られかねない。

「時間外でええんで、やるだけやりましょうや。まだ完全に自発的失踪と断定できたとは言えしません。大輝君へ印字の葉書を送った理由もまだわかってしません」

「その葉書について考えてみたんですけど、指紋を調べることはできませんか。浩子さんから、千保美さんが使っていた文具やコスメグッズを借りてその指紋と照合したら、差出人が千保美さんなのかどうかわかりませんか？」

「アイデアとしてはおもしろいな。しかし、郵便局の人が触れてしまっているだろうし、丁寧《ていねい》に保存されていたとは限らないから、どれだけ正確な指紋が検出されるかはわからない。もしやるとしたら、指紋の検査薬を掛けるので葉書が変色してしまう。それでもかまわないかと大輝君に了解を得る必要がある」

「わしは賛成します。でけることはやってみることです。あかんかったら、次を考えたらええんです」

「安治川さんは、この中で一番年上なのに、前向きでアクティブですね。見習わないといけないと思います。私も、新人警官の頃はそうだったと思いますが、だんだんと〝どうせ無駄足だから程々にしておこう〟という気持ちが上回ってしまいます」

「わしは、高齢やのに角《かど》が取れてへんだけのことです」

「いやいや、それが大事なんですよ。わかりました。やってみましょう。ただし、南港署から送付があった甲斐奈代さんの件のほうに重心は置きます」

芝がそうまとめたとき、消息対応室の扉がノックされた。来訪者など、めったにないことだ。

「すんまへん」

上気した角張った顔を覗《のぞ》かせたのは、昨日面談にやってきた甲斐勝三だった。

「どうされましたか」

芝は応接セットのほうを手で示したが、勝三はそれを無視するかのように芝の前まで足を進めた。

「見とくなはれ。区役所からこんなんが家に届きました」

勝三は、区役所から甲斐奈代に宛てられた郵便封書を差し出した。中には印鑑登録の照会書が入っていた。

「いつ届いたんですか」

「つい先ほどです。仕事に出かけるところやったんですが、急きょ遅刻を許してもろうて、こっちに来ました。印鑑登録の申請をしたということは、奈代は無事に生きとるということなんですね？」

勝三は、部屋中に響くほどの声で訊いた。

「まあ、落ち着きましょう」

芝はなだめるように言って、勝三を何とか座らせた。

「未成年でも印鑑登録はでけますのか？」

「十五歳以上なら可能です」

「何のためですやろか」

「印鑑登録をしていないと、印鑑証明書は得られません。印鑑証明書が必要になる場合は、家を借りるとき、ローンを組むなどの借金のとき、保証人となるとき、車の売買のとき、といろいろありますが、奈代さんの場合に最も考えられるのは、アパートやマンションを借りようとしている可能性ですね」

「照会書というのは何なんでっか」

「本人確認のための方法です。運転免許証やパスポートといった写真付きの身分証明になるものがあれば、区役所の窓口ですぐに印鑑登録ができてその日に印鑑証明書が出るのですが、健康保険証だと写真が付いていませんから区役所から住所地に照会書を送るのです。届いた照会書を区役所に持っていけば、それで正式に本人確認ができたということで、印鑑登録がなされて印鑑証明書が発行されます。奈代さんは、運転免許証やパスポートは持っておられないのですか？」

「車やバイクは運転でけません。鈍くさい娘ですからね。海外も行ったことがないです。半分引きこもりみたいな性格ですよって」

「奈代さんは新しく住まいを借りようとしておられるのかもしれないですね」

「一人暮らしでっか。それとも誰かと一緒に」

「そこまではわかりません」

「もしせやったら、わいはどうしたらよろしいんでっか」

「警察が、市民のかたの行動をアドバイスすることはできかねますが」

「娘から、とことん嫌われているということですやろか」

安治川が、芝の横に座った。室長の立場からは、慎重な言いかたになるのはやむを得ない。

「これは警察の意見やのうて、わし個人の感想です。奈代はんはその照会書を受け取りに家に戻ってきはると思われます。そんときに、じっくり話し合わはったらええんとちゃいますやろか。もし仮に、まだ未成年の奈代はんの背後に誰かがいて、糸を引いているようなことがあれば連絡をもらえますやろか」

まだ断言はできないが、自発的な失踪の可能性が高くなったと言える。一時的な家出や居候ではなく、勝三から今後も離れようとしているようである。

「パティシエの専門学校に行くことは、奈代はんの希望やったんですか」

「これでもわいは額に汗して働いてますんで、娘を四年制の大学に行かせるくらいの収入はあります。けど、娘はあまり大学へは行きたくないと以前から言うてました。それなら手に職を付けるのがええんやないかと高校の担任の先生から娘にアドバイスしてもろて、専門学校になりましたんや」

「奈代はんと二人では話し合えへんかったのでっか」

「ええ、無理でした。まだそのときはお婆ちゃんがいたんで、担任の先生との進路相談にも同行してもらいました。奈代は料理やお菓子作りは好きやったんで、パティシエの専門学校でええかなとわいも思うてました」

入室してきたときの勢いは消えていた。勝三は、「きょうは休みをもろうて、家に戻って娘を待ってみます」と言い残して帰っていった。

良美は、区役所に足を向けた。防犯ビデオは設《もう》けられておらず、毎日多数の窓口来訪者を相手にする受付職員も一人一人の顔は覚えていないのも無理なかった。「若い女性だったので、特に違和感はなく本人申請だと思いました」という証言を得たうえで、提出された印鑑登録申請書を借り受けることができた。

そのあと、勝三の家に立ち寄った。「待っているが奈代は戻ってこない」と勝三は肩を落としていた。「まだわからないですよ」となだめて、良美は奈代の部屋に入れてもらった。若い女性の部屋にしては地味で質素であった。隅に置かれた小さな洋服ダンスは、スカスカの状態であった。多くの衣類を待ち出したのだろう。この点は自発的失踪を窺《うかが》わせた。

机の上にパティシエ養成専門学校のテキストが置かれていた。表紙は真新しいものであったが、ところどころに書き込みがしてあったので、借りることにした。

小さな用箪笥を開けた勝三が「あれえ」と声を上げた。

「どうしました？」

「お婆ちゃんの形見《かたみ》の指輪やネックレスがなくなってますのや。ダイヤモンドが入った結婚指輪と銀婚式記念の純金のネックレスです。両親は、わいとちごうて仲が良かったんですよ。いずれもお婆ちゃんがとても大切に残しておって、それらも遺品として奈代がもらいましたんや」

「奈代さんが出ていったときに、持っていかはったんやないですか」

「いえいえ、今月初めはまだありました。そのあとで、わしが仕事に出かけているときに帰ってきて、持ち出したんですな。奈代は家の鍵を持ってますよって」

「何かお金に困ってはる事情があるのかもしれませんね」

換金を考えて持ち出した可能性があった。

良美はそのあと鈴山大輝から葉書を借り受けた。さらに上尾浩子から、千保美が使っていた文具やコスメグッズを提供してもらった。そして、それらを府警の鑑識課指紋担当に渡した。芝から依頼が入っていたので、すんなりと引き受けてもらえた。

2

安治川は、甲斐奈代の口座がある信用金庫に足を向けた。

一度目は支店の窓口で、二度目と三度目はコンビニでというのが引っ掛かっていた。支店のほうは応対した行員が顔馴染みであっただけでなく、カウンターに向けて精度のいい防犯カメラが付いていた。そのときの画像には、甲斐奈代が映っていた。行方不明者届に添付された写真は高校時代のものであったが、それでも同一人物と確認できた。

しかしコンビニのほうはATM機自体にはカメラは付いておらず、店内の防犯カメラしかなかった。コンビニのバックヤードで、店内の映像を見せてもらう。引き出された時間に、若い女性がATM機に相対していたが、カメラから少し離れているうえに帽子とマスクで顔はわからない。服装は、信用金庫の支店で映っていた女性に似ていた。

安治川はそのあと、甲斐奈代がアルバイトをしていたという最寄り駅近くにあるハンバーガーショップに足を向けた。高校では部活をせず、休み時間もいつもポツンと一人でいるので、担任教師も少し心配するほど孤独だったのに、アルバイトは続けていた。勝三は経済的に困窮《こんきゅう》していたわけではないので、奈代はバイト代だけが理由で行っていたとは思えなかった。

三十代の快活そうな女性店長が、バックヤードで応対してくれた。

「甲斐奈代さんは一度の欠勤も遅刻もなく、調理もとても手際よくて、戦力になってくれました」

「学校では寡黙な生徒やったそうですけど」

「ええ。店でも無口でした。とかく女の子はおしゃべりに走って手がお留守になることがあるんですけど、奈代さんはそんなことはまったくなかったです」

「そしたら、男女を問わず、店で働いてはるメンバーで彼女と仲のええ人はいやはりませんでしたか」

「男子ではいなかったです。でも女子では一人居ました。学年は同じですけど高校は別で、彼女は一年落第していたので年齢も一つ違いました。バイト帰りにスイーツを食べに行ったり、ショッピングに行ったりしていたようでした。他の子とは、あまり会話をしなかったんですけどね」

「奈代はんが、ここでバイトをする最初のきっかけは何やったんですか」

「アルバイト募集の貼り紙を見たお祖母さんに連れられて来たんですよ。『もう高校生なのに、引っ込み思案な性格は良くない。ここなら若いバイトさんも多い。料理関係は好きだから向いているかもしれない』って。私も、お祖母さん同伴の面接は初めてでした。少し不安がありましたが、真面目そうな子でしたので採用しました。そして、しっかり者でやはり調理をメインに担当している久保寺《くぼでら》えりかさんを指導担当役に付けました。その久保寺さんが、仲良くしていた別の高校の女の子です。正直いつまで続くかわからないなと思っていたのですけど、奈代さんは高校の卒業間際《まぎわ》まできちんと働いてくれました」

「バイトをやめた理由は、何やったのですか」

「高校卒業という区切りだったことと、久保寺さんが別のケーキ屋さんでバイトをするようになったからだと聞いています」

勝三も、ケーキ屋でのバイトのことは話していた。

「そのケーキ屋の場所を教えてもらえませんやろか」

同じ区のショッピングモールにあるケーキ店であった。奈代はパティシエ養成コースの専門学校生ということで歓迎されたが、祖母の介護が必要になって辞めていた。久保寺えりかのほうもそれから約二ヵ月後に退店していた。次の仕事先については何も話さなかったし、聞いてもいないという。

そのケーキ屋に届け出ていた久保寺えりかの住所を訪ねた。そこは古びたワンルームマンションの一室であり、金髪のメッシュが入った二十代半ばの男が住んでいた。

「えりかは、何も言わずに勝手に出ていった。おれは捨てられたんだよ」

男は粗野《そや》な言いかたをした。聞けば、彼女が高校二年生のときにライブハウスで知り合ってつき合うようになったということだ。当時の彼はバンドを組んでいて、えりかはそのファンだったという。いわゆる追っかけをしていて、えりかは欠席多数で原《げん》級留置《きゅうりゅうち》になった。えりかの親は放任主義で、原級留置になっても、彼の住むこのマンションで外泊しても何も言わなかったということだ。彼の浮気が原因で一度は別れたが、えりかが高校を卒業したあと、ヨリを戻して半同棲になった。そしてまた四ヵ月ほど前に、えりかは突如居なくなってしまったということだった。

「あんたのお名前は？」

「川辺明《かわべあきら》だよ。今度は浮気が原因じゃないぜ。バンドも解散して、おれが音楽をやめたから去られてしまった。女なんて本当に気まぐれな生き物だよ」

現在は、親戚が経営する配送センターで働いているという。

「行き先の手がかりはおませんか」

「何もないぜ。知りたくもない。音楽で成功するなんて、運に恵まれたほんのひとにぎりだ。あの女は現実をわかっちゃいない」

「この女性を見たことおませんか？」

甲斐奈代の写真を見せる。

「見たことないな。ブスで暗そうな女だな」

川辺は無遠慮に言った。

「えりかはんに、電話連絡はしてないんでっか」

「出ていった頃に何回かかけたけど、繋がらなかったよ」

その番号は、ハンバーガーショップやケーキ屋で聞いたものと同じだった。安治川もかけてみたが、〝現在使われておりません〟というコールが返ってきただけであった。

川辺は久保寺えりかとのツーショット写真を携帯に残しているということなので、その場で送信してもらった。目鼻立ちがはっきりしていて、原色系の派手なトレーナーを着込み、ピアスを三個付けていて、赤と茶のグラデーション髪で化粧も濃い。甲斐奈代とは好対照な外見だった。

放任主義だという彼女の親は岸和田《きしわだ》にある競輪場のすぐ近くに住んでいて、競輪に入り浸《びた》っているということだった。住んでいる場所が絞れて、そう多くない姓なので、辿《たど》ることができそうだった。もしかしたら、えりかは実家に戻っているかもしれなかった。

安治川は、交番に協力してもらって、えりかの実家を尋ね当てることができた。競輪場とは指呼《しこ》の距離にあるくすんだマンションだった。

えりかの母親は、くわえタバコでマンションの扉を開けた。娘に劣らない派手なメイクと髪の色をしていた。

「もう高校まで出してあげたんだから、親の責任は果たしたわよ」

酒焼けした声だった。

えりかの父親になる男とは籍を入れていないが、えりかの認知はされていて養育費も支払われてきたという。えりかの父親は、株や仮想通貨のトレーダーをしていて東京に在住し、独身のまま複数の愛人を持っているということだ。彼女もその愛人の一人で、今でもたまに訪ねてきて泊まっていくという。才覚のある男のようで、好不調の波はあるがかなりの稼ぎをしており、彼女は現在でも不定期ながら送金を受け続けていて、それを競輪と酒に注《つ》ぎ込んでいるようだ。

「えりかは自分からここを出ていって、思うように自由に生きているのよ。文句を言われる筋合いはないわよ。えりかからの連絡なんて、もう一年以上ないわよ。こちらも連絡しようなんて思わない。前に電話してきたときは、金の無心だったわ。いつまで親に頼るつもりなんだと叱ってやったよ」

3

鑑識課による指紋照合の結果が出た。ＤＮＡ鑑定のような時間はかからない。

区役所に提出された印鑑登録申請書と、奈代の部屋に置かれていたパティシエ養成コースの専門学校のテキストの指紋は合致《がっち》した。あわせて筆跡鑑定もしてもらったが、同一類似性があるということであった。奈代本人が申請した可能性が高まった。

「コンビニで預金を引き出した女性が奈代はんかどうかは確認でけてません。ただ、日にちからすると、印鑑登録申請のほうがあとです」

「印鑑証明書は、賃貸契約をするためではないだろうか。だとしたら、やはり自発的な一般行方不明者と言えそうだな。パティシエの専門学校は中退して、どこか別の学校に入ったのかもしれない。その学費や入学金のために預金を引き出した可能性はある」

芝は、鑑識課からの報告書を見ながらそう言った。

「わしには、アルバイト先で仲が良かった久保寺えりかという一つ年上の女性の存在がなんか気になりますのや。バンドマン崩れの川辺明という男と半同棲をしておったそうですけど、彼女のほうから出ていってしまい、現在は連絡は取れません」

久保寺えりかについては、行方不明者届は出されていない。母親は無関心だし、川辺は諦めていた。

「私は、勝三さんに照会書を肌身離さず持っておくようにアドバイスした。奈代さんは家の鍵を持っているから、勝三さんが仕事で留守のときも入ることができる。そうなればせっかくの話し合いのチャンスがなくなる」

「これまでろくに会話があらへんかったようですけど、それがきっかけになるとええですな」

「照会書が必要なんだろうから、近いうちに父娘の接触はきっとある。そのときの勝三さんからの報告を待ってから、一般行方不明者という結論を出そう」

芝はそうまとめた。

「うちは、上尾千保美さんのほうが心配です」

鈴山大輝が受け取った葉書は、少し保存状態が悪くて、不鮮明な指紋が四人分しか採取できなかったが、その中に千保美の指紋に類似したものはなかったという鑑識課からの報告であった。

「四人分は、母親の浩子さん、大輝君、そして郵便関係者が二人だと思われます」

葉書を借りるときに大輝の指紋を、対照資料となる文具やコスメグッズを受け取るときに浩子の指紋を、提供してもらっていた。

「別人が葉書を印字して出すときに、手袋をした可能性があります」

「しかし、採取できなかっただけかもしれない。断定はできない」

「それはそうですが、千保美さんの消息探しもさせてください。あのままではチラシを配り続けている浩子さんが気の毒です。浩子さんが離婚したことを早く伝えて、母娘の再会をしてもらいたいです」

「そちらの親子対話の必要性も否定しないよ。奈代さんのほうは勝三さんからの報告待ちの状態だから、新月君は千保美さんの案件に取り組んでもらってもいい」

「わしも、同行させとくれやす」

「そう言うと思ってましたよ」

芝は苦笑いを浮かべた。

4

安治川と良美は、上尾千保美が卒業した羽曳野《はびきの》市内の公立高校へ足を向けた。

クラス担任は、白衣を着た五十年配の化学担当の男性教諭であった。無精髭《ぶしょうひげ》を生《は》やし、分厚い眼鏡をかけていて、孤高《ここう》の研究者のような風貌《ふうぼう》だ。

「上尾千保美さんは、進路のことで悩んでいました。古典文学が好きなので、大学に行きたい思いはあるのだが、母親に経済面で迷惑をかけたくないので就職したいという気持ちが勝っているということでした。給料をもらって早く自立したいとも言っていました。それならと就職先を探したのですが、求人件数も少なくて、健康面で少し問題もあったので正社員での採用内定はもらえませんでした。彼女は、長期のアルバイト先を求人誌で探してきて、デパートならしっかりしているだろうと私もそこを勧めました」

「性格的には、どないでしたか」

「今どき珍しいくらいの、慎ましやかな生徒でした。口数も少なくて、進路のことで彼女と対話をする時間を取っても、なかなか口を開いてくれなくて困りました。時間をかけることで、ようやく義理の父親とソリが合わないと話してくれました」

「その義理の父親と会わはりましたか」

「いえ、それはないです。保護者面談には母親が来てくれましたから、学校としてはそれで充分です」

「義理の父親とソリが合わへんかった原因や早く自立したかった理由を、聞かはりましたか?」

「いや、聞いてないです」

母親にも打ち明けなかった義父からの性的暴行を、義父と同年代のこの男性教師に話す気にはなれなかったのだろう。

「仲のええ友人は、いやはりませんでしたか」

「私の知る限りでは、一人だけいました。二年生のときから同じクラスだった片岡晴《かたおかはる》菜《な》さんです。片岡さんは小さい頃に交通事故に遭《あ》ったそうで、少し足が不自由でした。健康面でのハンディがあったので、二人は共通するものを感じていたのかもしれません。片岡さんも内気で物静かな性格でしたので、波長が合ったようでよく一緒にいましたね」

四月に撮影したクラス写真を担任教師は持っていたので、画像を撮らせてもらう。片岡晴菜は、お下げ髪でおとなしそうな顔立ちをしていた。

「この片岡晴菜という女子生徒は、今はどうしているんですか」

「美術が得意科目で、京都の美大に進学しました。彼女もまた母一人子一人の家庭だったのですが、お母さんは羽曳野市内の家で整体院を開いていましたから、経済的には困窮していなかったと思います」

安治川たちは、その片岡という女子生徒の住所を聞いて、そこに向かった。しかし、片岡整体院は閉鎖されており、奥にある住居もガスが閉栓され、電気メーターは回っていなかった。もし住んでいれば、留守であっても冷蔵庫の電力は消費されるから電気メーターは回転している。

担任から聞いていた京都の美大に電話をしてみた。

彼女は約一ヵ月半前に、大学を退学していた。学生寮に入っていたが、退学とともにそこも退寮していた。退学後の進路や転居先は大学としては把握していないということだった。退学届は、彼女自身が来校して書いて提出していた。

翌日、新月良美は、片岡晴菜が在籍していた美大に向かった。

安治川のほうは、まず羽曳野市役所に足を向けた。母親である片岡満佐子《まさこ》の住民票の住所は、閉鎖された整体院兼自宅のままであった。晴菜も大学寮に入ったのだが、住民票を移していなかった。住民票から現住所を摑《つか》むことはできなかった。

そのあと閉鎖された整体院の近所で聞き込みをする。整体院が閉鎖されたのは二ヵ月ほど前のことだった。娘の晴菜は大学入学当初には、画帳を抱えて早朝に駅に向かって通学をしていたが、数ヵ月前に大学の女子寮に空《あ》きが出たので借りることになったと満佐子が言っていたという。

整体院なら定期的に通っていた患者がいたと思われる。安治川は、徒歩圏内にある別の整体院を訪ねてみることにした。

その整体院の待合室で、片岡満佐子の整体院に通っていた老人を見つけることができた。

「いやあ、急に満佐子先生からあそこを閉めると言われて困りましたよ。和歌山県の温泉地のほうで新しい整体院を始めるということでした。和歌山まで行くことはできません。あわてて代わりを探しました」

老人は腰をさすった。

「そら、なんぎなことでしたな」

整骨院であれば、柔道整復師の国家資格が必要なので、その開設場所を調べることは容易《ようい》である。接骨院も名称が違うだけで、整骨院と同様の資格がないと開けない。だが、整体院を開くのに、国家資格は不要だ。和歌山県の温泉地というだけでは手がかりとしては不充分だが、ないよりはマシだ。

「満佐子先生は、もうちょっと賢い人やと思うてましたんやけど」

苦々しい表情を老人は見せた。

「なんぞあったんですか?」

待合室であったので、安治川は声を潜めて訊いた。

「私から聞いたなんて言わないでくださいよ」

「もちろんです。約束します」

「詳しいことは知りませんが、どうやら満佐子先生は、整体器具のセールスマンと不倫の間柄になっていたようなんですよ」

老人は安治川よりさらに声を小さくした。安治川は聞き取るのに必死であった。

「満佐子はんは独身やないんでっか」

「満佐子先生は、やはり整体師やった夫と死別してはります。でも、セールスマンのほうは妻帯者で小学生の子供もいるという噂です。あくまでも噂ですけど」

「閉院とそのことは関係ありますのやろか」

「たぶん、そうやないですか。満佐子先生は閉院の理由については言葉を濁してはりましたけど、そのセールスマンの出身地で新しく整体院を開くことになったようです。これも、あくまでも噂ですけど」

安治川は、そこの整体院の院長に、片岡満佐子の消息や整体器具セールスマンの情報を尋ねてみた。だが、片岡整体院との繋がりはなく、整体器具の会社もおそらく自分たちの取引先とは別であろうということであった。

整体院を出た安治川は、捜査共助課時代に知り合った和歌山県警本部の刑事に連絡を取った。温泉地で新しく開かれた整体院、片岡満佐子、その生年月日という手がかりがあれば、整体院の所在を知ることはできそうだった。可能なら、そこが出身地だという不倫関係にあるかもしれない男のことも調べてほしいと頼んだ。

そのころ新月良美は、美大で若い男性助手と相対していた。その美大では、学生を十数人ほどのグループに分けて、若い助手や大学院生が制作実技指導をするシステムが採られていた。教授陣は高齢の大家が多くて、感想的なアドバイスはあるものの細かいことは〝習うより慣れろ〟という対応しかなくて、学生たちから不評であったため数年前に改革されたということだった。

「彫刻科の片岡晴菜さんは、残念ながら中退してしまいましたね」

「どういう理由だったのですか」

「女性は彫刻の対象物にはよくなるのですが、女性の彫刻家というのは少ないんです。うちに限らず、美術系の大学は女子の比率が高いのですが、彫刻科や彫像科は例外です。私もここの彫刻科出身ですが、同期の多くは男でした」

「そうでしょうね」

良美も中高時代は美術が得意科目であったが、彫刻にはそれほど関心がなかった。

「彫刻や彫像となると、どうしても力作業になります。鑿《のみ》を振り下ろして削る作業は、筋肉がないと男でもしんどいんです。でも、最近は女性彫刻家ならではの作品も注目され始めています。ジェンダーレス社会が進んでいるので、あまり性別は意識しないでいいんじゃないか、ということを申し上げた記憶があります」

「けど、それくらいのことはわかってての入学やったんじゃないのですか」

「ええ、そうですね。でも実際に入学してみると直面します。やはり限界を感じてしまったのかもしれません。それと御家庭の事情もあったようです」

「どういう事情ですか」

「経済的理由だと言ってました。あまり立ち入ったことはプライバシーの関係で訊いてはいませんが」


安治川が、消息対応室に戻ったタイミングで、和歌山県警の刑事から連絡が入った。

「えらい早いとこ、おおきに」

「行方不明者届が出てましたので、すぐに摑めました」

「え、満佐子はんが行方不明なんでっか」

「いいえ、違うんです。片岡満佐子さんは、勝浦《かつうら》温泉で新しい整体院を開設していました。それで、彼女は同居男性の行方不明者届を昨日に出していました。届の写しをFAXしましょうか」

「頼んます」

行方不明とされているのは、奥崎泰史《おくざきやすし》という三十九歳の男だった。身長は百八十二センチと長身で、なかなか端整《たんせい》な顔立ちであった。行方不明に至った経緯を書く欄には、〝大阪の知人に会いに行くと言って勝浦を出て、その後はプッツリと音信が途絶えました。携帯電話にいくらかけても出てくれません〟とあった。

「安治川さんが聞き込んでこられたように、奥崎泰史には妻子が大阪におります。行方不明者届を出しに来た満佐子さんによると、すでに奥崎と妻は破綻《はたん》していて離婚は秒読みということですが、実際のところはわかりません。満佐子さんは本気であっても、奥崎泰史にとっては遊びであったということも考えられます。本気になられて整体院ごと引っ越しまでされたことで、重荷になって逃げ出した線はありえます。ですから県警としても、現段階ではまだ犯罪性のある特異行方不明者とは捉《とら》えていないのです」

「なるほど、それは充分考えられますね」

「勝浦温泉は奥崎泰史の父祖《ふそ》の地で、親戚や知り合いもいる土地に連れて帰るということで、満佐子さんは彼も本気だと思ったようですね。整体器具の会社を退職した奥崎泰史は地元の魚市場関係の会社で働いていたということでしたが、実際のところは正社員ではなく週四日ほどの非正規雇用《ひせいきこよう》でした。経済的には、満佐子さんに頼っていたということでしょうね」

「奥崎泰史が大阪にいたころの住所や勤務先がわかったら教えてもらえますやろか。お許しいただけるなら、こちらで当たってみたいんです」

「それは、うちとしてもありがたいです。犯罪性はないだろうということで、大阪まで行って裏取りする予算は出ませんから」

「報告は必ずします」

「わかりました」

5

奥崎が勤めていた整体器具の販売会社は、中央区の少彦名《すくなひこな》神社の近くにある小さなビルの一室にオフィスがあった。〝神農《しんのう》さん〟の愛称でも呼ばれる少彦名神社は、病気平癒《へいゆ》や健康成就《じょうじゅ》に御利益があるとされている。その周囲には、製薬会社や健康器具会社が数多く見受けられる。

「奥崎君は正直申しまして、あまり成績のいいセールスマンではありませんでした。ルックスは良くてトークも上手《じょうず》なんですが、知識面で劣りました。日進月歩《にっしんげっぽ》の世界で

すから勉強をしていかなくては務《つと》まらない仕事なのですが、あまり努力はしなかった
ですね。何度か注意もしたのですが」

上司の課長は、手厳しかった。

「退職理由は聞いてはりますか」

「出身地である和歌山県に戻ると言ってましたけど」

「顧客である整体師の片岡満佐子はんを連れていくことになったことは、知ってはりますか」

「彼が退職してから聞きましたよ。困った男です。去年から、片岡整体院の近くの単身者向けのアパートに引っ越していたそうです。これも退職後に知りましたが」

「奥崎はんは結婚してはりましたな」

「ええ。だけどそうやって一人でアパートを借りていたぐらいだから、夫婦としての実態はなかったんじゃないですかね」

「奥さんはどんなかたですか」

「会ったこともないのでよくは知りませんが、看護師さんですよ。彼が若い頃にスケートボードをやっていて骨折して、入院した先の看護師さんだと聞きました」

「夫婦仲はいつごろからようなかったんですかね」

「プラベートなことは知りませんが、結婚当初からいわゆる愛妻弁当というやつを見たことは一度もなかったですな。いつもコンビニ弁当を食っていました」

「奥崎はんは退職してから、ここを訪ねてきはったことはありますか」

「一度もないですよ。来ても歓迎されませんからね」

安治川は、その妻が勤める此花《このはな》区内の病院を訪ねてみた。

「へえ、泰史の行方不明届が出ているの」

四十歳前後の小太りの看護師だった。泰史のほうが年下だろう。胸に付けた名札には奥崎弥栄《やえ》とある。

「心当たりはおませんか」

「ないわよ。去年の夏に大げんかして出ていったきりなんだから」

「戻ってきてはりませんか」

「戻るわけないわよ。息子の養育費のケリがついていないから、まだ戸籍上は夫婦を維持しているけれど、離婚したも同然よ」

「和歌山のほうで、女性と同棲してはったようです」

「そうなの。やっぱりという感じだけど、もうどうでもいいわ。あのスケコマシは、ホストになったらよかったのよ。一度ホストクラブに体験入店したこともあったけど、ファッションセンスが田舎っぽい、と店長にからかわれてあっさり諦めたそうよ」

「『大阪の知人に会いに行く』と言って出たまま、音信があらへんそうです」

「新しい女が見つかったので、今の女を捨てたんじゃないの。そういう男なのよ」

「大阪には泰史はんの友人がいやはると思うんですけど、知らはらしませんか」

「どうせろくでもない遊び仲間でしょ。家に連れてくることはさせなかったから、どんな仲間なのか全然知らない」

「結婚しはって、何年目でっか」

「十一年になるわね。デキちゃった結婚だったけど」

彼女が胸ポケットに差した院内業務用携帯の端末が、赤ランプとともにバイブした。

「はい。え、警察からの電話？　今、警察の人と話しているのよ」

「別の部署の警察官からの電話かもしれまへん」

安治川はナースセンターの外線電話口まで同行することにした。

「え、そうなのですか。一応、妻は妻なんですけど……ちょっと待ってください」

外線電話の送受器を持ったまま、安治川のほうを向く。

「どうしたらいいの。泰史が刺されて病院に運ばれたが、死んだという連絡が……遺体の身元確認に来てほしいって」

6

東大阪市にある古びたラブホテルで、奥崎泰史の遺体が発見された。午後二時過ぎに奥崎は若い女性とともに入室した。そして約四十分後に、女性が先に出ていった。近くには何軒かデリヘルがあり、このラブホテルは料金が安価ということでよく使われている。先に男性客が入る場合もあれば、路上待ち合わせで一緒に入る場合もある。退室のときも、一緒のこともあれば、先にデリヘル嬢が出ることもある。後者のときは女性の声で「先に出ます」とフロントに内線電話が入るのがほとんどだ。奥崎の連れの女性からも、その内線電話があった。ラブホテルの老主人はてっきりデリヘル嬢が先に出ていって、男性客が残ったと思っていた。デリヘル嬢は次の客のところに行くために急ぎ、男性客はタバコをくゆらせて余韻《よいん》を味わってからゆっくり出ていくということも少なくない。ホテルを出たところで「また指名してね」と言われてすぐに右と左に別れなくてはならないのが虚《むな》しい、と感じる客もいる。

ところが、奥崎泰史はそれから約二十分が経《た》ち、部屋の追加利用料がかかる時間になっても出てこなかった。老主人は部屋にコールしたが出ない。老主人は嫌な予感に囚われながら、合鍵の束を持って部屋に向かった。

扉はロックされていなかった。そしてバスルームの扉のところで、奥崎は裸のまま鮮血にまみれてうつ伏せに倒れていた。首の頸動脈《けいどうみゃく》が切られていて、ぴくりともしない。

老主人は腰を抜かしながら、救急車を呼んだ。

救急隊員は「念のため病院に運んで、死亡を確認してもらいます」と奥崎を担架に載せた。

すぐに警察車両がやってきて、現場保存と鑑識作業が行なわれた。老主人は事情聴取《ちょうしゅ》を受けた。この道四十年になるが、こんな遭遇《そうぐう》は初めてだった。

奥崎のスマホと財布は見つからなかったが、運転免許証はポケットに入っていた。その住所は和歌山ではなく、大阪の妻子と暮らしていた家のままであった。所轄署である東大阪署の捜査員がそこに向かい、近隣の主婦から妻が看護師として勤める病院名を聞き出して、連絡をしてきたのだった。

安治川は、彼女に同行して、東大阪署に向かった。

奥崎泰史は、ざっくりと頸動脈を切られていた。切り口からして、斜め後方から切られたと推測できた。ラブホテルでバスルームに入ってシャワーを浴びようとするときは、無防備になるものだ。

室内の指紋などはきれいに拭《ふ》き取られていたということだ。フロントの天井《てんじょう》に防犯カメラがあるにはあったが、古いタイプのもので画素が粗《あら》いうえに、ラブホテルだけに暗さがあった。ショルダーバッグを下げて帽子をかぶった若い女が、奥崎と少しだけ距離を置いて入るところと、上着を手に持って急ぎ足で出ていくシーンは映っていたが、個人特定はできそうもない。上着は返り血を浴びたので脱いでいたのかもしれなかった。

周辺のデリヘル店に聴取が行なわれたが、その時刻に同ホテルへ派遣されたデリヘル嬢はいないということであった。

財布が抜き取られていたが、金銭目当てではなく、奥崎個人を狙《ねら》ってのかなり計画性のある犯行という線も考えられた。

安治川は、これまで奥崎についてわかっていることを東大阪署にすべて開示して協力をした。

妻の弥栄は、病院で勤務中でアリバイは明確であった。

同棲していた片岡満佐子についても調べられたが、奥崎が殺された時間帯には、勝浦の整体院で施術《せじゅつ》をしていた。

安治川は、満佐子の娘である晴菜のことが気になっていた。だが、晴菜の行方はまだ摑めていなかった。

満佐子は、すぐに東大阪に向かうということであった。奥崎の妻である弥栄は「もうあの男とは他人同然ですから、遺体の引き取りも葬儀《そうぎ》の喪主もしませんよ」と拒絶した。

第三節

1

安治川は、少し疲れた足取りで消息対応室に戻った。さすがに現役時代並みの連日の大車輪は身体《からだ》にこたえる。しかし義務ではなくて望んでやっている仕事だ、という充足感がそれを上回る。

「ご苦労さん」

芝は安治川に軽く頭を下げた。

「いやあ、予想外の展開になりました。関係者男性が殺される事件が起きてしまいました」

「今、東大阪署から電話があった。捜査本部が立つことになったが、安治川さんのおかげで、被害者に関する情報が早く摑めたと感謝の言葉があった」

「いや、たまたまです」

「東大阪署からの伝達はそれだけではないんだ。片岡満佐子さんに、娘の晴菜さんから電話が入ったということだ。美大を辞めたことが言い出せなくて音信不通になってしまっていた。京都の大学の友人のアパートに泊めてもらってアルバイトをしていた。でもいつまでもこんな生活はできないし、友人にも迷惑なので、いったんは母親の元に戻って再スタートをしたい。新しく携帯電話も買い替えた――そういう内容だったそうだ。現在の居場所は京都市内だということなので、京都府警の捜査共助課に依頼して、急いでそちらに向かってもらうことになった」

安治川が捜査共助課にいたときも、そういう依頼はしばしばあった。容疑がかかっている人物に対して、他府県から駆けつけたのでは、取り逃がしてしまうことがある。容疑者とまではいかなくてもその可能性がある人間についても、なるべく身柄《みがら》を早く確実に押さえるために現地警察に依頼する。そして所管の府県警に引き渡しをしてもらうのだ。

「片岡晴菜さんは京都の家電量販店の前で、京都府警の捜査員が来るのを待っていた。そして新しいスマホを購入するために、家電量販店の中にある携帯ショップで相談していたと話した。携帯ショップで、その裏は取れた。つまり、奥崎泰史が殺された時間帯には、彼女は京都にいたというアリバイがあったわけだよ」

「せやったんですか」

「奥崎泰史と関わりの深い女性が三人とも、アリバイ成立だ。片岡母娘そして奥崎の妻だ。妻は、事実上離婚状態にあったが、奥崎が離婚に応じないとか、子供の養育費で揉《も》めていたとかいった事情があったかもしれない。しかしアリバイが明確なのだから、そういった事情があろうとなかろうと関係ない。三人以外の奥崎の周囲にいる女性を、東大阪署に立った捜査本部は探し出して洗っていくだろう。奥崎はスケコマシということだから、他にも動機を持つ女性がいそうだ」

「あのう、女性に絞って大丈夫なんでしょうか。女装した男性だったということは考えられないですか?」

良美が訊く。安治川が答える。

「あのラブホテルの防犯カメラの映像は粗いうえに、天井からのアングルで身長もようわからへん。女装して入ることは可能やろ。そやけど相手が男なら、部屋に入った奥崎が裸になってシャワーを浴びようと背中を見せる隙《すき》を作ることは、まずないやろ」

「そうですね。奥崎さんは、奥さんからスケコマシと言われていたくらいですから、相手が男性ということはなさそうですね。でも、三人の女性ともにアリバイがあるなんて、なんか出来過ぎていませんか」

「それは同感や」

「まあ、いろいろ思いはあるだろうが、奥崎泰史殺害事件については東大阪署に立った捜査本部の領分だ。われわれの仕事ではない。奥崎が他に関わりを持っている女性の存在を含めて、彼らが捜査をしていく。とにもかくにも、片岡晴菜さんは母親の満佐子さんの元に戻ることになったのだから落着《らくちゃく》だ。われわれは、上尾千保美さんの案件に取り組んでいく」

芝はそうまとめた。

2

晴菜から満佐子に新しい携帯電話番号が伝えられていたので、安治川は満佐子に連絡をして、その番号を教えてもらって晴菜にかけた。

「府警の消息対応室の者です。高校でクラスメートやった上尾千保美はんについて、行方を調べとります。なんぞ知ってはりませんか」

「千保美ちゃんとは高校を卒業してからは、疎遠《そえん》になってしまいました。彼女は社会人でシフト制勤務でしたし、こちらは大学生でしかも京都でしたから」

「高校を卒業してからは会うことはあらへんかったのですか」

「卒業して夏休みくらいまでは、三、四回会って、カフェに行ったりカラオケに行ったりしましたけれど、そのあとはなかなか機会がなかったです」

「電話やメールはどないですか」

「それも、だんだんと少なくなってしまいました」

「一番最近に連絡があったのはいつ頃ですか」

「もう半年近くないですね。千保美ちゃんはカレシがいたようだから、そっちのほうで忙しくなったんじゃないでしょうか。あたしのほうも大学に入ったものの、彫刻に限界を感じることがあって悩んでいましたが、同じ創作に携わる人でないと話がわかってもらえないんです。住む世界が違うようになったんだから、しかたがないと思います。お役に立てなくてすみません」

晴菜は、あまり元気のなさそうな小さな声でそう詫びた。

上尾浩子が住む太子町の家に、安治川と良美は向かった。

千保美と高校時代に親しかった片岡晴菜についても消息がわからなかったのだが、晴菜のほうから母親の満佐子に連絡が入って判明した。

「同じような立場だったのに、明暗が分かれましたね」

「いや、同じような立場やないで。浩子はんは、千保美はんがおらんようになって、行方不明者届を提出してチラシを撒いて気ばってはった。満佐子はんは奥崎泰史については消息を知りたがって行方不明者届も出したが、晴菜はんについては美大を中退したことも学生寮を退去していたことも知らなんだ」

「そうでしたね」

「あんたは若い彼女たちと同性で、年代もわりと近いけど、高校のときに仲が良かった友人と卒業したら疎遠になってしもうてるか？」

「人によるかもしれませんけど、うちはそんなことないです。二十歳《はたち》なら成人式があります。うちは高校のときの親友と、どんな晴れ着で行こうか何度も会って相談していたし、前撮りも一緒に行きましたよ」

「せやな。うちの姪っ子もそうやった」

「千保美さんは義父とのことでいろいろ苦しんでいました。晴菜さんも母親の不倫問題を抱えていました。共通の悩みがあったなら、もっと話し合っていてもおかしくないと思います」

事前に連絡していたので、上尾浩子は在宅してくれていた。

「まだ何も反応がありません。少し疲れてきました。本当に生きているのだろうかという不安ももたげてきました」

「この仕事をしてみてつくづく思うんですけど、消息を知るには粘り強さが必要ですのや。自発的な失踪の場合は本人が、犯罪性のある拉致や監禁の場合は犯人が、足跡を辿られへんように意図的に消しとります。それを探り当てるのは簡単なことやおません。けど、人間のやることに完璧《かんぺき》はあらしません。どこかでボロが出るもんです。諦めんと粘っていたなら、糸口が得られることもありますのや」

安治川は、半ば自分自身に言い聞かせた。

「チラシを撒いていても、受け取ってくれる人は少なくて、無関心どころか通行のじゃまだという顔をされることもあります。路上に捨てられているチラシを拾い集めるときは、いつも虚しいです」

「多くのかたにとっては、他人事《ひとごと》なんですよね。自分の身には起こらないと捉えてしまっています。でも、くじけないでください」

良美の言葉に、浩子は小さくうなずいた。

「片岡晴菜という千保美はんの高校の同級生を、知ってはりますか」

「ええ。一度だけ家に遊びに来ていたことがあります。だけど、スレ違いみたいなものでした。私と夫の安太郎が出かけていた日曜日に、家に来ていたのですけれど、私たちの用事が早く終わって帰宅したなら、すぐに『おいとまします』って帰らはりました。千保美が家に友だちを連れてくるなんてめったにないことだし、夫もその日は上機嫌だったので『まだいいじゃないか』と引き止めたんですけどね」

「千保美さんとの会話の中で、片岡晴菜さんのことが出てきたことはなかったのですか」

「あまり学校のことを話したがらない娘でした。だから、こうなってしまって、手がかりがなくて困っているんですけどね」

「千保美さんの部屋を見せていただけませんか」

「ええ、どうぞ」

畳敷きにして四畳ほどの狭い部屋だったが、物が少ないので広く見えた。

安治川と良美は、丁寧に見ていった。

少ない物の中で目を引くのは、アニメ関連だった。ブロマイドやクリアファイルといった様々なキャラクターグッズもあれば、フィギュアもあった。小さな本棚は、マンガ本でほぼ独占されていた。

「千保美さんの写真や日記はあらしませんか」

「日記はつけていませんでした。写真のほうは、私なりに手がかりが欲しくてデジカメやSDカードを含めて探したのですが、見当たりませんでした。千保美が持って出たようです。でも、かさばるからか卒業アルバムはありました」

安治川は、高校の卒業アルバムを見ていった。

千保美と晴菜は同じクラスだった。担任の化学教師は、会ったときの白衣姿ではなくスーツを着ていたが、ネクタイが曲がっている。

正門前でのフォーマルなクラス写真に続いて、クラスで小グループごとに分かれての自由ページがあった。校庭の花壇を背景に、千保美と晴菜がツーショットで写っているが、どちらも笑顔ではなく、ただ立っているだけだ。他の女子生徒たちの小グループ写真が、楽しそうに思い思いのポーズを取っているのと比べて対照的だ。

部活動のページは二人別々だった。千保美はアニメ同好会で、十数人いる部員たちの後列の端《はし》で控えめに写っているが、ここでは比較的柔和《にゅうわ》な顔をしている。晴菜は美術工芸部で小さな石膏《せっこう》像を手にしていた。他の部員たちもそれぞれ絵画や宝飾品を持っている。自作の作品だと思われた。

卒業アルバムと部屋を見終わった二人は、もう一度浩子から話を聞いた。浩子は、安太郎と再婚したことを悔いていた。

「シングルマザーの経済的な苦しさから逃れたい気持ちと、まだ女として扱われたい願望から、あの男のプロポーズを受け入れました。私にとって、安太郎は新しい夫という家族なのだけれど、千保美にとってはあくまでも他人だということを忘れてしまっていました。いいえ、単なる他人だったらまだよかったんですけど、あの安太郎は千保美を義理の娘ではなく若い女としか見ていなかったんですね。千保美はそれを私に言えなくて苦しんでいたのです。私は本当に迂闊《うかつ》でした……」

浩子は涙を流した。

安治川も良美も、かける言葉が見つからなかった。

「なんだか気が重いです。これといった成果はなくて、浩子さんを悲しませただけに終わりました」

二人は浩子の家をあとにした。

「警察の仕事は無駄足の積み重ねやで。けど、きょうは必ずしも無駄足やとは思うてへん」

「何か収穫《しゅうかく》がありましたか」

「卒業アルバムの自由ページでツーショットで写るほどの親密さが、千保美はんと晴菜はんにはあったやないか。それやのに、卒業してあっさりと疎遠になるもんやろか。さいぜんの電話の晴菜はんは、よそよそし過ぎたで」

「晴菜さんは、何か隠しているということですか」

「その可能性はあるで。満佐子はんに電話したときに今後のことを訊いた。奥崎泰史が亡くなったので勝浦に住む理由はもうあらへん。大阪に戻って閉めた整体院を再開すると言うていた。そこを訪ねてみたい。晴菜はんが居てるかもしれへん」

「わかりました」

「あんたは、二人の母親は明暗が分かれたと評したけれど、まだわからへんで」

「交際相手だった鈴山大輝君のところへは寄らなくてもいいですか。帰り道に彼の家がありますけど」

「交際相手と言うても、心の深いところでの交流があったようには思えへん。千保美はんは、友だちとしてアニメ同好会のメンバーと撮ったコスプレのプリクラは見せていたけれど、仲の良かった片岡晴菜はんのことは彼にはなんも話してへん。交際期間も三ヵ月ほどやったということやし、彼はあの葉書が来てデパートに行ったものの収穫がなくて『もう諦めるしかなかったです』とあっさり引き下がった」

「執着はない印象でしたね」

「けど、あの葉書は案外とヒントになるかもしれへん」

3

片岡満佐子とは、その夜に会うことができた。東大阪署の捜査本部から事情聴取に呼び出されたあと、閉めていた整体院兼自宅に清掃のために戻るということであった。

「えらい夜分にすんまへんな」

安治川と良美は、整体院に入れてもらった。施術室の隣に待合室が設けられている。そこで話をすることになった。

「かまわないです。きょうは勝浦に戻っても遅くなりますので、ここに泊まります」

「晴菜はんは？」

「娘も東大阪署で聴取を受けたのですが、そのあと美大時代の友だちのところに泊まりたいと京都に向かいました。やはり美術の道を諦めきれず、彫刻ではなく西洋画のほうで再チャレンジしたいそうで、今度は名古屋にある芸大を受験し直したいと言っています。受験までは、京都の美大で教授を務める女性画家に指南《しなん》を受けるということです」

「その希望については、どう対応しはるんですか」

「あの子の好きなようにさせてあげようかと考えています」

「東大阪署では、どんなことを訊かれはったんでっか」

「アリバイをしつこく確かめられました。勝浦で施術していた患者の名前や連絡先を書かされました。それから、奥崎泰史さんとのこれまでのいきさつや彼に対する現在の思いも尋ねられました」

「現在の思いは、どないなんですか」

「彼が女好きなのは薄々わかっていました。私もオバサンなんだから、多少の浮気には目をつぶるつもりでいました。本気でなければいい、と……でも他の女とラブホテルに入って殺されるなんて、ショック過ぎます」

「彼は、大阪へ出向く理由をどう言うてはったんでっか」

「知人に会うということでした。誰とは聞いていませんが」

「知人は男とは限りまへんな」

「ええ、そうですね」

「彼の周りに、どんな女がいたか、具体的に知ってはらへんのですか」

「捜査本部でも訊かれましたけれど、知らないです。和歌山に引っ込んだこともあって、浮気の虫はしばらくは出ないだろうと考えていました。でも、気づかなかっただけかもしれません。何しろ、私は小さい頃から鈍感だと親から言われてきました」

「晴菜さんと高校で同じクラスだった上尾千保美さんを、御存知ですか」

良美が訊いた。

「名前は聞いたことがあります」

「仲が良かったようなので、こちらに遊びに来てはったこともあったと思うのですが」

「ええ、そうかもしれません。でもうちは整体院と住居は別々になっていまして、ここを通らずに住居に入れます。だから、仕事中ならよくわからないです」

同じ母一人娘一人の家庭だが、上尾浩子に比べると片岡満佐子はかなりのんびりとした性格のようだ。

「晴菜さんの美大退学も知らはらへんままだったのですね」

「ええ。私もいろいろ泰史さんとのことや転居の準備でバタバタしていた時期でして、てっきり寮から大学に通っているものだと思っていました」

「晴菜さんの部屋を見せてもろうてもええですか」

「どうぞご自由に。でも散らかってますよ」

その言葉どおり、かなり乱雑な部屋だった。千保美の部屋の倍くらいの広さはあるのだが、女性向け雑誌や美術関係の本が机の上だけでなく、床にも無造作に置かれていた。衣類はタンスからはみ出していて、籠《かご》の中にも放り込まれている。飲み終えたペットボトルやお菓子の空き箱も転がったままだ。卓上蛍光灯や窓枠に溜まった塵《ちり》埃《ほこり》がなければ、部屋の主がしばらくいなかったとは思えない。

「こんな絵馬《えま》が……」

念のため白手袋をはめて机の引き出しを開けた安治川は、絵馬を見つけた。ユニークな絵柄で、黒い錠前が描かれた上から赤い字で心と書かれてある。

「うち、テレビで見たことがありますよ。いくたまさんの境内《けいだい》にある縁切りに御利益があると言われている神社の絵馬です」

裏には、何も書かれていない。

「いくたまさんて、生國魂神社《いくくにたま》か」

生國魂神社は〝いくたまさん〟の愛称を持ち、大阪の総鎮守《そうちんじゅ》とされている。難波大社《なにわのおおやしろ》とも呼ばれていて、神武《じんむ》天皇即位前後に創建《そうけん》されたと伝わる。地下鉄谷町《たにまち》九丁目駅からすぐという都心に位置する。

「そうです。いくたまさんの摂末社《せつまっしゃ》です。鴫野《しぎの》神社という名前だったと記憶していま す。女性の守り神で、とくに縁切りに効くとして若い子に人気があるそうです。大坂城にいた淀君《よどぎみ》が熱心に参拝したということで、淀君も祀《まつ》られているそうです」

「それは知らなんだ」

「女性のための神様ですからね。男性は御存知ない人が多いと思います」

「なんぞ縁切りをしたかったということやろか」

「かもしれません」

その下の引き出しには、雑多に入れられた楽譜に混じって、ライブハウスのチケットとフライヤーがクリップで留められて入っていた。

「美術だけでなく、音楽にも関心があったんやな」

　フライヤーを見ていった安治川は、手を止めた。

「おっと、この〝ライオン&ハイエナ〟というバンドのメンバーを見てくれ」

　男性四人グループのドラム担当に、川辺明の名前があった。彼は久保寺えりかの同棲相手だった。今は配送業の助手をしているが、かつてはロックバンドをやっていて、引退とともに久保寺えりかに去られたと投げやりに話していた。

「ひょっとして、久保寺えりかさんと片岡晴菜さんは、音楽を通じて繋がりがあったのかもしれませんね。若い女性は、コンサートでたまたま隣同士になったという子と親しくなることがあるんですよ」

「そうなのか」

「同じ時間と感動を共有することで、距離が縮まるのですよ。少年係をしていたときには、そういう少女たちと何組か出会いました。男の子にはそういうことはなかったですが」

「もしせやったとしたら、予想してへんかった接点やな」

　片岡晴菜は高校同級生の上尾千保美と卒業アルバムの自由ページで二人で写るほど

仲が良く、甲斐奈代はバイト先で知り合った久保寺えりかと親しくしていた。上尾千保美の母親から行方不明者届が出され、甲斐奈代の父親から行方不明者届が提出されたが、二つのユニットは別々のものと捉えていた。しかし彼女たちは年齢も十九歳や二十歳と近く、住まいも大阪の中でもそれほど遠くは離れていないのだ。

「二人二組ではのうて、四人一組やった可能性もあるな」

二つのユニットにどれだけの繋がりがあったのかどうかはわからない。けれども何らかの関わりがあった可能性が出てきた。

「他にヒントがあらへんか、探してみよや」

「はい」


時間をかけて探してみたが、それ以外の収穫らしい収穫は見つからなかった。

「まだでしょうか?」

満佐子が顔を覗かせた。

「えらい長居してすんまへん。ところで、奥崎泰史はんの通夜《つや》や葬儀はどないしはるつもりでっか」

「亡くなりかたが亡くなりかたでしただけに、お通夜は省略して葬儀も身内だけの密葬にしようと思います。弥栄さんは連絡したところ『そちらで費用負担を含めて全部やってくれるのなら、葬儀に参列くらいはしてもいい』ということでした。泰史さんの血族のかたとは面識がほとんどないので、弥栄さんから伝えてもらいます」

「弥栄はんとこれまで会わはったことは？」

「ないです。たとえ仮面夫婦であっても、妻と愛人が会うことは普通はないですよね。会いたくもなかったです。だけど、泰史さんが亡くなってこうして繋がりができました。人と人の縁って、本当に不思議なものですね」

安治川と良美は、その足で川辺明のところを訪ねた。

「この女なら、知っているぜ。コンサートが終わったあと、えりかが楽屋に連れてきていて、帰りにいっしょに居酒屋に行ったよ。まあまあ可愛いんだけれど、なんか陰《かげ》があったな。それに、ロックが好きなわりにはノリがもう一つだった」

片岡晴菜の写真を見た川辺はそう言った。やはり片岡晴菜と久保寺えりかには、繋がりがあったのだ。

「ほな、この子はどないや」

上尾千保美の写真を見せる。

「知らないな。見たこともない」

川辺は首を横に振った。

4

消息対応室に戻った安治川と良美は、芝とともにこれまでの整理をすることにした。

芝が切り出した。

「デパートで販売員をしていた上尾千保美さんは、〝一人で自立したくなったのです。どうか心配しないでください〟という書き置きを残して姿を消し、職場も突然辞めた。自筆の書き置きがあったということで、太子町署は自発的な失踪だと捉えた。千保美さんと高校時代の親友的存在だった片岡晴菜さんも同じ頃に京都の美大を退学して、学生寮も出ていた。晴菜さんの母親の満佐子さんのほうは、整体器具販売会社のセールスマンだった奥崎泰史に熱を上げていて、奥崎の故郷に移り住んで新しい整体院を開いた。そのことで夢中だったので、晴菜さんの美大退学を知らなかった。ここまでは、いいだろうか」

「はい。そして奥崎泰史さんが、女性と思われる容疑者に殺されました」

良美がうなずいた。

「一方、パティシエの専門学校生だった甲斐奈代さんの所在がわからなくなって、父親が行方不明者届を出した。祖母が亡くなってからは、父親との関係がうまくいかなくなり、奈代さんは友だちのところに居候するという形で次第に家を空け始めて、専門学校の授業も欠席するようになった。さらに預金の引き出しがあり、電話で退学の意向も伝えられていた。父親は居候先の友人に見当がつかないということであったが、アルバイト先の久保寺えりかという女性が浮上した。久保寺えりかは川辺明というロックミュージシャンと半同棲していたが、彼がロックをやめたら出ていったことがわかった。そして、印鑑登録の申請があって、その照会書が区役所から奈代さんの実家に届いた。奈代さんは近いうちに照会書を取りに実家を訪れると思われたから、それが父親にとっては会って話し合えるチャンスになると期待できた。そこで父親に、照会書を肌身離さず持つようにアドバイスした」

「でも、父親の勝三さんからは、奈代さんが照会書を取りに来たという連絡がまだありませんね」

「そして、別々の行方不明案件だと思ってきた二つの事案に、接点が見えた。片岡晴菜と久保寺えりかの二人が、ライブのファン同士という繋がりがあった。ともに親から行方不明者届が出ていないほうの女性だ。安治川さんは、どう捉えているんだ？」

「まだ全容は摑めてしません。けど、四人が一つのユニットやのうて、二人ずつの二つのユニットで、一部で繫がりがあったと見るべきやと思います。上尾千保美と甲斐奈代は、お互い面識もないかもしれません」

「なるほど、四人が揃って親しい関係であるとは言えそうにはないな」

「それと気になるのは、工作かもしれへんと思われる行為がなされていることですのや。甲斐奈代については電話での退学申し出が専門学校にありました。上尾千保美については交際相手であった鈴山大輝君への葉書が印字で出されてました」

「親が心配して行方不明者届を出しそうな二人、すなわち奈代さんと千保美さんについては、疑いが持たれないようにされている可能性があるということだな」

「極めつけは、甲斐奈代の印鑑登録の照会書です」

「あれで、われわれも勝三さんも一安心した」

「けど、甲斐奈代はまだ照会書を取りに現われてまへん」

「勝三さんと会いたくないのか、それとも……」

芝は腕を組んだ。

「でも、奈代さんも千保美さんも、本人の意思による失踪だと思えますよね」

「甲斐奈代は祖母を亡くしてからは父親との生活が息苦しかったし、上尾千保美は義父による性的暴行から逃れたかった。せやから、どちらも自発的失踪という色合いが濃い。けど、甲斐奈代の預金の引き出しがわしは気になる。百五十万円は彼女自ら窓口で払い戻しを受けたけど、そのあとの計五十万円は少し離れた西九条のコンビニで、キャッシュカードで引き出されている。彼女本人かどうかはわからへん」

「金銭目的で利用されたのかもしれないな。誰しも失踪するとなると、生活資金が必要だ」

「祖母からもろうた宝石も持ち出されていたということでしたな。勝三はんは宝石にはあんまし関心を持ってはりませんでしたけど、案外と高価やったかもしれません」

「だとすれば、それを狙った人物は久保寺えりかかもしれない」

「久保寺えりかと甲斐奈代は、横一列の対等な関係やなかったと思えますのや。上下関係とまではいかへんでも、斜めの関係で久保寺えりかのほうがリードしていたんやないですやろか。久保寺えりかは高校を留年していて一つ年上で、バイト先でも甲斐奈代の指導役やったです」

「上尾千保美さんと片岡晴菜さんは、どうなんですか。うちには、彼女たちは対等な関係に見えました」

「斜めの関係まではいかへんと思う。ただ失踪の行動をしたんは片岡晴菜が少し早い。彼女が大学をやめて学生寮を出たのが約一ヵ月半前で、上尾千保美がデパートを退職したのは一ヵ月前やった」

「上尾千保美さんは、片岡晴菜さんにリードされていたんでしょうか」

「わしはそう見ている。せやから、片岡晴菜には奥崎泰史が殺されたときのアリバイがあった」

「あ、そういうことか」

芝はパチンと指を鳴らしたが、良美は何のことかわからない。

「室長、今から京都まで検証に行ってもよろしいですか」

「いいだろう」

「うちも同行させてください」

良美はすかさず言った。頭で付いていけないなら、行動で付いていくしかない。

第四節

1

安治川と良美は、地下鉄で天満橋《てんまばし》駅まで出て、京阪《けいはん》電車に乗り換えて京都に向かった。

「警察という組織は、根拠を重視する。根拠なしには家宅捜索も逮捕もでけへんのやさかいに、当然と言えば当然や。根拠もいろいろあるけれど、客観的なものほど重視される」

「わかります。そうでないと裁判で負けてしまいかねません。無罪判決は、警察にとって致命傷です」

「わしは、客観的な根拠には三種類あると考えている。一つめがＤＮＡ鑑定や指紋や声紋など科学に裏打ちされた個人識別、二つめが防犯カメラやドライブレコーダーなどの犯行時間帯の映像、三つめが戸籍など公的な記録やな」

「どれも強力ですね」

「けど、完璧でないこともある。DNAは微量やと採取できひんし、指紋かて不完全なものもある。カメラ映像も鮮明とは限らへん。公的なものも悪用がゼロではない。甲斐奈代の印鑑証明書の照会書は、まだ彼女が取りに現われてへん。わしは、ある種の悪用があったと考えとる」

「悪用……別人が奈代さんの印鑑証明書を得るために申請したということですか。けど申請書の筆跡は奈代さんのものでしたよ」

「たとえ書いたのは甲斐奈代本人やったとしても、提出したんは別人やないやろか、申請書の用紙さえもろうておけば、書いておくのはもっと前でもでける」

「ああ、そうですね。でも、印鑑登録の申請には、少なくとも健康保険証が必要です」

健康保険証があって、運転免許証やパスポートがなかったから、照会書の送付となったのだ。

「健康保険証には写真があらへんさかい、同性で同年代なら使うことがでける」

「なるほど。でもそうやって、印鑑登録する目的は何なのでしょうか。住まいを借りるつもりなのでしょうか」

「それは考えられる。けど、他の目的やったかもしれへん。いずれにしろ、印鑑登録のほうは、甲斐奈代が実家に現われるかどうかを待つしかない。調べることがでけるのは、片岡晴菜の携帯電話の申し込みや。せやから京都に向かっている」

「だけど、携帯電話の申し込みをするときは、本人確認書類が要《い》ります。たしか健康保険証一つだけではダメで、運転免許証やパスポートやマイナンバーカードといった顔写真付きのものがないと、すんなり購入できないはずです」

片岡晴菜は新しい携帯電話を取得していた。だからこそ京都にいたというアリバイは成立した。

「そこが盲点かもしれへんのや」

「どういうことですか?」

「その本人確認書類が、片岡晴菜名義で別人の写真になっていたならどうなる?」

「そんなことできるんですか」

「意外と簡単にでける。ただし、そういった作為をしたなら、あとで偽造した証拠になってしまうんやな。諸刃《もろは》の剣《つるぎ》ということや」

「諸刃の剣……」

「それをこれから確かめにいくんや。四人の女性たちは、いずれも十九歳から二十歳と若くて社会人経験も少ない。おそらくそこに大人は加わってへんと思う。四人の他に誰かを入れるとそこから綻《ほころ》びが生じてしまいかねへん。その人間が脅迫者となることもありうる。そう考えたなら、四人で完結するしかなかった。百戦錬磨《ひゃくせんれんま》の人物がおらんということは、どうしても底が浅い計画になってしまう」

安治川の言葉の意味をのちに良美は知ることになった。

京都の家電量販店に安治川と良美は足を踏み入れた。

「はい、片岡晴菜様には私が応対しました。前の携帯が使えなくなったということで、新しく購入なさいました」

携帯ショップの店員もまた若い女性だった。

「本人確認は何でしはりましたか？」

「運転免許証です。もちろん顔写真と御本人様の両方をしっかりこの目で確認しましたよ」

女性店員は、なぜしつこく訊くのだと言いたげな顔をした。

「ちょっと前のことやから、その片岡晴菜はんの顔を憶《おぼ》えてはりますな」

「もちろんです。記憶力はいいほうです」

安治川は、片岡晴菜、上尾千保美、甲斐奈代、久保寺えりかの顔写真をプリントしたものを拡げた。

「どうでっしゃろ。この中にそのお客さんはやはりますか」

「はい、この人です」

自信のある声で女性店員が指さしたのは、上尾千保美であった。

「運転免許証の写真も、この人やったんですね」

「間違いないです」

奥崎泰史が東大阪で殺された時刻に、片岡晴菜は京都の携帯ショップにいた。ただし、それは片岡晴菜の名前で運転免許証を得た上尾千保美だったのだ。

本物の片岡晴美は、上尾千保美からそのあと携帯電話を受け取った。そして母親の満佐子にその新しい携帯電話で連絡した。

2

携帯ショップを出た良美は、興奮気味に言った。

「驚きました。片岡晴菜のアリバイは作られたものだったんですね。つまり彼女のアリバイは成立しないということですね」

「そういうことや。本人が運転免許証を提示して購入したということで、間違いなく京都にいたとされてしもうたんや」

「じゃあ、本物の片岡晴菜さんが奥崎泰史さんを殺したということですか」

「その結びつけは早計《そうけい》になる。まだアリバイが崩れただけの段階や」

「それにしても運転免許証って、今の社会では身分証明書代わりなのに、入れ替わりが容易なんですね」

「おそらく原付バイクの免許証やろな。あれなら三十分間の筆記試験のみで、最短一日で取得でける。車のような長い教習は必要ない。免許取得には住民票が必要やが、片岡晴菜本人なら簡単に得られる。その片岡晴菜の住民票を持って、上尾千保美が筆記試験を受けたうえで免許申請をしたわけや」

安治川は、その場で交通部に照会した。片岡晴菜はこれまで運転免許を持っていなかったが、原付バイクの免許をごく最近に得ていた。画像を送ってもらう。免許証の写真は、上尾千保美であった。

「もし奥崎泰史さんを殺害したのが片岡晴菜さんだとして、動機は何だったのでしょうか。奥崎弥栄さんなら積年の恨みや離婚話をめぐるトラブル、片岡満佐子さんなら浮気性への怒りや転居までしたのに再婚が進まない苛立《いらだ》ちといったものが考えられそうですが、動機の点では晴菜さんは最も遠いと思います」

「東大阪署の捜査本部も似た受け止めかたをしているのやないかな。せやから事情聴取のあとすぐに解放した。けど、殺害場所がラブホテルやったのが、わしには気になる」

「もし晴菜さんが犯人なら、奥崎泰史さんとそういう関係だったということですか」

「高校の担任教師は、上尾千保美が腎臓が弱かったことを踏まえたうえで、『片岡さんは小さい頃に交通事故に遭ったそうで、少し足が不自由でした。健康面でのハンディがあったので、二人は共通するものを感じていたのかもしれません』と分析していた。けど、それは表面的な共通項に過ぎひんかったんやないか」

「他に共通項は、母子家庭ということですね。それと義父または義父になる予定の男性を母親が迎えていたということですね……あ、もしかして」

「あまり考えとうないことやが、義父や義父になる予定の男にとっては、自分の子供ではない若い娘という存在になる」

「千保美さんは、高校生のときから義父に性的暴行を受け続けていたけれど、それを母親に言えなかったんですよね。一般的な感覚からしたら、どうして打ち明けられないんだって思われるかもしれませんけど、簡単にはできないんです。通勤電車で痴漢に遭って名乗り出る被害者は一割もいないそうですけど、相手が無関係の他人でもそんなに低いのです。今思い出しましたけれど、少年係にいたときに、隣人の男に性的暴行をされた女子中学生を保護したことがあります。黙っていろときつく脅されて、仕返しが怖くて誰にも打ち明けられなかったそうです。千保美さんの場合は義父の上尾安太郎は同居でしたし、晴菜さんの場合は奥崎泰史がすぐ近くに引っ越してきていたのでしたよね。いつ報復を受けるかわからないですよね」

「たしかに近い存在というのはやっかいやな。上尾安太郎は、口封じのために映像も撮っていた」

「母親や担任教師にも打ち明けられない秘密を抱えた女子高生同士が、仲良くなってお互いのことを少しずつ話すようになり、悪く言えば傷をなめ合うようになっていったという姿が想像できます。本当に気の毒なことです。そして身勝手な男が許せないです」

良美は同情と怒りが入り混じった表情になった。

「許せへん思いが、行動に出たんやないかな。片岡晴菜は、憎い奥崎泰史をこの世から亡きものにしようとした。彼女は、東大阪のラブホテルに奥崎を誘った。いわゆる親子どんぶりを和歌山と大阪で楽しめる、と奥崎は喜んで来たんやないかな。そして油断した奥崎の首を背後から切りつけた」

「痛みがわかる上尾千保美はアリバイ工作に協力して、晴菜さんになりすましたわけですね」

「つまり、二人一役というトリックや」

「では、千保美さんはどうするんですか。上尾安太郎を狙うんでしょうか」

「いや、いくら同じような酷《ひど》い目に遭っていても、性格は違うはずや。彼女は、母親が心配せんように書き置きを残していたやないか。上尾安太郎を殺すということではなしに、あの男から逃げるほうを選んだ。単に逃げるだけやのうて、片岡晴菜という別人になることで上尾千保美の人生を消そうとした」

「免許証を得て、一時的に片岡晴菜さんになりすますのではなく、ずっと片岡晴菜さんに変身するわけですね。けど、そしたら本物の片岡晴菜さんはどうなるんですか」

「二人一役は、いつまでも続けるわけにはいかへん。そやから、次の方策を考えなあかん」

「上尾千保美さんは片岡晴菜になったわけですから、片岡晴菜さんが上尾千保美さんとして単純に入れ替わるというのはどうですか。二人一役を解消して二人二役に戻るのです」

「最初はそういう計画やったかもしれへん。けど、そういう単純なものやと、いつか二人一役をしていたことが発覚する。ひいてはアリバイ工作も崩れる」

「では、どうするのですか」

「そこで出てくるのが、四人の若い女性のあと二人や」

「甲斐奈代さんと久保寺えりかさんですね。あの二人がどう関わっているんでしょうか」

「まだ推測の段階や。もっと検証せなあかん。けど、ゆっくりはしてられへん」

安治川は歩くスピードを上げた。

良美はあわてて足を急がせた。

3

東大阪署に置かれた奥崎泰史殺害事件の捜査本部への報告やそのタイミングは、芝室長に一任した。

「難しい報告になるな。捜査本部のプライドを傷つけないようにしなくてはいけないし、アリバイが崩れたからといって、犯人と決まったわけではない」

「まあ、そこんとこ、よろしゅう頼んます」

「安治川さんはこれからどうするんだ？」

「まずは上尾浩子はんに会うて、千保美さんが元気でいると思われることを話してきます。チラシ撒きをしていたあの母親の心を、少しでも落ち着かせてあげたいです」

「そうだな。さっそく行ってくれるか」

「わかりました」

安治川と良美は席を温める間もなく消息対応室を出た。

「運転免許証に書かれていた住所は、片岡晴菜さんの一度閉鎖された整体院の裏手の自宅でしたね」

「住民票を動かしてへんかったさかいに、そうなる」

「千保美さんは無事でしょうけど、居所はまだわからないし、犯罪に加担している可能性がありますね。どこまで浩子さんに伝えるんですか」

「無事を伝えるだけでええ。むろん、それだけが来訪の目的やあらへん。室長も、『さっそく行ってくれるか』と言わはったやろ。電話のほうが早いのに」

「また、うちだけがわかっていないんですね。口惜《くや》しいです」

「あんたも経験を積んだら、わかるようになるで。ただ年数さえ経ったらええというもんやあらへんけど」

「本当ですか。千保美は生きていてくれたんですね。あたしがあんなケダモノ男と一緒になったことで辛《つら》い思いをさせてしまって」

浩子は嬉しさの混じった声で泣き出した。

「それで、千保美はどこに住んでいるのですか？　会えますか？」

「いえ、詳細はまだわからしません。もう少し待っとくなはれ。それでもう一度娘はんの部屋を見さしてくださいな。それから書き置きも預《あず》からせてください」

筆跡鑑定はコピーよりも原本のほうが筆圧も分析できるので、より正確だ。

安治川たちは、その足で片岡整体院に向かった。もとの場所で、満佐子は再開していた。晴菜の姿はなかった。満佐子によると、晴菜とは東大阪署での事情聴取が終わって別れたきりで、新しい携帯電話に電話をかけてもいつも電源が切られていて、また連絡が取れなくなったということだった。

満佐子は、片岡晴菜が無事であると思われることを聞かされて安堵《あんど》の表情になったが、浩子のように泣きはしなかった。

晴菜の部屋にもう一度入れてもらい、乱雑な部屋の中から晴菜が書いたものを探し出して借り受けた。

「甲斐勝三さんのところへは行かなくていいのですか」

勝三も、奈代の行方不明者届を出していた。

「いや、それはええ。たぶん仕事中で不在やろしな。あんたにはこれから区役所に確認に行ってきてほしいんや」

安治川は鑑識課に向かった。

以前に、甲斐奈代の名前で区役所に出された印鑑登録申請書と、その筆跡照合のために書き込みのあるパティシエの専門学校でのテキストを借りた。両者は一致すると思われるという照合結果であった。

今度は、借り受けてきた上尾千保美の筆跡と片岡晴菜の筆跡を、それらと照合してもらった。

その結果、甲斐奈代の名前で出された印鑑登録申請書の筆跡は、上尾千保美のものとは大きく違っていた。それに対して片岡晴菜の筆跡とは相似しており、かなりの確率で同一人物のものだと推定できるということであった。

4

夜を迎えた消息対応室に、三人が揃った。

「東大阪署の捜査本部に出向いて、あくまでも参考意見としてこれまでの経過報告をしておいた。捜査本部のほうも、あらためて京都の家電量販店に人員を派遣して、携帯電話を購入した女性が片岡晴菜ではなかったことを確認した。GPS機能は量販店で購入した際にオフ設定希望となっていて、そこから行方を摑むことはできないということだ」

「うちからも報告があります。区役所に確認しました。甲斐奈代さんの照会書を持って印鑑登録にやってきた人物はまだいないということです」

「全体像はおぼろげにしか見えていない様相ではあるが、片岡晴菜に扮《ふん》して上尾千保美が家電量販店で新しい携帯電話を購入したことがはっきりし、その片岡晴菜が甲斐奈代の名前で印鑑登録を申請したらしいことはわかった。さて、この手がかりをどう考えるかだな」

「その前に、考えておきたいことがありますのや。甲斐奈代が自宅の部屋に残しておったパティシエの専門学校の表紙が真新しいテキストはいったん持ち出されていて、工作として書き込みが片岡晴菜によってなされたと思われます。ということは、甲斐奈代自身が勝三の仕事に出ているときに帰ってきてテキストを持ち出したか、甲斐奈代から鍵を預かるか奪うかして、別人が入ったかのどちらかです。もし別人やとしたなら、彼女の家のことを知っていて親しくしていた久保寺えりかの可能性が高いです。そんときに祖母からもらっていた指輪なども持ち出されたと考えられます」

「そうだな。上尾千保美も片岡晴菜も、甲斐奈代とそこまで関係性は深くなさそうだ」

「それと、甲斐奈代の預金はキャッシュカードで引き出されとりました。暗証番号を知らなんだら、他人が引き出すことはでけません。甲斐奈代本人か、彼女から聞き出した人物のどちらかやと思われます」

「その人物もやはり、久保寺えりかさんの可能性が高いですね」

「甲斐奈代の印鑑登録は、いったい何の目的だったんだろうか。安治川さんの推理はどうなんだ？」

「まだ印鑑登録はでけてしませんけど、それは届いた照会書を勝三が肌身離さず持っているからです。もし勝三が家の中に置いていたなら、鍵をつこうて侵入して回収がでけます。そうやって得た照会書を区役所に持っていったなら、印鑑登録ができて実印を得ることがでけます。部屋を賃貸するときに必要な場合もあって、印鑑証明書もまた身分証明書に近い存在と言えます」

「私も同じ推理だ。片岡晴菜が、甲斐奈代の名前で印鑑登録をしようとしていたと思う」

「え、どういうことなのですか。上尾千保美さんが片岡晴菜さんになって、片岡晴菜さんが甲斐奈代さんになるのですか。そしたら甲斐奈代さんは誰になるのですか？」

「わしの推測が外れていることを願っているんやが、甲斐奈代は、もう他界しているかもしれへん」

「え、そんな……」

「印鑑登録をしようとしたもう一つの目的は、甲斐奈代が生きていると見せかけることやないやろか。片岡晴菜が甲斐奈代の印鑑登録を得て、実印をつこうたら甲斐奈代は生きているという外形が取れるんや。それに照会書が届いたなら、甲斐奈代が区役所で申請したと受け止められることになる。現に、勝三はんもわしらも、そう思うた」

「生きていて自発的に姿を隠している一般行方不明者ということにしておけば、警察に関与されないということですか」

「そういうことや」

「そのことは理解できたんですけど、すみません。うちにはまだ全体像がおぼろげどころか、まったく見えていないのですけど」

「甲斐奈代と久保寺えりかは一つのユニットやった。甲斐奈代は、久保寺えりかのことを頼りになる年上の存在と感じていた。けど、久保寺えりかのほうは甲斐奈代が持っている預金や宝石類がお目当てやったのやないか。そういう歪《ゆが》んだユニット関係やった気がする。甲斐奈代は実家近くの信用金庫の窓口で百五十万円を下ろしていた。久保寺えりかに『実家を出て、あたしと一緒に暮したいのなら、お金が要るのよ』とでも言われたんやろ。その百五十万円は納得ずくやったけど、更なる追加を求められたら、甲斐奈代は簡単には応じひんかった。祖母からもらった大事な遺産やし、無限にあるわけでもない。久保寺えりかの本心と狙いを知って、甲斐奈代は失意と怒りを覚えたのかもしれへん。それで二人の間でトラブルになって、久保寺えりかは甲斐奈代を殺してしもうたことが考えられる。ケンカの弾《はず》みや強引に暗証番号を聞き出そうとしてそうなったのかもしれんし、あるいは初めからの計画やったかはわからへんけど、結果的に甲斐奈代の命を奪うことでその財産を久保寺えりかは得た。そやけど、甲斐奈代の死を隠す必要があった」

安治川の言葉を、芝が引き取った。

「つまり、甲斐奈代と久保寺えりかの二人組ユニットは、一人になったとしても二人いるように見せかけなくてはいけなかった。つまり、一人二役をする必要があった」

「千保美さんと晴菜さんは二人一役で、甲斐奈代さんと久保寺えりかさんは一人二役ですか……あっ、もしかして、その二つのユニットを足せば三人三役でうまく歯車が噛《か》み合うということですか」

良美は、つかえが取れたような声になった。

「数字の上では、三人三役で計算は合う。奥崎泰史を殺した片岡晴菜は、亡くなった甲斐奈代という別人になれば、それで捜査対象から外《はず》れられることになるんや」

「計算は合うのだが、現実はそううまくはいかない。若い子たちがネットなどで得た知識を基にして知恵を出し合ったのだと思うが、綻びは出る。だからこうして私たちが追うことができている」

「推論はでけましたけど、検証はまだです。わしらの見方が正しいのかどうか、詰めていかなあきません」

「攻め口は、上尾千保美だろうな。彼女を探し出せれば」

「わしも同感です。推論が正しければ、片岡晴菜と久保寺えりかは殺人をしとります。そやないのは上尾千保美だけですのや。しかも彼女は、義父の鬼畜行為を母親が知って離婚したことをまだ知らんと思えます」

「居所を突き止めて母親の離婚を知らせて、そのうえで彼女の自供が得られたなら、有効で最短の解決になりそうだ」

「上尾千保美と片岡晴菜は、同い年の同級生でほぼ対等の関係ですけど、性格面は少しちごてると思えます。片岡晴菜のほうが、元々母親の満佐子と距離があったようです。上尾千保美は母親の浩子と仲が良かっただけに、浩子が安太郎にぞっこんになったことで寂しい思いをしてたのかもしれまへん。そして義父や義父になる男から、同じような酷い目に遭うても、千保美のほうはひたすら身を隠すという方法を採り、そのために別人になることもいといませんでした。片岡晴菜のほうは、復讐《ふくしゅう》心を抱いてナイフで恨みを晴らすという方法を選びました」

「うちもこれまで多くの少年少女を見てきましたけど、同格の二人であってもどちらかがリードしている場合が多かったですね。やはり晴菜さんが千保美さんをリードしていたような気がします」

「片岡晴菜は、ロックコンサートで久保寺えりかとも繋がっていたけど、その片岡晴菜をリードしていたのは久保寺えりかのほうやと思える」

「鈴山大輝君がもらったお別れの葉書は、誰が出したんでしょうか」

「たぶん片岡晴菜やろな。上尾千保美が書くなら、母親に残した書き置きのように、自筆でええやないか。久保寺えりかは、上尾千保美にカレシがいたことはともかく、その名前や住所までは知らんやろ。片岡晴菜なら、あまり粘着《ねんちゃく》や詮索《せんさく》はせえへん鈴山大輝の性格も、ある程度は上尾千保美から聞いていたんやないか」

「もしかしたらカレシがいる千保美さんのことを、晴菜さんは内心では少し妬《ねた》ましく思っていたのかもしれませんね。だから『代わって葉書を出しておくから、もう別れてしまいなさいよ。でないと、そこから辿られてしまいかねないわよ』と説得したのかもしれません」

「印字して出したことが、綻びの一つになったたな」

「問題はどないして上尾千保美の行方を掴むかです。なんぞええ方法があればと思うんですけど」

「私も、いいやりかたが浮かばないんだ。下手をすれば、すべてを知っている上尾千保美は口封じの対象になりかねない。あまりゆっくりはしてられない」

沈黙の空気が流れる。

良美が顔を上げた。

「上尾千保美さんが得た免許証の住所は、片岡晴菜さんの大阪の整体院の裏手の自宅でしたね」

「住民票はそのままだから、手がかりにはならない」

「そうやって得た携帯電話は、おそらくまだ千保美さんが持っているのではないですか。片岡晴菜さんのアリバイを作ることが目的だったのですから」

「そうかもしれないが、繋がらない」

「電源が切られているから、繋がらないのではないでしょうか。まだ壊されてはいないかもしれません」

5

安治川は、鈴山大輝と会ったあと、上尾浩子の家に足を運んだ。

良美は、再び上尾千保美の出身高校に行き、彼女が所属していたアニメ同好会のメンバーと連絡を取った。

芝は、東大阪署の捜査本部と交渉して、届の出ている甲斐奈代と上尾千保美の行方を消息対応室として追い、関連する捜査をすることの了解を取りつけた。

予期していたよりも早く、夜遅くに上尾浩子から安治川に電話連絡が入った。

「わかりました。そのまま待っとってください」

電話を受けた安治川は、深夜であったが浩子の家に向かった。


「驚きました。〝叡福寺のH子さん〟で私のことだと伝わったんですね」

浩子は上気した顔で言った。

「今すぐ返信したいですけれど、やりかたがわかりません。焦るとますますわからなくなります」

「落ち着いてください。お願いしたように、返信や入力はせんといてください。下手したら、水の泡になります」

良美の発案で、浩子や大輝や高校のときのアニメ同好会のメンバーたちに頼んで、ハンドルネームを使ってインスタグラムやツイッターなどをあげてもらった。

千保美は、失踪前に持っていたスマホを使えないようにしていた。インドア派の性格の彼女にとって、スマホなしの生活は辛かったはずだ。片岡晴菜のアリバイ作りのために、新しいスマホを得た千保美は、電源を切ってはいたが、深夜に一人きりになった時間帯にそっと電源を入れて、久々にいろんなサイトやページを見て心の乾きを癒やしていったのではないか。GPS機能はオフにしているからそこから辿られることはない。そして多くの人間がするように、次の段階として自分に関わりのあるワードを入れてサーチをしていくことが予想できた。

浩子は、〝叡福寺のH子さん〟というハンドルネームを使い、太子町の風景写真を載せた。そして〝離婚したことで、違う景色に出会えました。年甲斐もなく再婚したことは反省しています。周りの人たちに本当に迷惑をかけてしまいました〟と短い一文だけを付け加えた。

そこに〝叡福寺のH子さんは離婚をなさったのですね。離婚は悪いことばかりではないと想いますよ〟という短いコメントが寄せられた。ハンドルネームは、名無しとだけ記されていた。浩子はそれを見て、千保美だと確信したという。

「あの子は昔から、なぜか〝思い〟ではなく〝想い〟という字を使うんです。早く会いたいです。会わせてください」

「お気持ちはわかりますが、段階を踏みましょうや。急《せ》いては事をし損じます」

千保美が片岡晴菜の名義で新しく得たスマホの通信会社はわかっていたので、協力を求めて〝名無し〟がコメントを発信した基地局を調べてもらった。そして京阪電車交野《かたの》線にある私市《きさいち》エリアであることがわかった。彼女たち三人は、秘密保持のためにも一緒に暮らしている可能性が高かった。久保寺えりかが奪った甲斐奈代の預金があるから、賃貸のための資金はあるだろう。

所轄署に動員をかけてもらって、私市エリアの不動産賃貸会社の新規契約をチェックしてもらった。ウィークリーマンションなど短期型の賃貸も調査範囲に入れた。エリアがある程度限定されたおかげで、調べていくことができた。

安治川と良美は、賃貸会社を通さない個人賃貸を当たってみることにした。田畑も残る地域だけに、広い家や別棟を持つ家もあった。別棟一つだけでは賃貸会社に依頼するのは面倒だと、経済的余裕がある家なら考えることもある。直接の交渉をしてみたら、貸してくれる場合もありえると思えた。

「不動産賃貸会社には敷居の高さを感じると思うんや。家賃の保証人を立てることもできひん。手数料を払って保証会社に頼む方法はあるが、そうなると本人確認がより厳重になる。健康保険証や運転免許証はあっても、誰かの本名を出してしまうことになる。甲斐奈代の印鑑証明書もまだ得られてへん。職業の詮索もされるやろう」

「そうですね。自分たちの本名は隠して家を借りたいですね。うちがもし借りるなら、あまりにも辺鄙《へんぴ》で不用心な場所は嫌です。たいていの若い女性はそうだと思います。古さや汚さも避けたいです。そうなると、そんなに対象物件は多くないと思います」

良美はグーグルの航空写真とストリートビューを何度も比較しながら、十軒ほどに絞り込んだ。

安治川たちは、逐一《ちくいち》当たってみることにした。ただしあくまで慎重に、直接訪れるのではなく、まずは近隣で聞き込んでいくことにした。新参者の若い女性の三人組というのは、連れ立って歩いていなくても、案外と目立つと思えた。

「ストリートビューで見た限りでは、次の物件がうちなら一番惹《ひ》かれます。貸してくれたならの話ですが」

新しくはないがしっかりした構えの木造平屋建てが大小二棟建っている。二棟の裏手は、三百坪ほどの野菜畑になっている。小さいほうの棟でも、三人でルームシェアできるだけの広さはある。

向かいの家で聞き込んでみる。その家の主人は五十代の年金事務所勤務で、奥さんとともに兼業農家もしているが、先代のように熱心にはしていない。先代夫婦は亡くなったので、大きいほうの母屋に夫婦は移り住んだ。子供はおらず、それだけに夫婦はあまり欲がなく、作った野菜もよくもらっているということだ。

「若い女性が三人、小さいほうの棟に住んでいませんか。最近のことですけど」

「ええ。何でも大学生さんのグループだと聞きましたよ。あまり見かけませんし、出会っても挨拶《あいさつ》してくれませんけれど」

良美は三人の写真を見せた。確認が取れた。

6

車を停めて、その家の前でチャンスを待つことになった。安治川は気づかれないように慎重に家の周りを観察した。野菜畑に面した裏手は雨戸が降りていて、中の様子は窺《うかが》うことができない。洗濯物も干されていなかった。

「生活をしている限り、ずっと籠もっているわけにはいかへん。少なくとも食料品や日用品を買う必要がある。髪を切りたくなることもあるやろし、たまには外食もしたいやろ」

「踏み込むのはまずいんですね」

「万一にでも上尾千保美はんが人質になるようなことがあってはいかん」

安治川は協力してくれている私市署にも、隠伏《いんぷく》先と思われる家が見つかったことをまだ報告していない。私市署には申し訳ないが、そこから東大阪署の捜査本部に伝われば、多くの制服警官や機動隊でぐるりを包囲する対応になる可能性がある。そうなったら、かえって事態を硬化《こうか》させてしまいかねない。

「うまく出てきてくれるでしょうか」

「しばらく待ってみよやないか」

連絡を受けた芝が、助手席に上尾浩子を乗せて、少し離れたところに到着した。浩子はヤキモキしていて、何度も芝に「早く娘に会わせてください」と懇願《こんがん》していることだろう。

「もうすぐ日が暮れますね。夕飯の買い出しはしないんでしょうか」

「ここは辛抱や」

そう言ってみたが、安治川にも彼女たちが出てくるという自信はない。

そのまま日没となった。

「留守ってことはないですよね」

「この時間になったら、確認はでける」

車外に出た安治川はもう一度、周囲を歩いた。裏手の雨戸のかすかな隙間から、明かりが洩《も》れていた。安治川は母屋のほうに足を運び、そのあと芝のところにも寄ったあと、車に戻ってきた。

「浩子はんはそろそろ限界や。賭けをしてみようやないか。もちろん責任はわしが負う」

「じっと出てくるのを待つ作戦だったのではないんですか」

「運が味方してくれたら出てきてくれると思うていたけど、たぶん望めそうにない」

芝の運転する車がゆっくりと近づいてきて停まった。

「もしかして踏み込むんですか」

「それはせえへんけど、強攻策は使う。あんたは、三人の力関係で一番下に扱われてるのは誰やと思う？」

「千保美さんでしょうね。えりかさんはしたたかな印象がありますし、晴菜さんは自分のアリバイ作りに千保美さんを動かしています」

「同感や」

安治川はそう言い残して家に近づき、背伸びをして玄関先の脇に付けられている電気のブレーカーを落とした。家の中から「えっ」という若い女性の声がした。そして千保美が様子を窺いに外に出てきた。安治川は「すまん」と小さく詫びながら、千保美の口をハンカチで押さえてその身体を引きずった。芝も出てきて、二人がかりで後ろの車に押し込んだ。事情を知らない人間が端《はた》から見ていたら、拉致行為だと映ったかもしれない。

「いやあ、さすがに体力は落ちているで。室長のサポートがなかったら、叫ばれとったな」

安治川は苦笑しながら一人で戻ってきた。

「びっくりしましたよ」

「あとは、室長と浩子さんに任せよう。なんと言っても母と娘なんやから」

安治川は前に向けた視線を動かさなかった。

開けられたままの玄関扉から、晴菜が不安そうに様子を窺いに出てきた。ブレーカーは落とされたままだ。

「あの子はあんたが受け持ってくれ。逃げられへんようにして、『いつまでもこんな生活は続かない。いずれ資金も底をつく』と説得してくれ。わしは家の中に入って、久保寺えりかを担当する」

安治川は素早く車外に飛び出した。良美はそれに続いた。

7

三人の女性たちは、程度の差こそあれ、隠伏生活に疲れた表情をしていた。

別人になって生きていくというのは、想像していたよりも大変なことだったに違いない。

甲斐奈代はやはり亡くなっていた。久保寺えりかは「殺すつもりはなかった。引き出したお金のことで言い合いになって、突き飛ばしたら打ち所が悪くて昏倒《こんとう》した。救急車を呼んだらバレてしまうので、そのままにしておくしかなかった」と供述した。その供述の真偽《しんぎ》の精査《せいさ》は、捜査本部にゆだねられる。

甲斐奈代の遺体は、晴菜が美大時代に使っていた石膏で固めて、深夜に三人で運んで大阪南港に沈めたということであった。その遺体は、供述どおりに埠頭《ふとう》の下の海底から引き揚げられた。

千保美はそうして死体遺棄に加担したことから、よけいに抜けることができなくなったと話した。千保美は、浩子と手を取り合って泣いた。浩子は「あんな男と再婚してしまって本当に申し訳なかった」と何度も詫びた。

安太郎は、太子町署によって強制性交容疑で逮捕された。奥崎泰史のほうは死亡していたが、同容疑で書類送検がなされることになった。

これらの事情は、彼女たちの裁判で考慮されると思われた。

「呼び出しが届いた。東大阪署の捜査本部や私市署に連絡しないで、私たちだけで動いてしまったことを監察官室で叱《しか》られてくるよ」

芝はパソコンを閉じて、微苦笑《びくしょう》を浮かべながら立ち上がった。

「わしが言い出したことです。いっしょに行かせてもらいます」

安治川も立ち上がる。

「私も同行させてください。今回の場合は、あの対処が適切だったと思っています」

良美も続く。

久保寺えりかと片岡晴菜は、上尾千保美の離脱を危惧《きぐ》していた。千保美だけは重罪を犯していないので、警察に駆け込んでしまわないかという懸念《けねん》があった。状況次第では、上尾千保美を亡き者にしようという相談もなされていたことを、彼女たちは告白した。踏み込まれたときには、上尾千保美を人質にして逃走するプランも考えていたのだった。

「この消息対応室の責任者は私だよ。だから呼び出しを受けた。私一人で行ってくる」

「でも」

良美は不満そうだ。

「安治川さんの提案を受けて、それでいこうと判断したのも私だ。東大阪署にも私市署にもあえて通報しないことに同意したのも私だ」

「室長。迷惑かけてしもて、えらいすんません」

立ち上がったまま、安治川は深く頭を下げる。

「安治川さん。あなたがここに来てくれてから、私も勉強になっているよ。自分で言うのもなんだが、ノンキャリアながら私はかなりのエリートコースにいた、だから部下の不祥事でここに左遷されたときは、捲土重来《けんどちょうらい》を期するしかないと考えていた。そのためには実績を挙げるとともに、本部の方針に忠実でいようと思っていた。だけど、その二つが両立しないことは往々にしてあるんだ。そんなときはどちらが府民のためになるか、どちらが被害者を救済することになるかの視点で選択すればいいことを、安治川さんから学んだよ」

芝は、頭を下げたままの安治川に向かって、軽く一礼して、照れを隠すかのようにネクタイを直しながら部屋を出ていった。

2の変更

第一節

1

「こういうのはやっかいだな」

芝隆之《しばたかゆき》室長は、パソコンの連絡メールを見ながら独りごちた。

「どないしはりました？」

安治川信繁《あじかわのぶしげ》は、めったに見せない芝の苦々しい表情に、良くない予感がした。

「帝塚山《てづかやま》署から行方不明者届がうちに送付されてきたんだが、わざわざ付記事項として『行方不明対象者の実父は、現職府会議員の上村繁夫《うえむらしげお》氏である』と書かれているんだ」

「そら、嫌ですな」

関係者が誰であるかによって差はつけたくないし、またつけるべきではない。だが警察も行政機関である以上は、そういった忖度《そんたく》は少なからず存在する。

「届出人は、議員本人でっか」

「いや、議員の奥さんの菊江《きくえ》という人だ。つまり母親だな」

芝は、PDFで送られてきた行方不明者届をプリントアウトして、安治川と新月良《しんげつよし》美《み》に手渡した。

行方不明になっているのは、上村文夫《ふみお》、三十八歳、職業は大学講師とある。添付された写真は、ダークブラウンのスーツ姿にメタルフレームの眼鏡をかけ、おとなしそうな印象を受ける。それほど知的なイメージはない。瓜実顔《うりざねがお》で、目は一重瞼《ひとえまぶた》で細く、鼻や唇《くちびる》も小さめだ。身長は百六十八センチ、体重は六十キロ前後、急いで書かれたためか血液型は空欄で、身体的特徴として前歯が差し歯で、高校生のときに盲腸《もうちょう》手術を受けたとあった。

「あれ、この人もしかして……」

良美が声を上げた。

「知っているのか」

「対象者の男性は知らない人です。でも、家族関係欄に妻・上村優香里《ゆかり》とありますよね。箕面《みのお》など北大阪のほうでハナブサ苑というネイルサロンを経営してはる女性と同姓同名なんです」

「有名なのか」

「お母さんが、凄《すご》い人なんです。日本にネイルを持ち込んだ先駆者の一人です。女性雑誌の記事でこの母娘のことを読んだことがあります。警察官なので華やかなネイルをするわけにはいきませんが、うちかて女やから、関心はあります」

良美は自分の爪先を見つめた。透明のマニキュアが警察官としては限度だ。その爪の指先でスマホを操作して、ハナブサ苑のホームページを検索する。代表者として、上村優香里の写真が載っている。色白の面長で、文夫とは対照的なほどの、くりっとした大きな二重瞼《ふたえ》の目だ。顔の輪郭《りんかく》が細いだけに、よけいに目が大きく見える。そして、さまざまなデザインのネイルの写真が次々と出てくる。

「そうなのか。帝塚山署から送付を受けた以上は、府会議員とか有名ネイルサロンとかには関係なく、消息対応室として淡々と特異行方不明者か一般行方不明者かの判定をしていくことになる」

「おそらく、帝塚山署としては、府会議員さんから訊《き》かれたときに『われわれだけでなく、消息対応室も同じ判断をしています』と答えるつもりなんですやろ。いやもっと意地悪う考えたら、『判断したのは消息対応室ですから、文句があるならそっちに言ってください』とわしらを盾《たて》にする気かもしれませんな」

「まあ、実情はそんなところかもしれないが、先入観はやめておこう。とにかく届出人に来てもらって話を聞くことにしよう」

　届出人の上村菊江は、地味なグレーのレディーススーツ姿で消息対応室にやってきた。一重瞼の細い目が息子によく似ていた。その菊江を先導するようにして、警部の階級章を付けた制服姿の五十男が登場した。

「帝塚山署で総務課長をしている安井《やすい》です」

　安井は消息対応室の部屋を見回した。倉庫の二階で、備品も充分には揃っていないことに少し驚いている様子だ。

「総務課長さんがお出ましとは、御苦労様なことです。まあどうぞ」

　芝は皮肉を込めた言いかたで、ソファに座るように手で示した。発足当初はパイプ椅子しかなかったのだが、四天王寺《してんのうじ》署のお下がりがもらえた。

「帝塚山署としても謝らなくてはいけないことになりましたので、同行したまでです。上村さんは、提出した行方不明者届を取り下げなさいました。したがって消息対応室への送付も撤回《てっかい》ということになります」

「行方がわかったのですか」

「そうではないんですが、どうやら自発的失踪であることがわかりました。文夫さんは府内の二つの大学で非常勤講師を務《つと》めておられますが、どちらにも退職願が出されていたことが判明したのです」

「ほう。それはいつのことですか」

「文夫さんと連絡が取れなくなったのは一昨日からとのことですが、退職願は昨日に出されていました」

「あの、私のほうから説明いたします」

安井課長の言葉を、菊江が引き取った。

「文夫は、私の叔父と仲が良くて定期的に食事会に行くのです。来週のスケジュールは空《あ》いているかしら、という電話連絡を一昨日入れようとしたのですけれど、繋《つな》がりません。家の固定電話には出ないし、携帯のほうは〝電源を切っておられるか、電波の届かないところにおられます〟という紋切《もんき》り型のコールしか返ってきませんでした。それで帝塚山にある彼の家に行ったのですけれど、日曜日なのに不在だったのです。あまり出歩く子ではないのです。今までこんなことは一度もありませんでした。妻である優香里さんのお店に電話連絡を取ったところ、新代表就任記念パーティーが箕面《みのお》市の本店のすぐ近くのホテルで開かれていて、『代表は忙しく動き回っていますが、文夫さんは来ておられませんね』と社員のかたがおっしゃいました。そして翌日にもう一度文夫に電話をかけましたが、やはり繋がりません。しかたがないので、また優香里さんに連絡を取りました。彼女はパーティーのあったホテルに昨日から泊《と》まり込んでいて、文夫のことはよく知らないということでした。文夫は髪結《かみゆ》いの亭主のように気楽に生活していますが、優香里さんはとても仕事を頑張っておられます。いっしょに行動していないことも多いのです。優香里さんは『部下に自宅の鍵を持たせて向かわせるから』とおっしゃったので、帝塚山の家まで行って部下のかたを待ったうえで、中に入ったのですが、文夫の姿はありませんでした。それで帝塚山署に相談に伺《うかが》ったところ、とりあえず行方不明者届を出すように勧《すす》められました」

「勧めたと言うより、こういう届け出の制度があると生活安全課のほうでお知らせしたということです」

安井が小声で言葉を挟《はさ》んだ。

「私はとにかく心配性なものですから届を出すことにしました。きょうもう一度電話をしたのですがやはり繋がりません。大学のほうに問い合わせたなら何かわかるかもしれないと照会しました。そうしたら昨日の月曜日に文夫のパソコンからメールで大学宛てに退職届が出されているということでした。それなら事故に巻き込まれたといったことは考えにくいです。陳情《ちんじょう》のために東京に行っていた主人が帰阪《きはん》しましたので、事情を話したのですが『騒ぎ過ぎだ』と叱《しか》られました。お恥ずかしい話ですが、文夫は高校二年生のときに一度プチ家出をしています。私が探し回って、ネットカフェに泊まっているところを見つけました。そのときも主人は『騒ぎ過ぎだ』と怒りました。議員なのに子供のしつけができていないという評判が立つのが嫌だったのでしょう」

「それで、文夫さんとの連絡は？」

「まだ取れていません。携帯のほうは紋切り型のコールしか返ってこないのです」

「心当たりのようなものは？」

「ありません」

「結婚なさって何年目ですか」

「二年半になります」

「大学では何を教えてられるのですか」

「経済学説史という科目です」

「御家族は他に？」

「武夫《たけお》という五歳上の兄がおります。以前は出版社に勤務していましたが、現在は主人の秘書役をしています。武夫は『そんなに心配しなくていい。文夫ももう三十八歳で立派な大人なんだから』と言っています。文夫にはまだ子供がいません。子供がいれば親としての自覚もできて、もっとしっかりするのでしょうが」

「とにかくそういういきさつなので、行方不明者届は取り下げをなさったということです」

安井課長は「お手数をかけましたな」と軽く頭を下げた。

「どう思う?」

上村菊江と安井課長が帰ったあと、芝は安治川と新月良美に感想を求めた。

「帝塚山署が気を遣《つか》っているということですやろな。現職の府会議員の奥さんがやってきたなら、無下《むげ》にはでけしません。連絡が取れへんケースでも、成年者でまだ二日目ということなら、普通は『もう少し様子見なさったらどうですか』と対応するでしょうが、議員からあとで『冷たく追い返されてしまった』と非難されることは避けたいです。とりあえず行方不明者届を提出させて、わしらのところに送付をして、下駄《げた》を預けようとしました。つまり、自分のところで事件性なしと判断することを回避したわけです。ところが、奥さんが撤回を申し出たものやから、あわてて付き添ってきたということですな。府議が『騒ぎ過ぎだ』と奥さんをたしなめたというのが効いたようです」

府警にとって、ベテランの府会議員となると特別の存在になる。府警の予算や人員を決めていくのは基本的に府議会である。それだけではない。府警の要職者たちは府議会に出席して、議員からの質問を受けなくてはいけない。世間の耳目《じもく》を集める事件についての質問は、議員にとってパフォーマンスの機会にもなる。議員から厳しい舌鋒《ぜっぽう》を浴びないためにも、府警は日頃から議員に気を配る。ときには、ご機嫌取りもする。

「自分の息子のことで警察を私的に使ったとライバル政党から批判されたなら、議員さんとしてはイメージが悪くなるから、奥さんにブレーキをかけたということなんですね」

良美がヤレヤレという顔をした。

府警や府庁に対しては強い立場にある府会議員の天敵は、ライバル政党やその所属議員、そして何よりも選挙区の府民の世論だ。選挙区の府民の支持を得るために、行政機関に無理難題的な圧力をかけてくることもあれば、英雄視される効果を狙って厳しく追及してくることもある。府警の幹部だけでなく、現場の警察官もそういった打算による波風を受けることは少なくない。

「帝塚山署の忖度は行き過ぎやけど、行方不明者届の取り下げも行き過ぎている気がしますんや。行方がわかったんならともかく、まだ電話も繋がらへん状態です」

「安治川さんなら、一般行方不明者か特異行方不明者か、どちらに判別する？」

「今のところ五分五分です。さいぜん聞いた限りでは、文夫はんと優香里はんという夫婦の仲はあんまし良かったとは思えしません。新代表就任記念パーティーがあったなら、配偶者も同伴することはようありますが、そういうことをせず、ヨメのほうだけが近くのホテルに泊まってます。文夫はんは大学講師という響きはよろしいけど、たいした稼ぎはあらへんかったと思えます。ましてやあの母親がまだ子離れでけてへん印象があります。三十八歳の男としては、不満で鬱屈《うっくつ》した毎日から逃げ出したい気持ちはあったと思います。せやから自発的失踪の可能性はあります。けど、大学の授業を年度途中で急に投げ出したりしますやろか。わしは高卒やさかい大学のことはよう知りませんけど、別の人間がすぐに代われるというもんやおませんやろ。パソコンのメールで退職願を送ったというのもどうもしっくりきません。それと、なんとのうですけど、上村府議が取り下げるように指示を出したのは、私的なことで警察を使っているという批判を避けるだけやのうて、探られたくない何かがあるような気配を感じますのや」

「私は一応大学卒だけど、途中で先生が辞めてしまった講義はなかった。高校までは文部科学省が決めた学習指導要領があるけど、大学になればそういう枠組みはなくて先生が自由に進めていく。それだけに途中で交代となると、学生も困ってしまう。病気で入院というのなら、それもしかたないけど」

良美は行方不明者届のコピーを見つめた。

「自発的失踪なら、よほどの事情があるということでしょうか。なんか気になりますね。有名ネイルサロン経営者と大学講師というのは、別世界の人間のように思えるのですが、夫婦なんですよね。二人はどういう関わりがあったんでしょうか」

「われわれは一度、行方不明者届の送付を受けた、しかし、それは撤回された。撤回されたのになおも扱うことは、適切ではない」

芝は立ち上がると、良美の持つ行方不明者届のコピーを裏返した。良美は不満そうに芝を見上げる。

「理屈はそうです。だけど、いったん送付されながら、そのあとすぐに撤回なんて、小バカにされたみたいな気がします。それに、もし何らかの犯罪が隠されていたとしたら、スルーしてしまうのは良くないのではないですか」

警察官は、犯罪の兆候《ちょうこう》を知ったならそれを防止しなくてはならない義務がある。

たとえば、管轄外《かんかつがい》で勤務時間外であっても、刃物を隠し持って駅に向かって急ぎ足で歩いている人物を現認したなら、まずは声をかけて事情を訊《き》く。犯行前に防止をするのが最優先だ。所轄《しょかつ》への通報はそのあとでもよい。

「スルーしろとまでは言っていない。もし府警本部のエライさんがここにいたなら『府議さんには絶対に感づかれないように細心の注意を払って、少し調査してみろ』と言う人のほうが多いだろう。新月君の言う犯罪云々《うんぬん》ということではなしに、府議に関することは何でも知っておきたいのだよ。上村府議のホームページを見てみたんだが、議員歴二十二年のベテランだ。今は総務常任委員会の副委員長だが、去年までは警察常任委員会の副委員長だった。帝塚山署がへこへこ忖度をするはずだよ」

芝は、良美の持つ行方不明者届のコピーを裏返したが、取り上げてはいなかった。

「つまり、ベテラン府議に何か弱みがあるなら、摑《つか》んでおいたら府警にとっていざというときに武器になるかもしれへんということですな」

「そういうことだ」

「やってみますか。府警のエライかたの武器になればと忖度をして」

安治川は軽く苦笑した。幸いと言うべきか、消息対応室は今はこれといった案件を抱えていない。

「いざとなれば、そういう言い訳ができなくはない。ただし、上村府議に感づかれたらすぐに中止だ」

2

新月良美は、ジーンズにトレーナーというカジュアルな服装で、大阪平成大学へ向かった。上村文夫が非常勤講師を務《つと》める大学の一つだ。

経済学部の掲示板に〝上村講師　都合により当分の間休講します〟という貼り紙がされている。近くにいる学生たちに声をかけて、上村文夫の評判を聞いてみる。受講していた学生が三人いた。

「楽に単位が取れると聞いたから選択した。まだ二回しか出席していない。ボソボソと一方的に話しているだけで、何が言いたいのかよくわからない。レポートだけなので、出席はする必要ないと思った。当分の間休講って、病気なのかな。まだ若いし体格もまあまあ良さそうな先生だったけどな」

「去年、選択したよ。講義は何かの本を読み上げているような感じで、全然面白くなかった。うちの大学のOBということだが、偏差値の低い大学出身でも教壇に立てる

「試験がなくてレポートだけだって先輩に聞いたから選択したわ。実は、授業には一回も出ていない。出なくていいって先輩に教えてもらったから。うちのゼミの教授が『あの先生は、コネで講師をしている』って言っていたことがある。詳しいことは知らないけど、先生にも裏口入学があるのかしら。あはは」

最後に話してくれた女子学生にゼミの教授名を聞いて、研究室を訪ねてみることにした。警察官であることは伏せて、調査会社から上村文夫の素行《そこう》リサーチを頼まれたと自己紹介した。

「ほう、もしかして浮気の調査かね」

尖《とが》った顎《あご》の教授は、八の字眉《まゆ》をさらに下げて興味深そうに訊いてきた。

「まあ、そのようなものです」

「急に辞《や》めたことと関係あるんかな。あ、辞めたことはまだ知らんか」

「いえ、知ってます。パソコンのメールで退職を伝えたと聞きました」

「失礼な話だよね。いくら一コマだけの非常勤講師でも、ああいう無能な常識知らずを七光りで採用しちゃいかんよ」

「七光りというのは、父親の府会議員のことですか」

「そうだよ。そのうえ、母方の祖父は元代議士で閣僚経験もある大物だということだ。政界とパイプがないと、私学は助成金や新学部創設のときに不利になってしまうという大人の事情はわかるんだがね」

教授はあまり納得していない表情だ。

「別の大学でも非常勤講師をしていて、同じように退職したということでしたが」

上村菊江はそう言っていた。

「あそこは、その府議をしている父親の母校だ。やはり辞めてくれてホッとしているんじゃないかね」

「非常勤講師の掛け持ちで収入はどれくらいになるんですか」

「一コマなら、しれているよ。非常勤講師というのはあくまでも時間単位での雇《やと》われの身だ。一回の講義で一万円くらいの講師料が支給されるだけだから、二つの大学に行っても月収八万円くらいだ」

「それでは生活できませんね」

年金や健康保険料も支払わなければならない。

「ワイフがたくさん稼《かせ》いでいるから食わせてもらっていると聞いたよ。結構な御身分だよね」

「異性関係について、噂のようなものはありませんでしたか」

「噂があったから、君は依頼を受けて調べているんだろ？」

「ええ、まあそうなんですが」

「まあ。もう辞めたあの男と顔を合わすことはないから、しゃべってもいいだろう。あの男は、うちの大学のOGと腕を組んで梅田《うめだ》の飲み屋街を歩いていたらしい」

「つまり教え子の女子大生と、ですか」

「教え子と言えば教え子だが、単位稼ぎで選択していただけの女の子だ。実は私のゼミ生だったんだ。うちの大学は二回生からゼミがあるんだが、彼女は三回生になる前に中退した。ほとんど単位は落としていたね」

「いつごろのことですか」

「三年前に自主退学したよ」

良美が訊きたかったのは中退した年のことではない。

「梅田で腕を組んで歩いていたというのは、いつのことですか」

「一年ほど前のことだよ。彼女を一回生のときに基礎演習で担当した教授が見かけたということだから間違いないよ」

「中退して、どこかに就職したんですか」

「アルバイト先にそのまま就職したそうだ。それがまあ、端的に言うと夜の商売のお店だよ。在学中からこっそりアルバイトをしている女子学生はちょくちょくいるようだ。時給がいいからね。だが、学則では禁止となっているから、みんなこっそりやっている。ところがあの子はアルバイトの頃から、ゼミ教員である私に店のテッシュを渡して『曾根崎《そねざき》にある浴衣《ゆかた》ラウンジなんです。これがあれば割引料金で入れますから、来てみてください。同伴してくれたら、もっと嬉しいです』と勧誘してきた。前代未聞の大胆さだったな。うっかり誘いに乗ったら問題になりかねない」

「上村先生にも誘いをかけたんでしょうか」

「そうだろうね。基礎演習の担当教授も誘われたと言っていたからね。おっと、しゃべりすぎてしまったな。うちの大学の恥になりかねない。私から聞いたということは、口外《こうがい》しないでくれ」

「誰から聞いたなんて絶対に言いません。最後に一つだけ教えてください。その女子学生の名前と店名を知りたいんです」

「店名なんて忘れたよ。テッシュはすぐに捨てた。女子学生の名前は藤谷《ふじたに》さんだよ。さあ、もう終わりにしてくれ」

「ありがとうございました」

事務室に行けば、中退した学生であっても三年前まで在籍していたのだから学籍簿《がくせきぼ》が残っていそうだ。住所や顔写真が得られるだろう。だが、ここは我慢した。警察手帳を提示しないと協力は得られない。もし大学と上村府議が結びついているとなると、下手をすると伝わってしまいかねない。


「ご苦労さんだった。収穫はあったじゃないか」

芝は、帰ってきた良美をねぎらった。

「私のほうも、府警の総務部まで足を運んで上村府議に関する情報を得てきた」

「総務部ですか」

芝がこの消息対応室に移動してくるまでの古巣だ。

「総合調整係というぼやかしたネーミングにしてあるが、府議会対策のセクションがあるんだよ。マスコミと議員さんは敵に回したくない存在だからね。府議の経歴や家族構成といったものは、私のような今は部外者となった人間でも教えてもらえる。大阪文科大学を出た上村繁夫は、二十四歳で大阪選出の衆議院議員・行橋大造《ゆきはしだいぞう》の私設秘書となる。そして大造の三女である菊江と結婚する。新郎新婦ともに二十七歳のときだ。そして上村繁夫は四十一歳で、党の公認を得て府議選に出馬して初当選を果たす。

以後、五期連続で当選して現在に至っている。息子が二人いて、長男の武夫は外資系の投資会社や出版社勤務を経て、現在は上村繁夫の秘書をしており、後継者と目されている。上村繁夫はどちらかと言えば穏健派《おんけんは》で、去年まで務めていた警察常任委員会でも、あまり府警と対立することはなかった。次の統一地方選挙で、息子の武夫に地盤を譲《ゆず》る腹づもりのようだ。仕えていた行橋大造代議士は存命で閣僚経験者でもあるが、政界は引退している。引退のきっかけになったのは、ダム工事の入札価格漏洩《ろうえい》疑惑で、灰色のまま不起訴となったが辞職することでケジメをつけたと言われている。その影響もあってか、上村府議は世間の評判を気にしており、晩節《ばんせつ》を穢《けが》したくないという思いが強いようだ。次男の文夫についても、将来的にも政界には無関係ということで総務部のほうでもあまり情報はない。長男の武夫は国立大学出身で優秀なだけに、繁夫は武夫に対しては大いに期待しているが、文夫に関してはそうでもないようだ。文夫の妻については、安治川さんが調べてくれている。おお、噂をすれば影だな」

扉が開いて、安治川が姿を見せた。

「定年になってからの外回りは、足腰に張りが出てこたえますな。けど心にも張りが出ます。二つの張りで相殺《そうさい》される……いや、心の張りのほうが少し上回りますな。やはり人間はいくつになってもやりがいがないとあきません」

「お疲れ様です。お茶を淹《い》れますね」

良美が腰を浮かした。

「いやいや、これでええ」

安治川はペットボトルを差し出して、良美を制した。

芝は、総務部で得てきた上村府議に関する情報を安治川に話した。

「わしのほうは、ヨメの上村優香里のことを調べてみました。とはいえネイルサロンなんて、わしには一生縁《えん》のあらへん世界です。どないしよかと案じていたら、ふと思い当たったことがあったんです。わしの同期採用で暴対課で頑張っておった刑事が定年退職してセキュリティー会社に就職したんです。要するに、半グレやチンピラや暴力団くずれの連中がミカジメ料まがいの要求をしてきたりイチャモンつけてきたときに法的に対応する会社ですのや。エステやネイルサロンのように女性が大半の店はそういった連中に狙《ねら》われやすいので、顧問契約《こもんけいやく》を結んでいることが多いと聞いとりました。まあ一種の保険ですな。千里《せんり》や箕面など北大阪が主なテリトリーやと言うてましたんで、連絡してみたんです」

「さすが安治川ネットワーク」

良美が小さくつぶやいた。

「そしたら、その顧問先の一つに上村優香里が代表をしているハナブサ苑が入っていました。ハナブサ苑の創設者は、優香里の実母である能代英子《のしろえいこ》です。英子の英はハナブサとも読みます。彼女はアメリカ旅行で向こうの女性たちが華やかなネイルアートをしているのを見て、これから日本でも流行すると確信して、一九八五年に始めたそうですのや。開業に先だって、アメリカの専門学校に半年間留学してテクニックを覚えたということです。当初は千日前《せんにちまえ》のテナントビルで開業してなかなかお客が入らへんかったけれど、店を北新地《きたしんち》に移したことでホステスはんたちを掴んで、口コミでどんどん新規客が拡がっていったそうです。先駆者《せんくしゃ》の一人として、うまくいったわけですな。そのあと東京の大手美容室チェーンが手がけるネイルサロンが北新地に進出してきたことで、ハナブサ苑は今度は高級住宅街の多い箕面市に店舗《てんぽ》を移して、若いマダムをメインの客にしていくわけです。ハナブサ苑は箕面の本店をはじめ、現在では北大阪に三店舗を構えてます。業界の誰に訊いても、創業者の能代英子はしっかり者で、経営センスに長《た》けたやり手の女性という評判やそうです。その能代英子の一人娘が優香里です。彼女もまたアメリカのネイル専門学校で学んだあと、帰国して母親の片腕として、ハナブサ苑の副代表を務めてきたということです。優香里は二年半前に、上村文夫と結婚して改姓します。この冬に、能代英子は心筋梗塞《しんきんこうそく》で急死しました。それによって優香里は、ハナブサ苑の副代表から代表に昇格しました。先だってはその新代表就任記念パーティーをやったわけです」

安治川はメモを見ながら報告した。

「うちには、そういう経営者の女性と、あまり仕事もせず同僚や学生の評判も良くない大学非常勤講師とが結びつかないです。どういう経緯で結婚したんでしょうか」

「わしも疑問やったんで訊いてみたんやが、結論から言うと、ようわからんのや。道路建設業界や宅地開発業界ならともかく、ネイル業界にはそれほど政治利権が結びつかへん。せやから政略結婚という可能性は低そうや。優香里と文夫は小さい頃の生活圏も離れてるし、学年も優香里のほうが二つ下やし、出身中学も高校も別や。優香里は高校を出たあと大学には進学せず、アメリカのネイル専門学校に一年間留学している。接点はなさそうやが、結婚しているんやから、どこかにあるはずや。これから調べようと思うてる」

「では、うちが調べたことを聞いてください」

良美は、大阪平成大学で得たことを話した。

「ほう、文夫に愛人女性の可能性か……写真の印象ではあまりカイショがあらへんように見えるけど、何か裏の顔があるんかもしれんな」

「こっそり別の高収入の仕事をしているのかもしれへん。ヨメはんとしては、なんぼ羽振《はぶ》りがようても、愛人とダンナとのデート費用は出さんやろ」

「ええ、そんな奥さんはいませんよ。多忙な優香里さんは、夫の不倫を知らなかったのかもしれませんね」

「しかし、腕を組んで歩いているだけで、不倫関係とまで言い切らないほうがいい」

芝が言葉を挟《はさ》んだ。

「ああ、たしかにそうですね。でも、夫婦としてうまくいっているなら揃《そろ》って新代表就任記念パーティーに出るのが普通ですし、優香里さんがパーティーのあと近くのホテルに泊まっていたというのもなんだか」

「それは遅い時間になったからかもしれない」

「まあ、それはありえますすけど」

「室長。帝塚山ていうたら、大阪市内屈指の高級住宅地です。防犯カメラを備えてる邸宅も少なくないんとちゃいますか」

「同じことを考えていたよ。もしかしたら失踪時の人の出入りが掴めるかもしれない」

「裏の顔ですか」

3

帝塚山地区は、阿倍野《あべの》区と住吉《すみよし》区に跨《また》がる。消息対応室が置かれている四天王寺署からは比較的近い。芝と良美はそこに足を向けた。

上村文夫・優香里夫妻の家はその区境近くにあった。落ち着いた雰囲気の住宅街の一角だ。アイボリーを基調とした軽量鉄骨二階建てで、片流れの屋根が斬新《ざんしん》なデザインだ。周囲の広い邸宅に比べればかなり狭いが、夫婦二人暮らしなら充分と思われた。壁や建材の新しさからして、おそらく二年半前の結婚時に建てたものだろう。ガレージは付いていない。交通部に照会をかけたところ、夫婦はともに運転免許を持っていなかった。近くに南海《なんかい》電車の帝塚山駅があり、他に阪堺電軌上町《はんかいでんきうえまち》線も走っているから、交通の便は良かった。

夫妻の家には防犯カメラは設《もう》けられていなかったが、斜め向かいの冠木門《かぶきもん》のある日本家屋には防犯カメラが付いていた。上村邸の方角には向いていないが、前の道路はレンズが捉えている。さらに上村邸を挟んで六軒先の家にも、同じような防犯カメラがあった。

上村邸の出入りは直接映らないが、前の道路の二ヵ所が摑めるのはありがたかった。ここは警察という身分を明かさないと、カメラ映像は提供してもらえるものではない。上村夫婦の名前は伏せて、近くで老人宅を狙った特殊詐欺事件があってその犯人が前の道路を通っているかもしれないので、として芝は警察手帳を見せたうえで協力を求めた。

そして上村文夫が退職届を送信した月曜日やその前日に、前の道路を歩いている人物を注視したが、文夫の姿は見当たらなかった。もっとも夜間となると、通行人の顔ははっきりとはわからない。またタクシーで通ったとなると、これも把握《はあく》できなかった。

それでもこの二日間、上村文夫が少なくとも昼間に歩いて通ったことは考えにくかった。それなのに、退職届は送信されていたのである。送信時間まではわからないが、おそらく大学の事務室の執務《しつむ》時間内であろう。

母親の菊江の姿は映っていた。家を訪ねたという話は本当だった。そのときには文夫はいなかったことになる。

「優香里さんも映っていませんね」

「本店近くのホテルに泊まっていたということだから、それは当然と言えば当然だが」

「文夫さんはもっと前にノートパソコンを持ち出していて、別の場所から送信したということはないでしょうか」

「それはありえるな。夜間にやってきて持ち出した可能性もないではない」

「そうですね。やはり上村家の玄関が映っていないのが残念ですね」

そのころ、安治川は梅田で初老の男と会っていた。かつては便利屋のかたわら街金《まちきん》の取り立て屋の手先のような仕事をしており、安治川が一度検挙したことがある。執《しっ》行猶予《こうゆうよ》になった後は、夜の街の風俗ライターとして活躍していたが、糖尿病がひどくなり数年前に引退していた。

「久々に曾根崎の街をぶらつきました。ネオンの世界は変化が激しいでんな。かなり変わっていましたで」

「せやろな」

「曾根崎の浴衣ラウンジというのは、ええ手がかりでした。わしがライターをやっていたころにオープンした店で、そのころに一度訪ねたことがあります。昔のランジェリーサロンの変形みたいなもんですけど、キャバクラに比べたら割安やし、浴衣の上から少しくらいならお触りでけるというので、そこそこ流行《はや》っていましたな」

「まだ店は続いていたんか？」

「ええ。源氏名《げんじな》はわからんでも、在籍していた年と大学名とフジタニという本名が摑めていたんで、特定でけました」

男はメモを取り出した。藤谷早恵《さえ》という名前と携帯電話番号と大阪平成大学近くの賃貸マンションと思われる住所が書かれてあった。

「今はもう在籍してまへん。人気のあった女の子やったんで店長は慰留《いりゅう》したそうですけど、あかんかったということです。十八歳のときから二年ほどおったそうです。入店動機はマイカーがほしいということでしたが、普通の車ならゆうに二台分くらいは稼げていたやろということです」

「夜職《よるしょく》を辞めたということやろか」

「いや、せやないでしょう。若い学生が、一度高い報酬《ほうしゅう》の味を覚えてしもたなら、地道なバイトには戻れしませんで」

「移った先の店はわからないかな」

「それは摑めませんでした。この携帯電話番号も、もう使われておりまへん」

「引き抜かれて移ったということかな」

売れっ子ならそういうこともよくある。

「店長の話では、そうかもしれへんということでした。あるいは高額のお手当を毎月もらえる愛人に収まった可能性もあります。確証があるわけやおませんけど」

安治川は丁寧《ていねい》に礼を言って別れたあと、交通部に照会をかけることにした。マイカーがほしいということは運転免許があるということだった。

4

運転免許証でわかった藤谷早恵の現住所は、都島区《みやこじま》京橋《きょうばし》駅に近いマンションだった。

合流した安治川と芝は、そこに向かった。

「夜の店で稼いで、家賃の高いところへ移ったということだろうな。京橋も大阪では有数の繁華街だから、その種の店はかなりあるだろう」

「もしくは毎月のお手当をもらえるパトロンの太客《ふときゃく》を摑まえて引退したという線もありえますすな」

「その太客が上村文夫か。だとしたら、とんだ大学の先生と教え子だな」

「他にもパトロンはおるかもしれまへん。ようけの男を掛け持ちする器用な女の子は少のうないです」

たとえば五人の太客がいたなら、誕生日には五人ともにまったく同じブランドバッグをおねだりする。五人の太客は、他の四人のことを知らないで自分だけが特別の関係だと思い込んで、つい財布の紐《ひも》を緩《ゆる》める。五個のブランドバッグを手にした彼女は、他の四個を質屋に売って、残る一個を肌身離さずに持つ。五人の太客はそれぞれ、オレのバッグをいつも持っていてくれてると誤解して、さらに貢《みつ》ぐことになる。

「他にパトロンがいたとしても、上村文夫がその一人ならお手当のための資金をどうやって得ているのかは気になるな」

「ええ。もし裏でヤバイ仕事をしていたなら、その関係で拉致《らち》されたという可能性もないわけやおません。府議としては、息子がそういうことをしていたならスキャンダルになりますよって、行方不明者届をあわてて取り下げたということもありえます」

「そうだな。まだあくまでも想像の域を出ないが」

寝屋川《ねやがわ》に面した十三階建てのマンションだった。それほど広い敷地ではなく縦長《たてなが》だ。ライトパープルの壁は美しく、まだ築年数も浅そうだ。南側の上層階からは、大阪城の天守閣《てんしゅかく》が見えるだろう。オートロックのエントランスに防犯カメラがあるうえに、管理警備員室も設けられている。万全のセキュリティーと思われる。

「おっと、あの管理警備員は……」

安治川はズカズカと入っていった。

「おぉ、安治川君やないか」

「御無沙汰しとります。お元気そうで。こちらで働いてはるのですね」

管理警備員は厳《いか》つそうな相好《そうごう》を崩《くず》した。安治川の八年先輩になる元警察官の福沢《ふくざわ》だった。安治川の人脈の広さと好かれる人格に、芝はじっと待っているしか術《すべ》がなかった。

「安治川君はまだ定年前だったかな」

「いえいえ、もう定年になりました。現在は再雇用警察官として、生活安全部の消息対応室という部署で働かせてもろうてます。新設の部署で、府警本部やのうて、四天王寺署の敷地内にありますのや」

「そうかい。再雇用の制度ができて羨《うらや》ましいよ。私の世代は、年金はもらえるけれど、慣れた警察を離れなきゃいけなかったからな」

「ええ。やはり、収入よりやりがいですよね。それで先輩、えらいすんまへんけど」

安治川は頭を下げて、藤谷早恵のことを訊いた。

「あのお嬢さんはマナーが悪くて評判が良くないな。生ゴミを夜中のうちに出すのでカラスに食い荒らされたり、裏口にある駐輪場の線からはみ出して自転車を停めるので、他の住人から苦情を受けたりしているよ。まあ、彼女だけでなく、奔放《ほんぽう》なお嬢さんは他の部屋にもいるがね」

「一人暮らしですか」

「このマンションの大半は1LDKの部屋だ。たまに新婚カップルもいるが、ほとんどが単身者だ」

「家賃はどのくらいですか」

「十万五千円だ。他に共益費《きょうえきひ》が一万三千円必要だ」

「約十二万円でんな。結構しますな」

「入居者はさまざまだが、京橋の水商売関係の女性が最も多い。あとは看護師や夜間保育所の保育士、IT企業のキャリアウーマンといったところだ。男性サラリーマンもいるが、女性が八割ほどだ」

「藤谷早恵はんは、何の仕事をしてはるんですかね」

「それがよくわからんのだよ。契約時には職業欄にサービス業と書かれてあって、夕方になると濃いめの化粧で出勤するところをほぼ毎日見かけたけれど、今ではそんなことも無い。かなり閑《ひま》そうにしている。管理警備員としては、毎月家賃を滞りなく払ってくれている入居者のプライバシーに踏み込むわけにはいかない」

福沢は小声になった。

「このマンションには、そういうお嬢さんも何人かいる。お手当生活ということだろうが、なかなか結構な御身分だよ」

「男の出入りはどないですか」

「あるよ。真面目そうな瓜実顔の中年の男が、週に一、二回やってくる。その男が賃貸保証人にもなっている」

「瓜実顔……この人物でっか」

上村文夫の写真を見せる。

「そうだよ」

「もしかして、今彼女の部屋ですのか」

それなら、愛人のところに入り込んでいることになる。

「いや、きょうの出入り者の中にはいない。私の勤務日でないときは知らないが、最近見かけたのは四、五日前かな」

「先輩はここで住み込みなんですか」

「そうじゃない。ここの管理警備員はみんな通いだよ。勤務は朝七時からの日勤と夜十時までの夜勤だ。通し勤務のシフトのときもあるし、日勤か夜勤かどちらか一方だけというときもある。土日も詰めている。さっき言ったように単身者が多いから、宅配便やクリーニング業者の不在時受け取りも大事な業務だ。簡単な補修や来訪者の受付ももちろんするが」

「他の男が、藤谷早恵はんを訪ねてくることはありまへんか」

「一人いるよ。若いイケメンが。そっちのほうが頻繁《ひんぱん》だよ。泊《と》まっていくことも多い」

「つまり保証人となったパトロンの中年男のほかに、同世代の恋人がいるってことですかね」

「入居者の私生活には立ち入らないが、そんな印象はあるね。まあ、ここに住んでる若い女性には珍しくはないが」

「そのイケメンの名前はわかりませんかね」

「安治川君は何を調べているんだ?」

「実は、賃貸保証人となっている上村文夫はんの行方不明者届が出されたことがありまして、消息を追っていますのや」

「賃貸保証人が……そいつは、われわれとしても放置はできないな。家賃は、おそらくあの瓜実顔の男が支払っているのだろう。もし失踪したとしたなら、家賃回収ができなくなるおそれがある」

「まだ行方不明かどうかはわからしません。たとえ行方不明であっても事件性があるかどうか現段階でははっきりしまへん」

「消息を調べてくれることは、われわれの損益《そんえき》にも関わる。協力はしよう。そのかわり消息については早めに教えてくれ。交換条件だ」

「わかりました」

「何度も来訪して泊まる者には、関係人届を書いてもらっている。彼女の部屋に出入りしている若者はこの男だよ」

それによると、楠原智彦《くすはらともひこ》、二十四歳、フリーターとなっていた。藤谷早恵との間柄は、友人と書かれている。

「この楠原智彦と上村文夫が同じ日に来たことはありますか」

「私の記憶にはないな。鉢合《はちあ》わせしないように彼女がうまく時間調整をやっているんじゃないかね。おそらくパトロンと恋人ということだろうから」

「すんませんけど、エントランスの防犯カメラ映像を見せてもらえませんか」

「かまわんが、全部の人物が網羅《もうら》されているわけではないぞ。夜の十時から朝七時までの間に限っては、裏の出入り口からも暗証番号を押して入ることができる」

「裏の出入り口には防犯カメラはあらへんのですか」

「あったほうがいいんだが、すべてを管理されるのはかなわないという女性入居者もいて、管理会社との折り合いでそうなったと聞いている。だから深夜の時間帯は、完全には捕捉《ほそく》できていない。防犯とプライバシーは両立せんよ」

「むつかしいもんですな」

「ストーカーからは防いでほしいが、お忍びには干渉しないでほしい、というわがままを叶《かな》えるための折り合いだよ。まあ、毎回毎回深夜に来て夜明け前に帰るというのも簡単ではないだろうが」

福沢は防犯ビデオを再生してくれた。

楠原智彦は一昨日に正面エントランスから入って、約二時間後に出ていた。その姿を安治川は写真に撮った。上村文夫の姿は、四日前の日曜日の午後九時過ぎに前屈《まえかが》みになりながら、急ぎ足で入っていく姿が捉えられていた。だが出ていく姿は映っていなかった。もしも午後十時以降も滞在していて、裏の出入り口を使って出たなら捕捉できない。

その日の早恵は、夕方五時前に出ていって、約十五分後にコンビニの袋を下げて戻ってきていた。それ以降は動きはなかった。その日は楠原智彦の姿も、どの時間帯にも映っていなかった。早恵はその翌日昼前にかなりおしゃれをして出ていき、夜八時頃に帰ってきていた。

そのころ新月良美は、ハナブサ苑の本店でネイルを施してもらっていた。予約なしだったので少し待たされたが、紅茶を出してくれて、そのあと初心者ということでカウンセリングをしてくれた。広くてきれいな室内でクラシック音楽が流れ、ネイリストたちは清潔感のある淡いピンクの制服だ。

サンプルを見せてもらったうえで、爪の表面を削らなくていいカラージェルと呼ばれる方法を選んだ。

「カラージェルの面白いところは、自由に色を混ぜることができて自分なりのオリジナルカラーを創り出せることです。御家庭でなさるときは、白か黒を加えることをお勧《すす》めします。白を混ぜると、淡い仕上がりのすっきりとしたものになります。逆に黒を混ぜると、落ち着いた深い味わいになります」

「ネイルって、奥が深いんですね」

色の組み合わせはお任せにした。そして、さりげなくネイリストに訊いてみる。

「前代表の英子さんは、一代でハナブサ苑を創業しはったのですか」

「はい、そうです。いち早くアメリカでネイルアートの勉強をして来られました。日本では、ソウルオリンピックで優勝したフローレンス・ジョイナー選手の華麗なネイルで認知され始めましたけど、その前からです。先見の明があったと言えます」

濃い茶髪をポニーテールにした三十代後半くらいのネイリストが丁寧《ていねい》に対応してくれた。

「凄《すご》いかただったんですね」

「三店舗にまで拡げた前代表は、ゴッドマザー的な存在だったかもしれませんね」

「亡くならはったのは、心筋梗塞やったとネットで読みました」

「突然のことで私たちも驚きました。還暦《かんれき》を過ぎてからは副代表の優香里さんに少しずつ実務権限を委譲《いじょう》していたので、大きな混乱はなかったですけどね」

「優香里さんになって、お店のほうは何か変わりましたか」

「英子さんの路線を継承《けいしょう》して奮闘《ふんとう》しておられます。でも、今年に入って、腕のいいネイリスト二人の独立を止めることができなかったですね。お二人は、英子さんが代表だから留《とど》まっていたんですよね。その意味では、二代目の苦しみが新代表にはあるのかもしれません。あ、こんなこと、あまり口外しないでくださいね」

彼女はしゃべり過ぎたという顔をした。

「はい、わかりました」

良美は口にチャックをする仕草《しぐさ》をした。

料金は他店より高めだったが、これまでネイルサロンには縁がなかった良美に、また来てみたいなと思わせる満足感があった。

5

消息対応室の三人は、出前を取って遅めの夕食を取ったあと、ミーティングをした。

芝がこれまでの経緯を整理する。

「大学で非常勤の講師をしている上村文夫が消息を絶った。学期途中で、以降の授業を放り出してのことだ。行方不明者届を出した母親の菊江の行動は当然と言える。だが、その菊江はすぐに撤回をした」

「なんで撤回したのか、がポイントの一つかもしれませんな。菊江はんは、文夫が高校二年生のときにも一度プチ家出をしたことがあったと言うてましたけど、高校生と社会人の大人とはちゃいますわな」

「私もそう思う。ただ、あの母親は過保護だという印象もある」

「菊江はんは、東京から帰阪した夫に事情を話したところ『騒ぎ過ぎだ』と叱られたので行方不明者届を取り下げる、といった説明をしました。成人した子供とはいえ悪い評判が立てば選挙のときに響きかねない、ということは一応理解でけます。そやけど、上村繁夫はかつて国会議員の秘書をしていて、その娘が菊江はんやったわけです。岳父《がくふ》の後ろ盾があって府議になれたわけで、そんなにヨメはんにきついことが言えますやろか」

「たしかに、そうだな。ということは行方不明者届を取り下げさせたのは……その岳父である行橋大造元代議士か」

「わしはそう思います」

「しかし行橋大造はもう政界を引退している。彼が選挙を気遣うことはないだろう」

「上村府議が娘婿《むすめむこ》として代議士を後継するってことはないですか」

良美が質問を挟む。

「上村府議はもう年齢的に厳しいだろう。それに、行橋の政界引退は疑獄《ぎごく》がらみだったので、党としても身内に後継させようとはしないと思える」

「それじゃあ、選挙とは別の理由が何かあるということですね」

「たぶん、そうだろう。探られたくない何かが」

「上村文夫の行動範囲は狭そうです。最も可能性があるのは愛人と思われる藤谷早恵のところやが、どうやらそこにはおりません。その早恵への愛人資金もどないして調達していたかわからしません」

「何か奥がありそうですね。調べていきたいです」

「新月君の気持ちは私にもわかる。しかし室長の立場として、これ以上進むことは適切ではないという思いもある。行方不明者届は撤回されたんだ。帝塚山署もわれわれへの送付を取り消した。だから消息対応室としては、手を離れた案件なのだ。ましてや政治家が絡んでいるとなると、府警の上層部は神経質になる」

「だけど、もし上村文夫さんがどこかに監禁されていたなら、どうなるんですか。それに政治家が絡んでいるからどうこうというのは、うちは好きやないです」

「好き嫌いの話ではないんだよ。現実問題なんだ。それに、上村文夫が監禁されているような証拠は何もない」

「でも……」

「室長、ここはわしにやらせてもらえませんやろか。室長にも新月はんにも将来がおます。経歴に傷がつくことはしたらあきません。せやけど、わしには失うものはあらしません」

「しかし安治川さん」

「室長は聞かなんだことにしてください。新月はんも控えてくださいな。もし犯罪の可能性が出てきたなら、必ず報告します」

「どう動いていくつもりなんだ」

「藤谷早恵を糸口にしよと思うてます。上村文夫と特別な関係にあったと思われる女性です。行方を知っているかもしれまへん」

「直接当たってみるのか」

「いずれはそうなりますやろけど、まずは情報を集めよと思います。幸いなことに、マンションの管理警備員は知り合いでした」

「くれぐれも慎重に進めてください。今夜はすっかり遅くなってしまった。もうお開きにしよう」

消灯して消息対応室を出ようとしたとき、机上《きじょう》の電話が鳴った。

「こんな時間に、きっと間違い電話でしょうね」

良美はそう言いながらも受話器を取った。午後十一時近かった。

「え、はい、そうです。安治川ならおります」

良美は、受話器を差し向ける。

「もしもし安治川です」

「福沢だ。今夜は当直かね」

「いえ、うちには当直制度はあらしません。この時間におるのはたまたまです」

「そうか。連絡が取れてよかった。四天王寺署の中にあると聞いていたんで、署のほうに尋ねて電話番号を教えてもらった。いや、そんなことはどうでもいい。私はきょうは日勤で夕方に帰ったんだが、管理会社から緊急電話がかかってきて、タクシーを摑まえてマンションに向かっているところだ」

「なんぞあったんですか」

「近くの旧淀川《よどがわ》に、若い女性が飛び込んだ。消防のレスキュー隊が駆けつけて引き揚げたが、心肺停止状態だそうだ。すぐ近くの川岸に一台の自転車が停めてあって、その防犯登録は、安治川君がきょう訊きにきた藤谷早恵さんになっているんだ。今のところ、わかっているのはそこまでだ」

第二節

1

旧淀川はその名のとおり、かつては淀川本流であったが、明治四十年に淀川放水路が開削《かいさく》されて、それ以降は淀川という名前を放水路に譲っている。都島区毛馬《けま》で現在の淀川から分岐《ぶんき》して中之島《なかのしま》を経て、大阪湾に注ぎ込む。現在の淀川ほどではないが、川幅も広くて充分な水量をたたえており、大川とも呼ばれている。毎年夏に行われる天神祭のメインイベントである船渡御《ふなとぎょ》は、この旧淀川が舞台だ。

旧淀川の中洲である中之島の東端から約一キロ上流に、歩行者・自転車専用の川崎《かわさき》橋が架かっている。その形から、やじろべえ橋という別名もある。歩行者・自転車専用なので、旧淀川に架かる他の橋ほど利用者は多くはない。

安治川は、その川崎橋が見渡せる桜之宮《さくらのみや》公園で、福沢と待ち合わることになった。橋には規制線が張られていて入ることはできない。投光器が照らされて、鑑識課員が写真撮影や現場採取をおこなっている。下を流れる旧淀川には警察の小型船舶が停泊し、アクアラング部隊の姿もあった。もう深夜の時間帯なので、見物の野次馬は少ない。

「安治川君、待たせたな」

福沢は、普段着のラフな姿であった。着替える間もなく飛び出してきたのであろう。

「連絡もらえて、おおきにです」

安治川は頭を下げた。

「収容された病院に寄ってから、こちらに来たよ。残念ながら、病院で死亡が確認された。溺死《できし》と見られるということだ。身元確認もしてきた。間違いなく藤谷早恵さんだった」

「そうでしたか」

「藤谷さんは、腹にロープを巻いていて、そこに二リットル入りのペットボトルを二本括《くく》り付けていた。それが重し代わりとなっていた。川崎橋のほぼ真下に沈んでいたということだ」

「自殺なんですやろか」

「遺体確認には所轄署である京橋署員が立ち会ってくれた。彼の話によると、目撃者がいたんだ。向こう岸の北区のほうから、仕事を終えて自転車で帰宅する途中の中年女性が、白いワンピースを着た若いロングヘアの女性が川崎橋の欄干《らんかん》を越えて、足のほうから旧淀川に飛び込む姿を見ているんだ。ワンピースの女性は、何かを抱えるようにして手で持っていたということだ。抱えていたのがペットボトルだとしたら辻褄《つじつま》が合う。ワンピースの女性の他には、橋上には誰も人はおらず、彼女は自分から身を投げた」

「足のほうから旧淀川に飛び込んだんですな」

「目撃者はそう証言している」

自殺者の場合は、足から墜《お》ちるというケースが多い。そのほうが恐怖心が少ないためだと言われている。

「先輩が遺体確認した早恵はんは、白いワンピース姿やったのですね」

「服装も一致する。目撃者から通報を受けた消防が潜水班を出動させて、川崎橋のほぼ真下の水中で藤谷早恵さんを見つけて引き揚げて、蘇生《そせい》を行ったが手遅れだった」

「遺体が引き揚げられたのに、まだカッパ隊が残っているんですな」

アクアラング部隊は、カッパ隊とも呼ばれる。彼らは、旧淀川の水面に顔を出したかと思うとまた潜っている。頭部に付けたサーチライトが光っている。

「藤谷早恵さんの自転車が、こちら側の橋のたもとの川岸にあったと言っただろ」

「ええ」

その防犯登録が身元の手がかりとなった。

「自転車のサドルに、彼女のスマホが置かれていた。そこに、短い一文が打たれてあった。知り合いの男性を沈めてしまった。自分も後を追う――といったことが書かれてあったそうだ」

「何ですって」

その〝知り合いの男性〟は、上村文夫ということはないだろうか。

「詳細は、遺体確認に立ち会ってくれた京橋署員も知らないということだ。とにかくここは状況がわかるまで待つしかないな。安治川君はともかく、私はもう部外者だ。警察に協力はするが、それ以上のことはできない」

「わしかて、半分くらいは部外者という身分です」

福沢の携帯が鳴った。

「もしもし福沢です……そうですか。はい、わかりました」

福沢は携帯をしまい込んだ。

「今から藤谷さんの部屋を京橋署が捜索するそうだ。管理警備員として立ち会いを求められた」

「ご苦労さんです。わしはもう少しここにおります」

安治川は同席できない。捜査権はないのだ。

安治川は、黄色い規制線が張られた川崎橋を見つめた。予想もしていなかった展開になった。

上村文夫が、藤谷早恵と特別な関係にあったのは間違いない。彼女のマンションの賃貸保証人にもなっていた。

その藤谷早恵が今夜、旧淀川に飛び込んで死亡した。目撃者の証言からして、自殺と考えられる。そして彼女の自転車に置かれたスマホの画面に、知り合いの男性を沈めたので後を追うといったことが書かれてあったのだ。

沈めたというのは死体遺棄かもしれないが、殺人ということもありえる。その男性が上村文夫なら、藤谷早恵は彼を殺害してその死体遺棄現場で後追い自殺をしたという線が出てくる。

二時間近く経過して、アクアラング部隊と警察船舶は現場を引き揚げた。見ている限りでは、成果はないようであった。一度撤収して、朝に再開するということだろう。生存者の救出ではなく、死体の有無《うむ》の確認だから、急を要するものではない。規制線は解除されないままだったので、安治川は橋に近づくことを諦めて帰途についた。

長い一日となった。

2

翌朝、出勤した安治川は芝に経過説明をした。

「遅くまでご苦労さんでしたな。私は京橋署まで行ってくる。消息対応室としてこれまでに得たことを提供しておこう」

芝はすぐに出かけた。

その後ろ姿を見送りながら良美は息を吐いた。

「室長もお人好しですね。提供をしたなら、上のほうから勝手に動いたと苦言を呈されるかもしれないですよ」

「室長と私は、基本的に考えは同じやと思う。誰が事件解決したかやのうて、解決がでけたどうかに重きを置く。手柄《てがら》を気にするあまり、情報を隠し合うことはようないと」

「けど、権限外のことをしたと叱られませんか」

「それはありえる。せやけど、提供することによって京橋署にとって新たな事実がわかるかもしれへんし、ひいては誤った方向の結論を出すことを防げるかもしれへん。上村文夫の遺体が引き揚げられたなら、他殺かどうかははっきりするやろう」

「誤った方向……どういう意味ですか」

「おそらく室長も、単純な図式とは受け止めてへんのやないかな。もし藤谷早恵が、上村文夫を殺したあと、後追い自殺をしたということなら、被疑者死亡書類送検で一件落着なんやけどね」

「そうではないということですか」

「その結論とするには、少なくとも三つ疑問がある。まずは殺害動機や。藤谷早恵が、上村文夫を殺害する理由は何やったんやろか。上村はパトロンやったと思われる。そのおかげで、早恵は働かんでもええ生活ができたと思われる。その鉱脈《こうみゃく》をなくしてしまうことは、普通はせえへんやろ。そして上村が出していたお手当の原資《げんし》も掴めてへんままや。さらに後追い自殺をする理由もようわからへん」

「早恵さんが上村さんを愛していたから後を追った、ということはなさそうですね。若い恋人がいたようですから」

「捜査の手が伸びることを恐れて、もなさそうや。わしは彼女を糸口にしようと思うたが、まだ接触もしてへん」

「うちらは、これからどうしますか」

「あんたには悪いけど、留守番しとってくれへんか。福沢先輩に会うてくる。京橋署による家宅捜索の結果などを訊いてくる」

安治川は、早恵の住んでいたマンションに向かう前に、川崎橋の様子を見に行くことにした。

規制線は取り払われていて、歩行者や自転車が通っていた。朝の時間帯であるが、それほど利用者は多くない。夜間となるとさらに減りそうだ。警察官はもう立っていないが、川面では警察船舶と、アクアラング部隊の姿があった。川崎橋の二百メートルほど下流に、車も通行できる天満橋という大きな橋が架かっているが、アクアラング部隊は二つの橋の中間あたりで潜水を続けていた。まだ遺体が見つからないので探しているのだろう。もし遺体に重しが付けられていても、川の流れがあるから下流に移動していることはありうる。

安治川は、川崎橋を渡ってみた。橋の長さは百三十メートルほどあるが、幅は三メートルほどしかない細長いフォルムだ。それでも自転車がすれ違うには支障《ししょう》はなさそうだ。鉄製の欄干の高さは約一メートルほどだから、乗り越えようと思えば可能だし、遺体を落とすこともできるだろう。下の旧淀川は、天神祭の船渡御の舞台になるくらいだから、水深も川幅も充分だ。

対岸の北区まで渡って、安治川は川崎橋を振り返った。目撃者は自転車で渡ろうとして白いワンピースの女性が物を抱えるようにして欄干を乗り越え、足のほうから川に墜ちるところを見たという。この角度から、それは可能だと思えた。そのとき川崎橋には他には誰もいなかったということだ。それも、ここから視認できる。

したがって彼女が自分から飛び込んだ、すなわち自殺ということは動かしがたい。引き揚げられた早恵は、重し代わりの二リットル入りのペットボトルを二本、ロープで腰に結《ゆ》わえていたことも自殺を裏付ける。

安治川は、川崎橋を通って引き返した。

橋の袂《たもと》に置かれてあった早恵の自転車は回収されていた。鑑識課に持ち帰って調べられているのだろう。

福沢は少し充血した眠そうな目で、管理警備員室から出てきた。

「先輩、昨夜はお疲れ様でした」

「いやあ、久々の徹夜でまいったよ。若い頃は何度も徹夜をしたけれど、この齢《とし》になるとどんと疲れが出る。眠気覚ましのコーヒーにつき合ってくれ」

「持ち場を離れても、ええんですか」

「きょうは、臨時に日勤の者が出てきてくれた。私はもう帰宅できる」

福沢はマンションの南側を流れる寝屋川に架かる橋を渡ると、大阪ビジネスパークと呼ばれるオフィス街に入った。

「ここには戦前は大阪砲兵工廠《ほうへいこうしょう》という東洋一の軍事工場があって、空襲で大半が破壊されて、戦後しばらくは放置されていた。私が子供の頃は、まだその残骸《ざんがい》が一部あったよ。それが整備されて、新しい高層ビル群に生まれ変わった。隔世《かくせい》の感がある……しかし大阪城は変わらんね」

福沢は天守閣を指さした。

「ええ、ビルに遮《さえぎ》られて見えにくうなりましたけど、やはり大阪のシンボルですな」

「大阪城のほかに、戦前から変わらん光景がここから見えるんだが、わかるかね？」

「いえ、それは……もしかして寝屋川や旧淀川の流れですか」

福沢が管理警備員を務めるマンションは寝屋川に面していて、旧淀川へも約五百メートルと近い。

「ここから川は見えないよ。あれだよ。大阪環状線が地上を走る光景だよ。大阪環状線は高架を走っているのに、ここだけが地上だ」

「そのわけは聞いたことがあります。さっき言うてはった軍事工場が、上から観察されたり写真に撮られたりせえへんように、高架を避けたそうですね」

「そのとおりだ。大阪府民であっても、多くの人間は、理由を知らないまま環状線に乗っているがな」

福沢はオフィスビルの一階にあるシアトル系のコーヒーショップに向かった。そしてカフェオーレを二つテイクアウトすると、少し離れた外のベンチに座った。安治川はその意図がわかった。店内だと会話内容が誰かに聞かれてしまうかもしれないからだ。ごく普通の一般市民でも、好奇心から聞き耳を立ててそれをネットに載せることがありうる時代だ。軍事機密というほどではないが、事件に関わる情報は洩れないように気を遣う必要がある。

「家宅捜索では、鑑識作業によってルミノール反応が出たそうだ。床に、卓球のラケットくらいの大きさの血が流れて、それが拭《ふ》かれていたことがわかった。微量だが血《けっ》痕《こん》も採取された。それから藤谷早恵さんの通帳が出てきた。毎月、四十万円の振り込みが家賃保証人である上村文夫さんからなされていた。愛人関係にあったのは確実だな。愛人関係のもつれから殺害に及んだ、という見立てが一応できる。まだ誰の血痕かは特定されておらず、上村文夫さんの遺体も揚がっていないがな」

福沢は、カフェオーレのカップの一つを安治川に手渡した。安治川は一礼してから受け取った。

「京橋署は、若い男の存在が上村文夫に発覚してトラブルになった、といった三角関係の可能性を考えているようだ。そこで、うちのマンションの関係人届に書かれてある楠原智彦の連絡先に、深夜であったが電話がされた。楠原はすぐにやって来た。事情聴取に応じた彼の話によると、鳥取《とっとり》の高校を出て大阪の大学に入ったがすぐに中退し、機械工具メーカーに就職したがそこも四年ほどで辞めたそうだ。居酒屋のホール係やバーテンの手伝いなどフリーターとして食っていくのがやっとの生活をしていたが、梅田の地下街でナンパをして早恵さんと知り合ったということだ。『上村というパパの存在は知っていたよ。だけど、早恵ちゃんにとって大事な金づるだから、何の文句も言う気はないし、関係がバレないように注意していた。鉢合わせなどもしないようにしていたよ』と言い、『早恵ちゃんと連絡が取れなくて、心配していた。おれは何もやっちゃいない』と、上村文夫さんの死にも藤谷早恵さんの死にも関与していないと否認した」

「楠原は半分ヒモのような存在と思われますが、せやったとしたら、間接的にしろ恩恵を受けていたパトロンを失うようなことは普通はしませんね」

「しかし上村文夫さんが、藤谷さんが若い楠原といるところを見かけて問い詰めたことで言い争いになったかもしれないし、お手当の値下げや値上げをめぐってトラブルになったのかもしれない。明確な殺意まではなくても、ものの弾みで突き飛ばして後頭部を強打して死に至らしめることはある。だから藤谷さんは後悔した――京橋署はそんな推論もありえると考えているようだな」

「ありえるとは思いますけど、どうもしっくりけえしません。お手当の原資がいまだにわからしません。早恵はんが自分から旧淀川に飛び込んだということは動かしがたいですけど、わざわざスマホに知り合いの男性を沈めたと書き込む必要はあらしませんやろ。もしも藤谷早恵はんが溺死する前に助け出されたとしたら、そう書き残したことで彼女は厳しく問われる羽目になります」

「私も腑《ふ》に落ちない感触がある。裏の出入り口から遺体を運び出すことは簡単ではない。夜遅くに帰ってきた他の住人に目撃される可能性もある。それに、旧淀川までは五百メートルほどだが、自転車に乗せて運ぶのも容易な芸当ではない」

「藤谷早恵はんは運転免許を持っていました。車も所有していたんやないですやろか」

「うちのマンションには駐車場はないので、近くの月極《つきぎめ》を借りている入居者もいる。誰がどこのモータープールを借りているかまでは把握《はあく》していないが」

駐車場のことを大阪ではモータープールともいうが、関東では通じない言葉だ。

「しかし、自動車を使ったにしろ、川崎橋は通れない。近くで止めて、担《かつ》がなくてはいけない」

「そうですね。いずれにしろ、大の男を運ぶのは大変ですよね。どうも話がすんなりと納得できしませんのや」

「同感だが、私はもう退役した。捜査はできない」

「わしにも捜査権はあらしません」

安治川はカフェオーレを口に運んだ。苦い味が拡がった。

3

「アクアラング部隊が下流の天満橋近くの川底で、中年男性の遺体を引き揚げた。つい今しがたアクアラング部隊のほうから行方不明者届についての問い合わせがあった。撤回されていたが、コピーをとっていたので照合ができた。身長百六十八センチ、瓜実顔、前歯の差し歯、盲腸の手術痕といった特徴が、上村文夫と合致した」

消息対応室に戻った安治川を見るなり、芝がそう言った。

「彼の遺体には藤谷早恵のときと同じく、水の入ったペットボトルが重し代わりにロープで括られていたそうだ。しかし藤谷早恵の遺体とは違って、後頭部に打撲痕《だぼくこん》があって、首にロープで絞められた痕《あと》もあった。他殺なのは疑いようがない。妻の優香里さんと母親の菊江さんを呼んで身元確認がなされる。身元確認が終わり、藤谷早恵の部屋から検出された血痕が上村文夫のものであるとのDNA鑑定が出たなら、〝被疑者・藤谷早恵は死亡につき書類送検する〟ということで落着しそうだ」

「藤谷早恵が上村文夫を殺害したあと自殺をした、という結論になるのですね」

「一応の筋は通るし、被疑者が死んでしまったなら同じ殺人事件であっても、マスコミはそれほど派手には取り上げない。上村文夫は被害者であるから、父親の上村繁夫府議にはさほどスポットは当たらない。起訴も裁判も行なわれないから、殺害動機は不詳ということで済ませられる。不倫による男女関係のもつれといったことが明るみに出る可能性は低い。府警の上層部は、胸をなで下ろしているんじゃないかな」

「やはり忖度ですか」

「忖度で結論を変えたわけではない。そこまで酷《ひど》くはない。合理性のある結論を採れるので、波風も立たないということだ」

黙って聞いていた良美が声を上げた。

「結局、もう検証はしないということですか」

「そうなるだろうな」

「それでいいのですか。疑問は残ったままで」

「数学の解答のようにきちんと割り切れるものではない。むしろ割り切れない事件のほうが多いくらいだ――上層部はそう言うだろう」

「室長の意見をお訊きしています」

「小さな疑問を出しただけでは、検証はなされるものではない」

「なんだか、奥歯に物が挟まったまま終わりそうですね」

良美は肩を落とした。

「いや、諦めるんはあっさりし過ぎやで。たしかに数学のようにきっちりとした答えが得られるもんやない。けど、もしこれが仕組まれた結果やとしたら、犯人のほうもきちんとした数式での演出はでけてへんはずや。人間のやることには、どっかに落ち度やミスがあるもんやで」

「そしたら、どうしたらいいんですか」

「とりあえず室長とあんたはここにおってください。わしはまた休暇をもらいます」

「おいおい、安治川さん」

安治川は頭を下げて、消息対応室をあとにした。

安治川は、京橋署に足を向けた。京橋署には総務課に一人だけ知り合いがいた。安治川は親の介護のため定時退庁ができる肥後橋《ひごばし》署の内勤管理部門に転任させてもらったが、そこで同僚だった人物だ。それほど親しかったわけではないが、誰も知り合いがいないよりはマシだった。

安治川は、京橋署の前から彼に電話をかけて、妻の優香里や母親の菊江が遺体確認に訪れたかどうかを訊いた。優香里は仕事の都合で午後からになったが、菊江は霊安室で現在確認中だということであった。

安治川は、そのままそこで待つことにした。ほどなく刑事らしき男二人に見送られて、菊江が玄関から出てきた。菊江は刑事たちが庁舎《ちょうしゃ》に戻るまで、丁寧に頭を下げていた。そして、ハンカチで涙を拭《ぬぐ》いながら、ゆっくりと大通りに歩を進めた。タクシーを拾うつもりなのだろう。

「お疲れ様でした。前にお会いした消息対応室の安治川です」

「あ、どうも」

菊江は充血した目を向けた。

「文夫はんに間違いおませんでしたか」

「ええ。万に一つでも他人であってほしいと願っていたのですけど」

「容疑者について聞かはりましたか」

「はい、聞きました。教え子に、不倫のあげく殺されたなんて、上村家の恥さらしです」

「府警はおそらく、被害に至る詳細は発表せえへんと思います」

「それは私のほうからも、なるべく控えめにとお願いしてきました。文夫はろくに仕事もしないで不倫だけは一人前だったなんて、情けないです」

「わしは、その不倫のための原資が疑問ですのや。毎月四十万円の振り込みがなされていたそうですけど、いったいどうやってそれを得ていたのかがわからしません」

この子離れしていない観のある母親から出ていたのではないか、という推測もありえた。

「私に訊かれてもわかりません。おそらく優香里さんからでしょう。優香里さんは英子さんの継承者です。ハナブサ苑が発展したのはうちの夫のお蔭《かげ》なんですから、恩義を感じているはずです」

「お蔭というのは、どないな意味なんですやろか」

菊江は頰をこわばらせた。

「あ、いえ。詳しいことは知りません。私は文夫の母親というだけのことですから」

菊江は首を左右に振ると、小走りに大通りに向かい、タクシーを停めた。そして急いで乗り込んでいった。何か追及されたくないものがあるようだ。

安治川は、次の行動に移った。せっかく休暇を取ったのだ。優香里がやってくる午後までじっと待っていることはしたくなかった。

藤谷早恵が住んでいたマンションから、川崎橋へと実際に向かってみる。

川崎橋と天満橋との間で、寝屋川は旧淀川と合流する。そのデルタ地帯に川崎橋の南側の袂は造られている。

マンションと川崎橋の距離は、約五百メートルだ。京阪《けいはん》電車とほぼ並行して走る府道百六十八号線までの約四百メートルは車で行けるが、京阪電車の高架下をくぐって川崎橋に繋がる道に至る長さ約百メートルほどは、自転車か歩行者でないと通行できない。

藤谷早恵は、ここを通って上村文夫を運んだことになる。

（待てよ。まだ生きていた上村文夫とここまで歩いてきたということはないやろか）

川崎橋は合流デルタのほぼ先端にある。そのさらに南には狭いスペースがあるが、行き止まりになっている。深夜のこの行き止まりの場所なら目撃者は出にくい。彼を連れてきて、殴打して意識不明にさせて旧淀川に突き落とすという方法もあるのではないだろうか。それなら、遺体を運ぶ必要はない。

（せやけど、藤谷早恵の部屋ではルミノール反応と血痕があったということやった。やはり犯行現場はあのマンションと思われる。それに、なんぼ深夜でも襲うところを目撃者に見られてしまう確率はゼロやない。悲鳴も上げられてしまうやろ）

安治川のスマホが鳴った。芝からだった。

「さっそく抗議が来たぞ。『息子の遺体を確認して落胆した妻に対して、無神経な質問をしてきた消息対応室の警察官がいる。そういうことは被害者遺族の感情を逆なでする行動だから、厳に慎んでもらいたい』と上村府議から府警本部に電話があった」

「えらい早いでんな」

「たしかに早いな。今回は忖度ではなく、直接の抗議によるものだ」

「たいしたことは訊いてしませんねけど」

安治川は、菊江とのやりとりを芝に話した。

「悪いが、戻ってきてくれないか」

「了解しました」

京橋署の総務課の知り合いにもう一度電話を入れたあと、安治川はすぐに戻ることにした。

自分一人なら叱責《しっせき》も処分も怖くはないが、芝室長や新月良美に及ぶのはよくない。

「お疲れ様です」

良美が軽く頭を下げた。芝の姿はなかった。

「室長は？」

「ちょっと出かけてくる、としか言わはりませんでした。府警本部からのお叱りの呼び出しかと思ったんですけど、そうではなさそうです」

「なんでわかるんや」

「表情が違います。府警本部に呼ばれて釘を刺されるときは、独特のしかめっ面です。意に反する指示を受けなくてはならないという不本意そうな顔つきにならはります」

「よう見てるんやな」

「うちかて同じ気持ちになっていますから」

呼び出しまではなかったということは、府警本部のほうもそこまで乗り気でのことではないのかもしれない。府会議員から抗議があったから、それを申し伝えたということなのではないか。

「とにかく、えらい早いリアクションやった」

「奥さんから言われてすぐに動くなんて、上村府議もお尻に敷かれてはるようですね」

「そら、岳父が元代議士はんやさかいな」

安治川には全く無縁の世界だが、派閥《はばつ》のドンと呼ばれる政治家たちの姿を報道番組で見ただけでも、政界の上下関係の強さは想像にかたくない。代議士と、その後押しで地方議員になれた秘書なら、戦国時代の主君と家臣のような間柄ではないだろうか。

「行方不明者届を取り下げに来はったときは、当初は奥さんの菊江さんが夫に命じられたからだと思えましたけど、そのあと室長や安治川さんは、父親である元代議士の意向ではないかと推測しましたよね。それと同じように、今回もそうやったという可能性はありませんか」

「わしも、同じことを考えてたんや。菊江はんは父親の元代議士に相談して、父親から上村繁夫府議に指示がいって、府議はすぐに動いたんやないか、と」

「どうして大物だった元代議士が……もしかして彼の政界引退のきっかけとなった疑獄が絡んでいるのでしょうか」

「いや、政治的なものなら彼一人の判断ではでけへんやろ。もっと個人的な事情やという気がする」

安治川は、上村文夫の不倫の原資についての疑問をぶつけてみた。もしかしたら過保護の母親が出していたのかもしれないと思ったからだ。それに対して菊江は「おそらく優香里さんからでしょう。優香里さんは英子さんの継承者です。ハナブサ苑が発展したのはうちの夫のお蔭なんですから、恩義を感じているはずです」と答え、あとは黙った。もしかしたら、息子の遺体を目の当たりにした心痛から口を滑らせかけたが、言ってはならないことに気づいて途中で止めたのかもしれなかった。

「実は他にも、ずっと引っ掛かっていたことがあるんや。上村文夫の行方不明者届には、血液型が記されてへんかった。すぐに取り下げられたんで、菊江はんに書き忘れやったんかどうか訊く機会があらへんかったけど、母親が息子の血液型を知らんわけがない。盲腸の痕や差し歯のことは書かれてあったのに」

「気がつきませんでした……たしかに空欄ですね」

良美は、上村文夫の行方不明者届のコピーを取り出して確認した。

「もし故意に書かなんだんやったら、知られたくないということやないかな。せやから元代議士が取り下げろと言うたんかもしれへん」

「うちが気になっているのは、上村夫妻にはもう一人武夫さんという府議を後継するであろう息子がいるのに、どうして文夫さんのことを菊江さんはひどく気にかけてはるのか、ということです。こう言っては何ですが、できの悪い子だから心配だということでしょうか」

扉が開いて、芝室長が姿を見せた。

「府警本部に寄ってきた。監察官室ではなくて、前に言っていた総務部の府議会対策のセクションだ」

「もしかして血液型でっか」

「安治川さんと同じことを考えていたようだな。上村府議はO型で妻の菊江はB型ということがわかった。妻以外の家族の血液型までは把握されていなかったが」

「さいぜんここに戻る前に、京橋署にもう一度電話してみました。遺体が引き揚げられたあと検視がされて、その結果は京橋署に送られていました。上村文夫はAB型でした」

「菊江が母親であることはありえるが、上村府議とは父子関係にないな」

O型の父親が、AB型の子供を持つことはない。

「このことを明るみにしとうなかったんやと思います」

「どうやら、そういうことだな」

「菊江はんは行方不明者届を出した経緯として『文夫は、私の叔父と仲が良くて定期的に食事会に行くのです。来週のスケジュールは空いているかしら、という電話連絡を一昨日入れようとしたのですけれど、繋がりません』と話してました。叔父ということにしてますけど、その男がほんまの父親かもしれません」

良美が頰に手を当てた。

「菊江さんは不倫していたということですか」

「ある意味での政略結婚やさかい、いろいろ不満が溜まっていたのかもしれへん。菊江はんは、不義《ふぎ》の子なればこそ、上村文夫をよけいに気にかけていたのではないやろか」

「その上村文夫さんもまた不倫をしていたんですね」

「上村文夫自身が出生の秘密を知っていたなら、しょせんは俺もという気持ちがあったかもしれへん」

芝が小さくうなずいた。

「ありえるな。しかし、そのことと上村文夫が殺されたこととの関わりはどうなんだろう」

「まだ、わかりまへん。けど菊江はんは、上村文夫の不倫資金がヨメの優香里から出ているのではないかとしたうえで、『ハナブサ苑が発展したのはうちの夫のお蔭なんですから、恩義を感じているはずです』と洩らしました」

「やはり地方政治家として便宜《べんぎ》を図《はか》ったということでしょうか」

良美が訊く。

「いや、ネイルサロンに関して府の許認可や事業発注ということはあまり考えにくいで」

「上村府議に、政敵のような存在はいないんでしょうか」

「総務部で、上村府議の政治状況も聞いてきた。五期連続の当選をした上村府議は、前回の選挙でも他党候補にかなりの差をつけている。摂津《せっつ》中央高校時代は生徒会長を務め、大阪文科大学時代は地域のボランティアNPOで中心的メンバーとして活動をしていた経歴もあり、かなりの地盤がある」

「けど、ヨメはんの不倫と文夫の出生の秘密が選挙前に明るみに出たら、ある種のスキャンダルにはなりますな」

「妻の管理ができていなかったという批判がでなくもないからな」

「室長、わしは動いてもよろしいですやろか」

「弱点を摑んでおくことは府警のエライさんにとってマイナスではないと前に言ったが、それに変わりはない。ただし府議に気づかれないようにするという条件も変わりない。真剣白刃《しらは》取りのようなきわどさがあるぞ」

安治川は黙ってうなずいた。「わかりました」と言うことは簡単だが、実行は容易なことではない。けれどももし隠された犯罪があるのなら、真相究明は警察の責務だと思う。相手が政治家であろうとなかろうと関係ない。もちろん忖度などとは無縁だ。

4

安治川は、もう一度川崎橋に足を向けた。下を流れる旧淀川から、上村文夫と藤谷早恵という二人の男女の遺体が相次いで引き揚げられた。

上村文夫の遺体は、後頭部に打撃を受けていた。背後から殴打されたのだろう。上村は隙《すき》を見せていたのかもしれない。そうなると、気を許していた相手という可能性が高くなる。

京橋署は二人が愛人関係にあった事実と、文夫が訪れていた映像と、早恵の部屋からルミノール反応と血痕が出たことを根拠に、上村文夫は藤谷早恵に殺されたという判断をしているようだ。その判断に異を唱えることは難しい。

けれどもその後の死体遺棄については、しっくり来ない点がある。五百メートルほどの距離とはいえ、ここまで運ぶのは大変な作業だ。途中の道路で目撃者に見られてしまうおそれもある。上村文夫には水の入ったペットボトルが結わえられていた。川崎橋やその袂から柵越しに、紐の付いた空のペットボトルを旧淀川に垂らして水を満たすことは可能だろう。だが水の入ったペットボトルを括り付けたなら、上村文夫の遺体はさらに重くなる。

動機についても明らかにならないままだ。他にパトロンはいないのだから、早恵は簡単に金づるを失うようなことは普通はしない。楠原智彦という交際相手が居たことが発覚してトラブルになったという可能性はあるが、智彦自身は「関係がバレないように注意していたし、鉢合わせなどもしないようにしていた」と話している。早恵が自殺した理由もよくわからない。早恵のスマホの一文にも、その理由は何も書かれていなかった。

川崎橋から府道に出る途中で、大阪城の天守閣が見えた。背の高いビルが立ち並んでいるが、寝屋川の川面《かわも》には何も建てられないので、天守閣を望むことができるのだ。大阪城と言えば豊臣秀吉だが、現在見ることができる大阪城は、大坂夏の陣で落城した後にかつての豊臣大坂城の石垣を埋めて徳川が築いた城なのだ。安治川は自分の名前が、大坂冬の陣と夏の陣で大奮闘した真田幸村の本名とも言うべき信繁からいただいて親が名付けたということから、大阪城については子供の頃から関心を持っていた。そして、夏の陣では負けることが濃厚でありながらも徳川に果敢《かかん》に挑んだ真田幸村の姿勢は、安治川自身に大きな影響を与えている。

（埋められた豊臣大坂城のように、今回の事件も隠された何かがあるような気がして

ならへん）

安治川は、早恵が住んでいたマンションに向かった。幸い福沢が日勤で居てくれた。

「厚かましいお願いですねんけど、早恵はんの部屋を見せてもらえませんやろか」

「現場を踏むことは、基本のキだからな。かまわんが、こちらも頼みがある。藤谷早恵さんだけでなく、賃貸保証人の上村文夫さんも亡くなってしまった。敷金があるので当面は家賃に充当できるが、いつまでもそうはいかない。家財道具を早く引き払ってもらって、次の賃貸ができるようにしなくてはいけない。彼女の親族に連絡を取りたいのだが調べて教えてくれないか」

「わかりました」

早恵の部屋は、整頓はされてはいたが、物が多かった、とりわけ服やバッグ、それに美容関係の機器が所狭しと置かれていた。

「ルミノール反応はどこで検出されたんでっか」

「このあたりだと聞いたな」

福沢は、小さな食卓テーブルの下を指さした。

「座っているところを後頭部を殴打された、ということですやろか」

「たぶん、そうやろ。テーブルや他の家具の角《かど》からはルミノール反応は出なかったということだ。なので、突き飛ばされた弾みで後頭部を打ったということはなさそうや」

「何で殴ったんでしょうか」

「それは見つからなかった。捨てたのかもしれない。それこそ水の入ったペットボトルでも凶器にはなりうる。気絶させて抵抗力を削《そ》いだなら、女性でも首を絞めることはできる」

上村文夫の遺体の首にはロープで絞められた痕があった。

「上村文夫と楠原智彦以外に、訪ねてくる人物はおらへんかったのですか」

「私の知る限りでは、男ではその二人だけだ。友人らしき女は数人、バラバラに来ていたけれど、回数的にはそれぞれ二、三回で、泊まっていくこともなく、関係人届を書いてもらうほどではなかった」

「親兄弟が来ることもあらへんかったのですね」

「記憶にないな。頻繁に訪れない人物については関係人届を書いてもらうことはないから、正確には把握できていないが」

「早恵はんは、まったく仕事をしてへんかったんですやろか」

「毎夜お出かけするということはなかった。しかし若くて美人なら、ヘルプという形で日雇い的にホステスをすることもできただろうな」

福沢に礼を言って、安治川はマンションを出た。そして環状線に乗って大阪駅へと向かった。

福沢は、現場を踏むことは基本のキだと言ったが、被害者が死んだことで利得を受ける人間を洗うことも基本のキであった。

藤谷早恵のことはこれから調べていくことになるが、上村文夫が亡くなって得をした人物は二人考えられた。まずは上村繁夫だ。もしも次男の文夫が彼の本当の子供ではないとしたなら、公人としてマイナスイメージにはなる。文夫がまともに働いておらず、愛人を作っていたのも問題だ。ただし、だからといって府議の地位にある者が殺人のリスクは犯さないだろう。不倫をしていたのは妻の菊江であり、繁夫にとって致命的なスキャンダルにはならないはずだ。

もう一人は妻の上村優香里だ。ろくに働かないで浮気だけは一人前という夫を許す気にはならないだろう。けれども、彼女もまた犯罪が発覚したらせっかくの地位を失うことになる。浮気は立派な離婚理由になる。離婚を求めるほうがずっと得策だし、世間は同情こそすれ非難はしないだろう。それに、上村文夫が殺されたと思われる日は、創立記念パーティーで忙しくしており、自宅にも帰らないで本店近くのホテルに泊まっていたのだ。アリバイは成立している。

(けど、アリバイは調べてみる必要はある。同じ大阪府内なんやから、二時間ほどあれば往復はでける)

安治川の同期採用組で暴対課刑事で定年退職した望月誠一郎《もちづきせいいちろう》が勤めるセキュリティー会社は、大阪駅の近くにあった。ハナブサ苑に関する情報を、安治川はまず望月から得ていた。

「あのパーティーには、われわれもおよばれしたで。箕面の本店に近い大阪ベルベットホテルの会場で盛大に行なわれた。招待客が多くて、二日間に分けられていた。一日目の警備を担当したが、楽な仕事やった」

「パーティーは何時から何時までやったんですか」

「夜の六時から八時半くらいまでやった。そのあとも二次会があった」

「代表の上村優香里はんのダンナが亡くなりましたけど、ハナブサ苑の最近の様子はどないですやろか」

「詳細までは知らんけど、臨時休業などはないようだ」

「葬儀はいつになったんですか」

「ついさっき、明後日になるという一報が入ったばかりや。家族葬ということで警備は不要と聞いている」

「パーティーとはえらい違いですな」

「そら、葬儀はあんまし喜ばしいことやないがな。それに、愛人に殺されたということらしいので、内々でひっそりやるんやろ」

安治川は、箕面市にある大阪ベルベットホテルまで足を延ばした。確認してみると、上村優香里はスイートルームに泊まっており、ホテル提携のマッサージサービスを深夜十一時から呼んでいた。予約を入れておけばその時間でも対応してくれるという。終わった時間にはもう電車はなかった。上村優香里は運転免許を持っていない。タクシーを呼ぶという方法もないではないが、それだと記録が残る。アリバイは確実と言えた。

(せやけど、アリバイがはっきりし過ぎてへんやろか)

普通なら、夫婦のアリバイは明確にならないことが多い。一緒に自宅にいたと主張しても、同居家族の証言には重きを置かれない。だが、創立記念パーティーの主催者《しゅさいしゃ》という衆目《しゅうもく》を集める立場に上村優香里はいたのだ。その日に、夫は愛人宅を訪れて、その後の足取りが途絶えて、遺体となって見つかった。

盛大なパーティーに夫が出ないという不自然さもある。新月良美が疑問を呈したように、そもそも充分な生活能力がない上村文夫となぜ結婚したのか、その理由も経緯もわからないのだ。

5

消息対応室に戻ると、芝が電話をしていた。

「そうか。どうもいろいろありがとう」

芝は礼を言って受話器を置いた。

「安治川さんの真似をして私のネットワークを使うことにした。安治川さんほど幅広くはないけれどね」

「と言わはりますと？」

「藤谷早恵のことだが、地方出身者ではなかった。住民票を辿ると、高校生までは三《み》島《しま》郡島本町《しまもと》に住んでいたことがわかった。それで島本警察署の地域課に後輩がいるので、調べてもらったんだよ」

島本町は大阪府の北東部に位置していて、京都府に隣接している。

「幼稚園児のときに母親が交通事故死してしまい、父親が再婚した。彼女は連れ子となったが、父親と新しい母親との間に二人の子供ができたこともあって居場所がなくなり、高校卒業とともに大学の近くで一人暮らしを始めたということだ。その父親も二年前に病死している。家族運がいいとは言えないかもしれない。府警から彼女の新しい母親のほうに遺体の引き取りを打診したが、『早恵はもう出ていった子ですし、血の繋がりもないので』と断ったということだ。殺人犯とされていることも拒絶に影響しているのだろう」

それだと、マンションの家具の引き取りは難しいだろう。

「それから、上村優香里のほうの戸籍を調べたが、父親欄は空欄で判明しない。母親の英子は未婚の母として優香里を育てたということだ。実家の近くの人にはアメリカに行ったときに日系人の男性と親しくなった、と説明していたようだ。それで新月君に出入国記録を調べに行ってもらっている」

「彼女のほうも複雑な生い立ちのようですな」

机上の電話が鳴った。

「新月です。やはり出入国記録と合致しません。優香里さんが二歳のときに、英子さんは約半年間渡米しています。それまでは一度も海外に行っていません。周囲に言っていた日系人男性が父親というのは嘘ですね」

「ご苦労さん、戻ってきてくれ」

「娘が生まれてから渡米でっか。二歳の子は、誰が面倒見ていたんですやろか」

「英子の母親がまだ当時は健在だった。優香里は祖母が育てていたんだろう」

芝は、戸籍謄本《こせきとうほん》の写しを取り出して安治川に見せた。捜査に必要なときは、警察から役所への公的請求が認められる。しかし今回は純粋に要件を満たすとは言えない。芝なりに苦労と覚悟が必要であっただろう。だが芝はそれをおくびにも見せない。

安治川は戸籍謄本を拡げた。

「英子はんは摂津市の出身でっか」

上村府議の地盤でもあり、彼は摂津中央高校の卒業生であった。

「ちょっと待っとくなはれ」

安治川は、上村繁夫のホームページを検索した。府議会報告がメインだが、プロフイールも書かれてある。摂津市出身とあり、生まれ年も英子と同じだ。

「ひょっとして、二人は地域や学校での接点があったんやないですやろか」

摂津市の市域は、大阪府下にあってもかなり狭い部類に入る。

「ありうるな。新月君に調べてきてもらおう」

芝はすぐに連絡を取った。

良美が少し上気した顔で戻ってきた。

上村繁夫と能代英子は、摂津市立第八中学校で同学年であり、三年生のときは同じクラスであったことがわかった。

「単に同じクラスやったということだけで突飛《とっぴ》な仮説かもしれまへんけど、上村繁夫が上村優香里のほんまの父親やという可能性はおませんやろか」

「待ってください。優香里さんは、文夫さんの妻なので上村府議とは義理の父娘になります。それが、本当は血の繫がった父娘という仮説ですよね。けど、それやと息子と娘が結婚したことになってしまいます……あ、違いますね」

良美は自分で訂正した。

血液型からして、上村繁夫と文夫の親子関係はありえない。したがって繁夫の子供ではない文夫と、繁夫の子供かもしれない優香里が結婚しても、優生学的な問題はない。

「戸籍上は、文夫さんが息子で、優香里さんが他人です。だけど本当は、文夫さんが他人で、優香里さんが実の娘なんですね」

「いや、繁夫と優香里が父娘であるかどうかは、まだわからへん。検証が必要や」
「どうやって検証するかだな」
「検体を拾うて、DNA鑑定を民間鑑定機関にかけるのが最適やと思います」
「しかし、検体を得るのは、時間と手間がかかりそうだな」
「ここは、わしの仲間たちに頼んでみます」
安治川には、更生に導いたかつての触法者《しょくほうしゃ》が何人もいる。定年を迎えた年代でも
う仕事には就《つ》いていなくても、元気に動ける者は少なくなかった。
彼らは、府議会に出勤する上村繁夫の後を尾けて、タバコの吸《す》い殻《がら》と駅の売店で買
った栄養ドリンクを飲み干したビンを回収してきてくれた。さらに、上村優香里がラ
ンチで利用したレストランから、使ったフォークとグラスを借りてきてくれた。
そうやって得た検体を民間の鑑定機関に送って、DNA鑑定を依頼した。
その結果は、上村繁夫府議と上村優香里が実の親子である確率は九十九パーセント
以上ということであった。

第三節

1

「さて、どう解釈していくかだな。まずは、安治川さんがずっと気にしていた上村文夫の不倫資金の出所だ」

「わしは、菊江の父である行橋大造元代議士やないかと推測します。上村府議にとっては、文夫は他人でっけど、行橋にとっては孫になります。娘の菊江を上村繁夫と結婚させたのは失敗やったという負い目もあったかもしれません。うやむやになった疑獄で手にした金も、行橋にはぎょうさんあったんとちゃいますやろか」

「上村繁夫府議は、文夫が自分の子供でないとわかっていたんだろうか」

「初めは知らなんだでしょう。せやから長男の武夫とセットで文武という名前にしたんやと思えますんや。あとになってわかったけど、離婚したなら選挙のときに女性票に影響するとも考えたんやないですやろか」

「その不満を抱えて、上村繁夫は能代英子との不倫に走ったということか」

文夫は優香里より二歳年上だ。つまり二年後に優香里が生まれている。

「わしはそう捉えてます。上村府議には子供を作る気はなかったでしょうけど、能代英子のほうはその気があったかもしれまへんな」

「切れない鎖でつなぎ留める意図だったのか」

当時の能代英子は、経済的支援を必要としていた。

「あくまでも想像でっけど、そんな気がしますんや。いずれにしろ、上村繁夫としては、英子母娘の面倒を見ていかなあかんようになったと思われます」

英子の渡米費用や当初の開業資金を、上村繁夫は負担したのだろう。上村菊江はそれに文句を言える筋合いにはない。

「文夫と優香里の結婚は、どう見る？　英子はさらに鎖を太くしたかったのか」

「ハナブサ苑は順調に伸びていったようやから、そこまでの必要はあらへんかったようにも思えますんや。わしにも、そこがわかりまへん」

優香里と文夫が結婚したのは、二年半前のことだ。ハナブサ苑は有名になっていた。

「あの、うちの思いつきですけど」

それまでじっと聞いていただけの良美が、遠慮しながら言った。

「英子さんは、上村繁夫府議と結婚したかったんではないでしょうか。未婚の母として我慢してきた英子さんは、優香里さんと文夫さんを結婚させることで、自分と繁夫さんの結婚の代わりとしたわけです。心理学でいうところの代償《だいしょう》行動です」

少年係時代に、良美は若者の心情と行動の理解に役立てようと、心理学を勉強したことがある。本来のほしいものを手に入れたくてもできないときに、近いもので自分を納得させようというのが代償行動だ。ピアノが欲しいけど買ってもらえない少女が、オルガンで我慢するといった例が、本には書かれていた。

「せやけど、そこまで親の言うことを聞くやろか。生活能力のあらへん文夫は髪結いの亭主になれるけど、優香里にとってはそんな結婚は損やで」

「やっぱり、それはありえないですね。よけいなこと言うてかんにんです」

良美は軽く両手を合わせた。

「理由はともかく、結婚したのは事実だ。それで安治川さんは、上村文夫と藤谷早恵の二人の死をどう捉える」

「上村文夫が殺されたのは、遺体の状態から間違いないことです。ただその犯人は、藤谷早恵やのうて、アリバイがはっきりし過ぎている優香里がかえって怪しい気がしとります。わからへんのは、その日に文夫が早恵のところを訪れることを、どうやって優香里が知っていたかということです。パーティーは前々から日程の設定が必要です。急に行なうわけにはいかしません」

「優香里さんが不在でホテルに泊まるのだから、文夫さんは羽根を伸ばせると考えたのではないですか」

「髪結いの亭主でヒマは持て余すほどあるで。ヨメはんは毎日忙しくしゅうしてる。行こうと思えばいつでも行けるんやないか」

「ああ、そうですね」

「まだまだ何もわかっていない状態に近いな。上村文夫は藤谷早恵に殺されて彼女は自殺した、と府警が被疑者死亡にした事件だ。それを覆《くつがえ》すのは並大抵ではない。ただその反面、もう結論づけられているので、あわてずに調べていくことができる」

「調査を続けさせてもろて、よろしいか」

「もう乗りかかった船だよ。当初は、ベテラン府議の弱点を摑めるのも悪くないという打算《ださん》も正直なところ私の中にあったが、君たちと動いているうちに警察官としての初志《しょし》が頭をもたげてきた。もしも隠された犯罪があるならば、それを見過ごすことはできない」

安治川は、マンションの管理警備員室に福沢を訪ねて、藤谷早恵には父親の後妻くらいしか遺族と呼べる人間がおらず、家財道具の引き取り手になるのは了承しそうにないことを報告した。

「このマンションにはわけありの女性も少なくないから、そういった場合のノウハウもある。その後妻の一任を得たうえで、処分することにする。まだ新しいものは売れるから、処分費用とトントンでいくだろう。情報をくれて助かるよ」

「上村文夫が訪ねてきたときの映像をもういっぺん見してくれませんか。別の日にやって来たときのものもお願いしたいんです」

「いいよ」

夜九時過ぎに訪れてきた上村文夫は急ぎ足で、少し前屈みだった。表情も硬そうだ。愛人のところへ馳《は》せ参じる嬉しさは感じられなかった。

「この日は、先輩は当番やなかったんですね」

「日勤で夕方に帰ったよ」

その約二週間前と約三週間前に、上村文夫の来訪映像があった。どちらもゆっくりとした足取りで柔和《にゅうわ》な顔つきに見える。ともに午後からの時間帯で、ケーキのようなものが入った小さな箱を下げている。それより以前の映像は、上書き消去されていて見ることができなかった。

「この女性は、ここに来たことあらしませんか」

ハナブサ苑のホームページをスマホ画面に出して、代表としてメッセージとともに載《の》っている上村優香里の写真を示した。

「誰なんだい？」

福沢はスマホを手に取った。

「上村文夫のヨメですのや。ネイルサロンの経営者をしとります」

「ヨメはんは不倫に気づいてなかったんかね」

「微妙ですけど、多忙とはいえ、普通やったら気づくと思います」

ここの家賃など浮気の原資は安治川が考えるように、祖父の行橋から出ていたかもしれない。しかし継続的な不倫をしていたなら、たとえば違う香水の匂いがしたり、靴下が裏返っていたり、服装の好みが変わったりなど、何らかの痕跡を残すものだ。たとえ妻が多忙ですれ違い生活であったとしても、感づくものではないだろうか。

「ネイルサロンか。けったいなもんが流行《はや》る時代やな。それで安治川君の質問やが、『ここに来たことあらしませんか』ということなら『来たことはない』という返答になる。ただしや、この女性やったら一度見かけた記憶があるで」

福沢は、スマホ画面に目を凝《こ》らした。

「え、どこでですか？」

「梅田《うめだ》にあるシティホテルのラウンジだ。たまたまそこで高校の同窓会があったんだ。早く着いてロビーで時間を潰《つぶ》していたところへ、藤谷早恵さんがこの女性と歩いてラウンジに向かうところを見かけた。向こうは気づいていなかった」

「いつごろのことですか」

「二ヵ月ほど前だ」

愛人と妻という間柄の二人の女性には、何らかの繋がりがあったようだ。

新月良美は、ハナブサ苑の本店から出てくる客に声をかけて、藤谷早恵の写真を示して「この女性を知りませんか」と訊いていった。八人目で反応があった。

「特別のお客さんでしょ。言葉を交《か》わしたことはないけど」

彼女自身も月に数回訪れるという裕福そうなマダムであった。

「本店には、代表が直々にネイルをする特別室があるのよ。そこに入れる上客はごく限られているけれど、彼女はその一人だったわね。私よりはずっと新参《しんざん》だったけど、ネイルをしてもらっていたわ。今の代表は、前代表ほど独創的でもないし上手でもないから、別にうらやましくはなかったけど」

そう言いながらも妬《ねた》ましさを感じさせる表情になっていた。

「代表から直々にネイルをしてもらうには、資格や条件があるんですか？」

「昔からの馴染み客でないとダメだわ。彼女については、『将来的にスタッフになるから、勉強の意味で直伝しているそうです』って、私の担当者から聞いたけど」

「つまりハナブサ苑でネイリストとして働くということですか」

「ええ。たしかに若くて美人だけど、顔がきれいだからネイルの仕上がりもきれいだとは限らないわよね」

「彼女を見かけはったのは、いつごろからですか」

「一ヵ月くらい前かしら」

新しい事実がわかった。

2

「さて、どう考えていくかだな。人間関係をあらためて整理するとこうなる。能代英子は、未婚の母として優香里を産んだが、その父親は上村繁夫府議だった。上村繁夫の妻は菊江であり、後継者は長男の武夫と目されている。次男の文夫は、菊江が不義のうえで産んだ子だが戸籍上は繁夫と菊江の間の嫡出子《ちゃくしゅつし》となっている。その文夫に対しては、祖父である行橋大造元代議士が経済支援をしていたようだ。文夫は優香里と結婚していたが、教え子である藤谷早恵と金銭の絡んだ不倫をしていた。しかし早恵には若い恋人の楠原がいた。文夫はどうやらそのことを知らなかったようだ。藤谷早恵は優香里と接点があり、ハナブサ苑のスタッフとなる予定だった。これらの人物のうち、文夫と早恵が死んだ。ざっと、こうだな」

芝は、人物関係図を紙に書いた。

「まずは、どうして優香里と文夫が結婚するに至ったか、がまだ私にはわからない。優香里は上村繁夫の本当の娘であり、文夫は本当の息子ではない」

「うちの推測ですけど、上村府議は仕《つか》えていた行橋代議士から菊江さんを押しつけられる形で結婚したと思うのです。愛のない結婚と言うべきでしょうか。文夫さんは実の子ではないことに、出生後わりと早くに上村府議は気づいたと思います。血液型がありえないのですから。仮面夫婦だった上村府議は、同級生だった英子さんとの間に愛を求め、支援《しえん》しました。英子さんがアメリカでネイルの勉強をして、ハナブサ苑を開けたのも、支援のお蔭でした。恩義を感じていたと思います。そやけど、府議という立場からすると、妻の不倫も自分の不倫も明らかにはできません。文夫さんや優香里さんが誰かに口外してしまわないように結婚をさせて、自分との絆を作ったのではないでしょうか」

「地位を失わへんための口封じということか……いや、それだけやのうて、上村府議としては、息子の妻と義母という間柄やったら、実の娘の優香里やその母親の英子と会うていても、親族なんやから不自然なことではないんで、勘ぐられることもあらへん。英子としても、上村府議と不変の強固なパイプができるやないか。上村府議と英子は愛し合うていた」

「一般人からしたら、そんなことで子供の結婚を、という感覚かもしれないけど、上村府議自身がそうだったし、政略結婚や閨閥《けいばつ》がいまだに残る政界では尺度や価値観が違うのかもしれない」

「文夫さんは、大学講師という肩書をもらえて、祖父や母から支援を受け続けられていたのだから、結構な身分ですね」

「そうやろか。彼なりにしんどかったんとちゃうかな。不義《ふぎ》の子という荷物を背負い、優秀な兄と何かと比較され、親が決めた相手と結婚をする。見返りに経済的な豊かさと時間が与えられても、虚しいもんやったと想像しますで」

「なるほど、そうかもしれない。優香里のほうも虚しかっただろうな。彼女は政界の人間でもない」

「優香里さんにとっては、母親の英子さんがゴッドマザーとして絶対的な存在であったという点では、行橋代議士が専制君主だったのに近い感じに思えます。うちかて、優香里さんの立場やったら、母親に従ったかもしれないです。片親である母親が苦労して頑張ってくれたから、生きてこれたのです。しかもだんだんと豊かに。そして継承できる店も作ってくれた。逆らえなかったと思います。だけどゴッドマザーの母親が亡くなったことで、自分の時代になりました。これまで自分を縛っていた箍《たが》が外《はず》れたことになったのではないでしょうか」

「上村優香里は、まだ三十六歳ですのや。新代表として店を受け継いだうえで、これからプライベート面での再スタートをしようとしたことは考えられます。能なしの文夫とその愛人の早恵がいなくなれば、スッキリします」

「しかし、前にも言ったように、それなら離婚すればいい。文夫は不貞行為を働いているのだから離婚理由は充分にある。それに藤谷早恵が優香里と繋がりを持ってハナブサ苑のスタッフになろうとしていた事情も、まだ摑めていないな」

芝は渋い表情で、人物関係図を睨《にら》んだ。

3

安治川と良美は、島本町に足を向けた。藤谷早恵の情報を教えてくれた芝の後輩である島本署員が協力してくれた。

藤谷早恵が卒業した高校のクラスメートの女性から話を聞くことができた。

「彼女は、当初は大学に行く気はなかったんです。高校のときですら奨学金《しょうがくきん》を借りていたから、『大学なんてとても無理よ。就職して家を出る』と言っていたんですけど、『現役女子大生というのが付加価値になるってわかった』と方針転換をしたのです。そして十八歳になったらラウンジで働き始めて、奨学金もたちまち返したと聞きました。成人式で約二年ぶりに会ったときは、整形とコスメ術で別人のように可愛くなっていました」

「高校時代につき合っていた男性はいたのですか」

「いなかったと思います。コンビニとガソリンスタンドで掛け持ちのバイトをしていて多忙でした。できれば高校卒業と同時に家を出てアパートを借りたいと、お金を貯《た》めていましたから」

「彼女は、ネイルアートに強い関心を持ってはりましたか？」

「強いということはなかったと思います。まつエクや脱毛と同じ程度じゃないでしょうか。成人式以後は会っていないので、よくは知らないですけど」

「他に、高校卒業後の彼女のことを知っている人はいやはりませんか」

「それなら同じクラスの男子が、成人式のときにお店の名刺をもらって、後日行ってみたと話していたことがあります。今から電話をかけてみましょうか」

「お願いします」

「高校生のときの藤谷早恵さんはブスでも美人でもない程度だったけど、成人式で再会したときにはぐっと綺麗《きれい》になっていて、びっくりしたよ」

声の大きい男子だった。

「早恵はんのお店に行かはったんですね」

「俺は、親父のやってるクリーニング店を継いで大学に進学しなかったんで、収入は得ていたから好奇心もあって行ってみたよ。両方合わせて四回行ったな」

「両方というのは？」

「最初は曾根崎の浴衣ラウンジだったよ。二回行ってあげたけど、藤谷さんはそこから太融寺《たいゆうじ》近くのキャバクラに移ったんだ。キャバクラのほうが稼げるって言っていた。そっちにも行ってあげたよ。でも本音は夜職《よるしょく》で頑張るよりも、いい金づるのパパを見つけて楽をしたいということだった。俺にはそこまでの財力はないから、もうキャバクラのほうにも行かなくなったよ。ちょっぴり期待していたけど、店外デートなどの進展はなかったよ」

「そうでしたか。金づるのパパは見つかったんですやろか」

「さあ、そこまでは知らないよ。綺麗になっただけでなくしたたかにもなったから、いろんなお客に声をかけて、財布事情を探っていたんじゃないかな」

「上村文夫という彼女の大学の先生のことを、何か聞いてはりませんか」

「いや、聞いたことなかったよ」

北区の太融寺の近くにある藤谷早恵がいたキャバクラを訪ねてみる。

キャバ嬢の入れ替わりはかなりあるようだったが、それでも早恵のことを知るキャバ嬢はいた。

「美人のほうだし、トーク力もあったけど、お酒がほとんど飲めなかったのよね。だから売り上げがなかなか伸びなかった。太い客を摑まえて貢《みつ》がせたい、と言っていたわね。でも簡単には見つからなかったみたいね。あたしがグァム旅行から帰ってきたら、ここを辞めていたわ。太い客を摑まえたのかなと思ったけど、彼女を指名していた常連客は口を揃えて『彼女はどこの店へ移ったんだい』と訊いてきた。だから、太い客を見つけたわけでもなさそうだった」

「この男性はお客さんでしたか」

良美は、上村文夫の写真を見せた。

「見かけたことはあったかな。でも二、三度くらいよ」

それなら普通は太客ではないのだが、学生と教師という繋がりがあった。成人式で再会した男子生徒に来店を誘ったように、上村文夫にも「店に来てください」と持ちかけて、そのあとは店の客としてではなく取り込んでいったのではないだろうか。

「彼女は、ネイルアートに強い関心を持ってはりましたか？」

「この仕事をしていたら、みんなきちんと指先まで飾るけれど、特別に関心があるまでは聞いたことがなかったわね」

「ネイルサロンに勤めることを予定してはったみたいなんですよ」

「え、そうなの。だけど新入りのネイリストなんて、たいした給料はもらえないでしょう……。でも、あまりお酒が飲めないので転職をしようとしていたのかな」

「彼女の店での成績はどないやったんですやろか」

安治川が訊いた。

「中の上くらいだったでしょ。若いうちしか稼げないから、あたしもそろそろ転職の潮時かもしれないわ」


店をあとにした安治川と良美は、梅田駅に向かって歩いた。

「もしも藤谷早恵の立場やったら、と想像してみてくれへんか。女性雑誌に出ているくらい有名なネイルサロンの代表女性から声をかけられて『うちのスタッフにならないか』と持ちかけられたなら、どないする」

「けど、うちは細《こま》かい作業は苦手でどんくさいですから」

「ネイリストやのうて経営スタッフとしてや」

「魅力はあります。そやけど、不倫相手の奥さんですよね」

「妻と愛人は対立関係にあるのが普通や。けど、そこがかえって盲点かもしれへん。何にでも例外はある」

「つまり優香里さんと早恵さんが、共犯関係にあったということですか」

「あくまでも仮説やで」

「そやけど、愛人にとって奥さんは煙たい存在ですよ。はたして共同戦線を張りますか?」

「持ちかけられた条件が良かったら、了承するんとちゃうやろか。文夫からもろていたお手当は月四十万円ほどやけど、その出所が行橋大造からやったならもう政界を引退しているんやし、いずれは底を突《つ》く。それに代わるお手当として、ハナブサ苑のポストと給料をたいして働かへんでも毎月もらえるなら、魅力を感じるやろ。四十万円以上の提示があったのかもしれへん」

「ええ、惹《ひ》かれはします。けど、そやったとしても、文夫さんを殺害しようとまでは思わないはずです」

「そこやな。よほどのプラスがないとせえへんな……」

優香里に完璧なアリバイのある夜に、藤谷早恵が文夫を呼んで殺害して、その報《ほう》酬《しゅう》としてハナブサ苑のポストと給料を得る。机上では成立しそうな契約だが、現実的に考えると、問題点も多い。優香里は一生にわたって、早恵の生活保障をしなくてはならない。でないと教唆《きょうさ》の関係をバラされかねない。早恵にとっても、今度は優香里が自分の命を狙って口封じを図るおそれがある。どちらにとっても、重い負荷《ふか》となってしまう。

「今のは、いったん撤回しまっさ」

安治川は自分の仮説を取り下げた。

4

新月良美は、ハナブサ苑に客として訪れたときにネイルを施してくれた茶髪でポニーテールのネイリストを仕事帰りに呼び止めた。彼女が話していた〝辞めた二人の腕のいいネイリスト〟のことが気になったからだ。

彼女から、そのうちの一人を紹介してもらうことができた。

警察の人間であることを明らかにしないとなかなか本音《ほんね》を聞くことはできそうにないので、目的を伏せたうえで身分を明かすことにした。

自宅近くの公園までやって来てくれたネイリストに、良美は早恵の写真を見せた。

「この藤谷早恵さんは、ハナブサ苑のスタッフになる予定だったんですね」

「え、この人は藤谷っていうんですか。私は、佐々木《ささき》さんと紹介を受けましたよ」

「優香里さんからそう紹介されたのですか」

「はい。代表が特別の顧客だけにネイルを施す特別室に呼ばれて紹介されました。経営の幹部スタッフとして加わってもらう予定だと聞きました」

「あなたがお辞めになったことと、この女性の加入とは関係がありますか？」

「正直言って……あります」

「詳しく聞かせてもらえますか」

「警察が、どうしてそんなことを？」

彼女にとっては、嫌な思いをしての退店だったのだろう。どう持ちかけたら口を開いてくれるのか、良美は困惑した。

それまで女性同士のほうがいいと木陰に隠れていた安治川が、姿を現わした。

「わしは、同僚の安治川て言います。御足労《ごそくろう》くださり、おおきにです。実は、彼女は自殺ということになったので、そんなに大きくはマスコミ報道には取り上げられまへんでしたけど」

新聞でも詳しくは報じられなかった。上村府議への配慮が働いた可能性もある。

「亡くなったことは、かつてのスタッフ仲間から聞きました」

「お店の評判には影響ないですやろか」

「佐々木さん、いえ藤谷さんて言うんですか。彼女が加わる予定だったことはごく一部のお客さましか知らないでしょう。でも、もし本当に経営に参加していたら、危うかったと思いますよ」

「そう感じはるものがあったんですか」

「だって、ネイルにはまったくの素人《しろうと》だったんですよ。大学が経済学部で経営感覚に優れていると新代表は評価したということでしたけど、そんなに賢そうには見えなかったです。それに若過ぎます。長く頑張ってきた者にとっては、経験のない若い人が幹部として上に立つのは心もとないし、腹立たしいです」

「つまり、将来的にハナブサ苑はあかんようになると思わはって、退店しはったのですね」

「彼女の参入だけではなく、新代表では不安がありました。前代表のような技術もカリスマ性もなく、器《うつわ》が違いました」

「前代表の娘というだけで、あのハナブサ苑を引き継げるもんやないということでっか」

「そうです。新代表には、叩き上げの芯の強さがないんですよね。それでは同業者に負けてしまいます。工芸の世界なら一子相伝《いっしそうでん》の秘技というものがあると聞きますけど、ネイルアートはそうではありません」

「もうハナブサ苑に戻らはることはないんですね」

「ありません。前代表がおられたからこそのハナブサ苑ですからね。今は他店に雇われていますが、いずれは自分の店を持って独立します」

5

「優香里さんとしては、二代目ということのプレッシャーがあったんでしょうね。母親が敷いたレールの上を走るのは楽そうに見えるかもしれないけど、実力が伴わないとしんどい世界のようです。しかも結婚相手まで決められて……ゴッドマザーの英子さんには絶対服従だったのでしょうね」

「せやな。大き過ぎるほどの存在やったと想像でける」

「そんな母親が急死して、一気に世界が変わった、いえ世界が開けたのではないでしょうか。まだ若いのだから、本当に好きな人ともう一度結婚してやり直したい、と」

「そういう心境はあったやろ。けど、それやったら、不貞な夫と離婚したらええということになる。何か他の要素があったはずや」

「では、やはり優香里さんは動機の点でもアリバイからも、容疑から外れるということですか」

「いや、前に言うたようにアリバイにはむしろ作為《さくい》を感じる。社長就任パーティーを二回に分ける必要はあったんやろか。二日間にわたったから、会場のホテルに泊まり込んだということが自然に思えてくる。そして、ネイルができるわけやない藤谷早恵に、ハナブサ苑にヘッドハンティングするという提案をした」

「早恵さんとしては浮気相手の本妻になじられるかと思ったら、いいポストを用意されたということなんでしょうね。そやけど、いくら好待遇《こうたいぐう》を餌《えさ》として提示されたとしても、殺人は普通ならしません。優香里さんとしても、早恵さんと切っても切れない絆ができてしまいます」

「そやから、その早恵を自殺に見せかけて殺して、絆を絶ち切ることにしたという可能性はありえんことやない……あ、ちょっと待ってくれ。あのときは目撃者がおったな」

「そうなんです。目撃者がいるので、自殺を覆すのは難しいですよ。目撃者は通りがかりの第三者であって、利害関係があるとは思えません」

「いや、やっぱし待ってくれ。上村優香里と藤谷早恵は繋がりがあった。とても意外やった。そやからわしらは、そのことに引っ張られてしもうたんやないか」

「どういう意味ですか」

「上村優香里が藤谷早恵を雇おうとしていた。そのことで二人は共犯関係やと単純に結びつけてしもてへんか」

「共犯関係ではないのですか」

「共犯関係……それも犯罪をするための共犯関係やったら、普通は繋がりを隠すもんやないやろか。本店のスタッフや上客が、藤谷早恵のことを知っていたやないか」

「たしかにそうかもしれません。優香里さんなら、簡単にはわからないかなり巧緻《こうち》な方法を採ったという気がします。帝塚山にある優香里さんの家を安治川さんと見に行ったとき、あの家には防犯カメラは設けられていなくて、近隣の家の防犯カメラも角度的に不充分だったやないですか。それで優香里さんの家の玄関の出入りの様子が確実には摑めなかったのでしたよね。優香里さんなら、そういった細かい点も頭に入れたうえで計画を立てたような気がします」

「いや、わしはその場にはおらんかったで。あんたと室長が行ったんや」

「あ、そうでしたか」

そのとき安治川は、曾根崎の浴衣ラウンジに関する情報を得ていた。

「たいてい安治川さんとコンビで動くので、てっきりそうかと思っていました」

「コンビの相方《あいかた》が代わることもたまにはあるで……」

安治川は自分の言葉に足を止めた。

第四節

1

旧淀川は、中之島によって裂《さ》かれるように二本の川になる。その二本の流れは、北側が堂島《どうじま》川、南側が土佐堀《とさぼり》川と呼ばれる。そして、中之島を過ぎたところでまた合流する。

旧淀川を裂く中之島の東端は噴水のある公園になっていて、剣先《けんさき》公園と名づけられている。都心にあって、貴重な緑を提供している。剣先公園からは、大きな天満橋に遮《さえぎ》られ、旧淀川がカーブしていることもあって川崎橋はほとんど見えない。

「あなたが大阪府警の安治川さん？」

上村優香里が剣先公園にやって来た。

「そうです。お呼び立てしてしてしもて、えらいすんません」

写真では何度も見たが、相対するのは初めてのことだった。

「どうしても、と電話でしつこく頼まれたからしかたなく来たけれど、忙しいのよ。タクシーを待たせているのだから、早く済ませてちょうだい」

優香里は、剣先公園の上を横切る天神橋を指さした。その指先には、銀色のラメの入った赤いネイルチップが光っている。

「ほなら、単刀直入にお伺いします。代表就任パーティーを大阪ベルベットホテルでしはりましたけど、もっと広い会場やったら一日で済むところをなんで二日に分けてしはりましたんや」

「あなたは、客商売のビジネスというものがわかっていないわね。まあ、親方日の丸の警察官にはわからないでしょうね。二日に分けたなら、招待客のかたが自分の都合のいいほうに来てくださるでしょ。その配慮《はいりょ》をしたのよ。お客様ファーストということよ」

「たしかに、わしにはビジネスのことはわかりまへん。けど、おわかりになっているあんたなら、経営スタッフとして若くて素人の藤谷早恵はんを加える必要はあらへんかったのとちゃいますか」

早恵の名前を出したとき、優香里の表情が一瞬こわばった。

「誰からそんな話を聞いたのか知らないけれど、結局のところ、藤谷さんは不採用にしたわ。夫がどうしてもと言うものだから、しかたなく面接や応対をして、お愛想《あいそう》でネイルもしてあげたけれど」

「ダンナの文夫はんと早恵はんの関係は知ってはりましたんやね？」

「知ってはいたけれど、スルーしていた。夫婦の形はそれぞれだけど、忙しい私は妻らしいことは何もしてあげられなかったから、ちょっとした浮気くらいは許してあげていた。長続きはせず、戻ってくるのは明らかだったから」

「文夫はんの軍資金が行橋元代議士から出ていて、いずれは枯渇《こかつ》するだろうということも計算してはったのですか？」

「警察は、細かいことを調べるのね。それもあるけれど、夫は早恵さんに対して本気でなかったのはわかっていた。初めはほんの遊びのつもりだったけれど、教師が教え子に手を出したとなると問題だわ。それを早恵さんに脅《おど》されて抜き差しならないことになってしまっていたけれど」

その男女トラブルとサポートができなくなりそうになったことが、事件の背景にあると捉えることはできた。文夫からパトロン解消を持ち出されて、早恵は大学に通報すると反発した。そこで文夫は優香里に対して、早恵をハナブサ苑で働かせてやれないかと持ちかけ、優香里は採用できるかどうかテストしたけれど箸《はし》にも棒にもかからない状態だったので不採用とした。断られた早恵は文夫との溝がさらに深まった。そして口論のあげく、早恵は文夫を殺して旧淀川に沈めた。だが、金づるを失う結果となり、後悔と罪の意識にさいなまれるようになった早恵は、自ら命を絶った。そのように事件の全体像を把握することもできる。優香里は、被害者の妻として京橋署に呼ばれて遺体確認のあと聴取を受けた。そのときにこの全体像となる材料を、京橋署に話したのではないか。

「そやけど、文夫はんが消息不明になった日に、代表就任パーティーが行なわれていたのは、タイミングがよろし過ぎますな。それに普通なら、ダンナも出席しますやろ」

「タイミングは偶然なのですから、邪推《じゃすい》ですわ。それに、女の世界に男が出てきても役には立ちません」

「立ち入ったことを訊《き》きますけど、そもそもなんで文夫はんと結婚することになりましたんや」

「どうしてそれを警察に話さなきゃいけないんですか」

優香里は声をやや上擦《うわず》らせた。

「失礼でっけど調べさせてもらいました。あんたは、能代英子はんと上村繁夫府議との子ですな」

「そんなこと……プライバシーの侵害《しんがい》ですわ」

さらに声は上擦った。

「プライバシーはたしかに保護されます。けど犯罪性のある場合は、公益的観点《こうえきてきかんてん》からプライバシーを調査することが認められとります」

「犯罪性なんかないわよ」

「文夫はんが殺されはったのは、犯罪です」

「でも、それは藤谷早恵が犯人で、彼女が自殺したことで、もう決着したのだから」

安治川が剣先公園を選んだのにはわけがある。旧淀川が流れて、川崎橋が近いという理由もあるが、ここは中之島の先端部分で、広いほうの西側に安治川が立てば、優香里は逃げ場がないことになるのだ。

ただし、安治川にも逃げ場はなかった。きょうのことは確実に上村府議に伝わる。失敗すれば、消息対応室はペナルティとして廃止《はいし》されることにもなりかねない。

「ダンナはんを殺された怒りはありませんのか」

「もちろん、怒りも哀しみもあります」

「そしたら『決着した』とは言えへんのやないですか。話を戻させてくださいな。文夫はんは戸籍上は上村府議の子です。なんぼ戸籍という紙上の兄であっても、妹という立場やのに結婚することに抵抗はあらしませんでしたか」

「たとえ抵抗があっても……」

「英子はんはゴッドマザー的な存在やったとお聞きしました。逆らうわけにいかへんということですか」

「あなたには、そういうしんどさはわかりっこない。いえ、あなただけでなく、他の人たちにも辛《つら》さや重さが理解できるはずがない」

優香里は低い声でそう言った。

「先代が絶対的存在なのは、大変やと思います。端《はた》から見たら、金も地位も楽に得られるように見えるけれど、後継者というのは先代と比較されたり、同じようにでけて当たり前と扱われてしまいます。上村府議にもまた絶対的な岳父の存在がありました。上村府議は愛の対象をあんたの母親に求め、支援《しえん》もしましたね」

安治川は、左手を挙げた。それを合図に、天神橋の上に待機していた新月良美が階段を降りて剣先公園に歩いてきた。良美は、菊江を伴っていた。

「菊江はんもしんどかったと思います」

良美は、菊江に文夫の出生のことを追及した。温室育ちだけに、菊江は責められると脆《もろ》かった。上村府議との間に愛情はなかったことや、文夫は菊江が学生時代に親に内密に一時期つき合っていた会社員とヨリを戻したあとできた子供で、彼も既婚者でダブル不倫であったことを吐露《とろ》した。一人で抱え込んでいるのは辛かったとも話した。菊江は行方不明者届を出すほど文夫のことを案じていた。上村府議からすれば望まれない子として生まれ、能力的にも劣《おと》っていた文夫のことが、菊江は不憫《ふびん》でならなかったのだ。

菊江は、優香里に向かって軽く頭を下げた。

「夫の繁夫としては、本当の娘であるあなたを文夫の妻とすることで、大手を振って会ったり支援したりできる関係でいたかったのです。私は、自分に責任のあることでしたから、反対できませんでした。父の行橋大造も、そのほうが複雑な関係が世間に洩《も》れないと判断して賛成しました」

優香里はじっと菊江を見据《みす》えている。優香里は菊江にとって、息子・文夫の嫁であるだけでなく、夫・繁夫の婚外子《こんがいし》の娘なのだ。

優香里は、ゴッドマザーである英子が急死して自由になれた。それとともにハナブサ苑の後継者という大きな重荷がのしかかった。技術的リーダーとしても経営者としでも、とうてい英子のようにはできなかった。

それに対して菊江のほうは、専制君主である行橋大造はまだ健在であった。ただし代議士は退き、もはや蓄財も底を突きつつあった。

「デキの悪い文夫との婚姻《こんいん》を二年半もありがとうございました。今から考えたなら、あんなおかしな結婚には無理があったのですね。だけど、異《い》を唱《とな》えることなどできませんでした……あなたもそうですよね。有無《うむ》を言えなかったですね」

「私は、それが自分の宿命だと思って結婚を受け入れました」

優香里は絞り出すように言った。ゴッドマザーの英子にとっては、文夫との結婚によって優香里の義理の父親に上村府議がなったなら、上村府議と陽《ひ》のもとで会っていても不審がられることはなかった。その英子の意向には逆らえなかった。

「優香里さん。でもそうやって自分を納得させようとしても完全にはできなかったでしょう。誰だって、本当の愛が欲しいのです。夫の繁夫もそうでした。私自身も、不倫に走りました。あなたを責めることはできません」

「私は、責められるようなことは何もしていません……」

優香里は大きく首を振った。

「優香里はん。わしらに摑めてへんかった時期は、その言いかたが通用しました。けど、もうシラを切ることはでけへんと思いますで。あんたはハナブサ苑の後継者という大きな負荷《ふか》を背負いましたけど、その代わりに財力と地位という武器も手にできていました。金の力というもんは、なかなかえげつないもんです」

安治川は再び頭上の天神橋に向かって右手を挙《あ》げた。

それを合図に、芝が剣先公園のほうに降りてきた。芝はあまり気が進まなそうな若い男の腕を取って歩いてくる。男は楠原智彦だ。背はそれほど高くはないが、きりっとした凜々《りり》しい顔立ちをしている。

「わしは、彼の存在を重う見てませんでした。水商売の女性が、金持ちの中高年のパトロンと若いイケメンの恋人を掛け持ちすることはようあることやと捉えてしもうてました。そやけど、失礼ながら文夫はんは、金持ちパトロンとはいえ自力で稼《かせ》げる人間やのうて祖父におんぶに抱っこでした。資金の枯渇の可能性が見え隠れしてました。そやから早恵はんもハナブサ苑に就職するという新たな道を持ちかけられて、乗り気にならはったんでしょう。フリーターの彼は、文夫はんから早恵はんに流れた金のおこぼれを受けてましたんやろさかいに、彼もまた日干しになりかねませんでした。早恵はんは、ハナブサ苑への美味《おい》しい就職話を受け入れました。彼も早恵はんの新しい就職に賛成した——そう考えてました。せやけど」

安治川は、芝のほうを見た。芝が安治川の言葉を引き取る。

「私も、彼の存在を軽視していました。それだけに、徹底して調べることにしました。職業はフリーターということでしたが、鳥取県の出身で高校時代は水球部の主将を務め、県の高校代表にも選ばれるほどの腕前でした。いくつかの大学から授業料免除の特待生での入学勧誘もあり、大阪の強豪大学に進学しました。しかし練習熱心のあまり肩を痛めてしまって、やむなく水球を断念して、入学した夏に大学を中退しました。そのあと、機械工具メーカーに就職したものの上司とソリが合わず四年で退職して、居酒屋でのホール係やバーテン見習いとして働くようになりました。楠原君は、そのバーで客として来ていた上村優香里さんと知り合ったのでしたね。ゴッドマザーのもとで、二代目代表として人生を規定されて生きなくてはならなかった優香里さんの心の逃げ場がそのバーだったのですね」

芝は、楠原にそう確認した。彼は黙って小さくうなずいた。

安治川がそのあとを続けた。

「文夫はんが入っていく映像からしても、ルミノール反応や血痕からしても、藤谷早恵はんのマンションが文夫はん殺害の現場になったのはまず間違いありまへん。けどわからんかったんが、遺体が見つかった旧淀川までどないして運んだのかということでした。距離としては五百メートルほどで、早恵はんは車の運転もでけました。けどせやったとしても、マンションからの運び出しは女性には重労働です。それに川崎橋は、車では通行でけしません。ほいでも、共犯者それも力のある若い男が共犯者なら別です。彼は高校時代は水球部で体力はあります。あのマンションの防犯カメラは、深夜から早朝まで住人が使える裏の出入り口には付いとりません。彼は泊まっていくこともようあったそうですさかいに、前日の深夜に入ってそのまま早恵はんの部屋にいたことも想定でけます」

再び芝が安治川の言葉を引き取った。

「文夫さんは、後頭部を殴られたあと首を紐《ひも》で締められていました。いくら愛人の部屋だと油断していたとしても、女性にはかなり難しい殺害方法です。しかし、若い男なら充分に可能です。早恵さんの部屋を訪れて対面する形で座った文夫さんの背後から、バスルームに潜んでいた彼が急襲したなら、文夫さんはろくに抵抗できなかったと思えます」

「今、室長が言うたような形での二人の共犯なら、殺害方法も遺体の運搬もしっくり説明がつきました。せやけど、今度は早恵はんの死が説明でけへんことになりました。そうやってうまいこと犯行に成功したのに、なんで自殺をしたのか。スマホに打たれた文面によって、旧淀川の川底が調べられて文夫はんの遺体も発見されました」

「それだけではないです。殺害方法は腑に落ちても、上村文夫さんを殺さなくてはならない動機が、早恵さんのほうには見当たりませんでした。サポート資金がなくなったなら、愛人関係を終わりにすればいいだけのことです。まさしく金の切れ目が縁の切れ目です。文夫さんが関係継続を望んだとしても、ソデにすればいいだけで殺す必要はありません」

「共犯なら犯行は可能と考えたまではよかったんですけど、共犯関係を単純に捉えたのが間違いやったんです」

安治川のヒントになったのは、良美が芝と行動していたのに、安治川と一緒だったとコンビの相手を勘違いしたことだった。

優香里には代表就任パーティーとその後のホテル滞在という強固なアリバイがあったことで、犯人像から外れていた。しかし共犯者がいれば、犯行は可能だ。早恵にハナブサ苑のスタッフに加わらないかという話を持ちかけて抱き込んでいたことがわかり、早恵と優香里という共犯も考えたが、それだけでは文夫の遺体運搬はできそうになかった。

芝の調べで、楠原智彦がバーテンをしていた店に、優香里がよく出入りしていたことがわかった。さらに同僚バーテンへの聞き込みから、智彦が支援女性を得て退店したこともわかった。文夫が早恵にのめり込んでいる時期に、優香里は経済力を武器に若い智彦を自分のものにしていたわけだ。

そして智彦にナンパをさせて早恵に近づけて、智彦を通じて彼女のことを詳しく知っていった。早恵はその意図に気づかないまま、優香里の予想以上に智彦に惹《ひ》かれていった。そこへ、優香里にとって大きな出来事が起きた。ゴッドマザーである英子の急死だった。

「小さい頃から英子はんに逆らったなら生きてはいけへんかったことでしょう。文夫はんとの結婚も指示されるままでした。けど、英子はんが亡くなったことで、あんたはこれまでの枷《かせ》から解放されました」

「あのう」

菊江がずっと伏し目がちだった顔を上げた。

「私は、府会議員の妻というだけで、仕事らしい仕事をせずにきた人間です。それでも、優香里さんの手枷足枷《てかせあしかせ》を嵌《は》められた気持ちはわかります。そして同情します。私自身、夫との結婚も父の言いなりで、愛があっての結婚ではなかったのです。私は、その愛の注ぎ口を文夫の父となった男性に求めました。優香里さんの場合は、この若い男性だったのですね」

菊江は、同情の混じったような視線を優香里に向けた。

安治川はその菊江に問いかける。

「立ち入ったことをお伺いしますねけど、菊江はんの場合は、文夫はんという子供がいたことで、相手の男性から関係は切られまへんでしたやろ？」

「ええ。認知はしてもらえなかった、いえ父の意向で認知は許してもらえなかったけれど、そのあとも続きました。かすがいの子を通じて、彼とは血の繋がりがあるわけですから」

「やはりそうですやろね。優香里はんも、若い楠原はんと血の繋がりを作って関係が切れへんようにしようとしたのやないですか。子供というかすがいやのうて、殺人という血の繋がりを作ることで」

「勝手な想像で決めつけないでよ」

黙っていた優香里が、急に大声を張り上げた。

「いやあ、なかなかのアイデアでしたな。文夫はんを早恵はんのマンションに行かせて、泊まっていた楠原はんに急襲させる。すでに早恵はんと繋がりがあったあんたは、社長就任パーティーには文夫はんも出席すると言うておいた。配偶者の同伴が常識やさかい、早恵はんは楠原はんが泊まっていても安心していたんですやろ。そこへ文夫はんが来訪したもんやさかい、早恵はんはあわてて楠原はんをバスルームに隠して、文夫はんの気をそらせている隙に楠原はんを逃がそうとして、座らせてコーヒーか何かを淹れようとした。そこへ楠原はんが襲いかかったんです。予期してなかった早恵はんはビックリしたでしょうが、文夫はんが死んでしもうた以上は、死体遺棄に協力するしかあらしません。二人なら、裏の出入り口で誰かに目撃されへんように目を配ることもでけます」

「だから、想像で言わないで」

「想像やあらしません。彼の供述はもう得とります」

「あなたが見事だったのは、アリバイを完全に作っていることです。文夫さんをそのときに早恵さんのところへ行かせるために、泊まっていた楠原君が隙を見て、早恵さんのスマホから『詳しいことは会って話すから、すぐに来て。お願い!』と文夫さんにメールしたのですね。文夫さんが急ぎ足で前屈みで入っていく姿を、マンションの防犯カメラは捉えていました」

「早恵はんが自殺とされた件も、種明かしをしたら単純なんやけど、引っ掛かりやすいトリックでしたな。実はわしの姪っ子のダンナは、大学時代は水泳の高飛び込みの選手でした。彼に頼んで、実際にやってもらいましたんや」

「この再現映像を見てください」

タブレットを手にした良美が進み出る。

北区のほうから夜の川崎橋が映し出されている。白いワンピース姿の人物が、ペットボトルを抱えながら欄干に近づき、乗り越えて旧淀川に足から飛び降りる。水しぶきが川面に起こり、波紋が拡がるのが暗いながらも見て取れる。

「通行人が目撃した位置から撮影しましたんや。この距離ではもちろん顔は判別でけしません。ワンピースを着ていたさかいに女性やろ、ということくらいしかわかりません。けど、こうして飛び込んでもろたんは、ロングヘアのかつらをかぶったわしの姪っ子のダンナ、つまり男ですのや」

「府警は、利害関係がない第三者ということで目撃者の証言を重視してしまいました。しかし、早恵さんは旧淀川の水を張った彼女のマンションの洗面台で、あなたと楠原君によって溺死させられたあと、裏出口から川崎橋まで運ばれてペットボトルを括り付けられて、旧淀川へ落とされたと思われます。そのあと同じような白のワンピースを着た楠原君が、通行者が来たタイミングで飛び込んだわけです。通行者が来るのを待って合図を送るのは、あなたの役割だったのですね。そのあと、遺書と読める一文を打ち込んだスマホを、早恵さんの自転車のサドルに置くこともあなたの仕事でした。楠原君は水球部出身で泳ぎは達者ですから、目撃者があわてて救急を呼んでいる間に上流へと全速で移動していきました。アクアラング部隊が到着して、水中を探せば早恵さんの遺体が見つかるというわけです。そのあとで、少し下流に流された文夫さんの遺体も発見されました。計画どおりでしたね」

優香里が狙ったように京橋署の捜査本部は、藤谷早恵は自殺と判断し、被疑者死亡という結論を出すことになった。しかし鑑識作業は夜を徹して丁寧に行なわれていた。自殺案件となったので顧みられなかったが、川崎橋の欄干からは比較的新しいと思われる掌紋《しょうもん》も採取されていた。

楠原が片手で抱えたペットボトルはカラであったにせよ、もう片方の手で欄干に触れずして乗り越えて、足から飛び込むことは不可能であった。ワンピースに手袋をしていては目撃者に不審がられるかもしれないし、川の流れは緩やかとはいえ上流に向かって全力で泳ぐのに手袋は邪魔でもあった。

芝から同行を求められた楠原は、芝の巧みな質問に対して「川崎橋は知っているが、通ったことなんかない」と答えたが、採取された自分の掌紋を突きつけられて観念した。そして「俺は言われるままに動いただけだ」と自供した。

「そやけど、犯罪の共犯者となることで楠原君と血の繋がりを築こうとしたあんたの狙いは、欠点も孕《はら》んでいました。代議士や府議の世界では選挙で落ちひんことが最優先の命題であり、そのために地位や名声を穢《けが》さへんことが継続的に求められました。せやから、菊江はんや英子はんの場合は、ずっと繋がりが続いたのです。けど、あんたと楠原君とはあくまでも経済的な繋がりでした。独身になれたあんたは、ほとぼりが冷めたころに彼と結婚する予定やったのですな。彼も犯行時点では合意していました。けれどもハナブサ苑はいつまでも栄華が続くとは限りません。ゴッドマザーがカリスマやっただけに、よけいです。腕のええネイリストも二人辞めてます」

「本音を言うと、だんだん怖くなってきていた……」

楠原智彦が重そうに口を開いた。

「計画どおりの見事な結果になった。それでかえって脅威を感じたんだよ。次は、この俺が消されるのじゃないかって」

「そんなことないわ」

「わからないよ。もっといい若い男が出てきたら、乗り換えるかもしれないじゃないか。俺との結婚は、秘密を共有していくためのものに過ぎない。そういう結婚生活に慣れていたあなたはそれでいいだろうけど、俺は耐えられない」

「慣れてなんかいないわ」

安治川はまあと割って入った。

「共犯による犯行の難点は、一方が降りたなら、その供述により全容がわかってしまうことです。そうならへんように、あんたは智彦君と血の繋がりを作ろうとしましたけど、菊江はんや英子はんのような強い繋がりはでけしませんでした」

「彼の供述だけで逮捕できるの？　彼の掌紋があったとしても、事件当夜のものとは限らないじゃない」

「いえ、他に証拠もおます。あんたは早恵はんのスマホを自転車のサドルに置いて残さはりましたけど、そのスマホで文夫はんを呼び出すメールが打たれています。もちろん消去しはりましたけど、科捜研の最新技術によって復元がでけました。早恵はんを溺死させた彼女のマンションの洗面台を、鑑識が現在調べとります。この旧淀川独自の微生物や植物胞子《ほうし》などが見つかると思います。栓《せん》を抜いて流していても、何らかの痕跡は残っています。早恵はんが亡くなったあとの洗面台は、その後は使用されとりませんよって」

優香里は天を仰いだ。そして低い声でうめくように言った。

「できることならハナブサ苑を畳みたかった。代表の娘であるというだけでしかない人間が、新しい代表に就くなんてしょせん無理だったのよ。でももう走り出した以上は、止まることはできなかった。母が敷いたレールの上であっても」

「そのあたりは、裁判で言うてくなはれ。連行させてもらいます」

安治川は、良美に目配せした。

「失礼します」

良美は、優香里の二の腕を摑んだ。優香里の指のネイルは少し剝《は》げ落ちていた。

永遠に変わらないネイルを施すことはできない。付け替えができないタトゥーのようなネイルだと変化が楽しめなくて魅力がなくなってしまうのだ。

永久に続くものなんて人間には作れない。だからこそ、おもしろいのかもしれない。

良美は、そう思った。

1の連続

第一節

1

「夫が何のメッセージも残さないで、突然居なくなるなんて、考えられません。新型コロナウィルスによる相次ぐ休業と時短の要請で、レストランの経営が苦しかったのは確かです。でも、だからといって投げ出すような人ではありません。政府や自治体による休業や時短の要請もしっかり守ってきました。同業者の中には、要請を無視してたんまり儲けた人もいるけど、律儀《りちぎ》な夫はそういうことはできませんでした。とにかく真面目すぎるくらい真面目なんです」

池之上美世《いけのうえみよ》は、早口でまくし立てるように言った。三十二歳ということだが、肌に張りがあって二十代に見える。黒地に赤の細《こま》かな花びら模様のブラウスとネイビーブルーのタイトスカートに身を包み、色白で整った清楚《せいそ》な顔立ちなのだが、部屋に入ってきたときから頬を紅潮させ、目は吊り上がっている。かなり大柄な体格で、興奮のためか肩を軽く震わせている。

「まあまあ、落ち着いてくださいな」

安治川信繁《あじかわのぶしげ》は、手のひらを美世に向けた。

「落ち着いてなんかいられません。夫の行方《ゆくえ》を捜索《そうさく》してください」

美世は、ハンカチを握りしめる。

「警察は、すべての行方不明者に対して捜索をするわけやないんです。誘拐《ゆうかい》、拉致《らち》、殺人といった事件性や犯罪性のあるものについては、行方を追います」

犯罪とは無関係な一般行方不明者については、警察は届を受理するだけで、捜索はしない。自発的な失踪《しっそう》にまで、税金と人員を投入するわけにはいかないからだ。家族がその行方を調べたければ、俗に興信所や探偵事務所とも呼ばれる民間の調査会社に有料で依頼することになる。警察に出された行方不明者届は、身元不明の行路死者《こうろししゃ》が出たときに照合するために使われるに過ぎない。したがって、かつての捜索願という呼称《こしょう》を現在は使わずに、行方不明者届と呼ぶ。

だが、特異《とくい》行方不明者なのか一般行方不明者なのか、明確ではないグレーゾーンの場合もある。そんなとき、行方不明者届を受理した所轄《しょかつ》署からの送付を受けて、判定をするのが消息対応室の仕事だ。

池之上祥一《しょういち》の行方不明案件は、所轄である泉州《せんしゅう》署から送付されてきた。安治川は、届出人である妻の美世に連絡を取って、事情を聞きたい旨《むね》を伝えた。美世は、すぐに消息対応室にやってきた。

「祥一さんはレストランを経営しておられたんですね？」

安治川の横から新月良美《しんげつよしみ》が質問を挟んだ。

「はい。大学時代は経済学部で、卒業して資産運用会社に就職したのですけれど、モノを作るのではなくお金を動かすことで稼ぎを得るという仕組みに疑問を抱き、以前から興味があった調理師学校に入学し直して、調理師の資格を取りました。創作料理でお客さんに喜んでいただくということに自分の生きがいを見つけたのです。梅田《うめだ》のミシュラン一つ星の店で修業して、約三年前に自分の店を持つことができました。ロトコスファンという名前の店です。ラテン語で楽しい場所という意味なんです。コロナ禍《か》さえ起こらなければ、順調だったのですが」

「えっと、御主人は奥さんより一つ年上の三十三歳ということですが、若くして店主さんなのですね」

行方不明者届を見ながら、良美は質問を続けた。

「はい、夫のことを自慢するのもなんですが、シェフとしての腕はいいのです。でも経営となると、また別の能力が要るのですよね」

「御結婚なさって、何年目ですか」

　個人識別が主目的だから、行方不明者届には身長、体重、血液型、髪型、外貌的特《がいぼうてきとく》徴《ちょう》、ホクロの位置、不明時の服装などは詳しく記載されるが、経歴面のことはそれほど多くは記されていない。

「もうすぐ四年になります。彼は、大学時代のスキー同好会の一年先輩なのです」

　写真が二枚添付されている。全身のものと顔がアップになったものだ。どちらも純白のシェフ服に痩《や》せ型の体軀《たいく》を包み、黒縁眼鏡をかけた五分刈り頭で、真面目で誠実そうな印象を受ける。

「お店のホームページ用に撮《と》ったものなのですけれど、笑顔を作るのがヘタな人で、愛想《あいそう》良くないように見えるでしょう。他の写真も似たようなものです」

　美世は、スマホを取り出して、写真をスクロールして見せた。旅行先や遊園地での夫婦のツーショット写真も、たしかに祥一のほうは笑顔が少ない。美世のほうは満面の笑みだ。

「行方不明になられた心当たりはないのですか」

「ないから、こうして捜索を警察にお願いしているのです。早く探してくださいな。

身の危険が迫っているかもしれないのに、警察が動かないのは怠慢《たいまん》ですわ。私たちの税金で、お給料をもらっているんでしょ」

美世は、良美に嚙《か》みついた。

「まあまあ、奥さん。落ち着いて事情を話しとくれやす。最後にお会いにならはったんはいつのことですのや？」

安治川は、なだめるように言った。

「この届に書いたとおりです。三日前の夜からです」

「概要《がいよう》は書いてくれてはりますし、わしらも読んでいます。せやけど、詳《くわ》しい状況は直接お訊《き》きせんと、わからしませんのや。そやから、こうして来てもろてます。店のほうは、三日前は営業日やったのですか」

「行政からの要請に従って、今はランチ営業とテイクアウトのみですが、仕込みがあるので夕方過ぎまでは毎日お店で頑張っています。いつもは夜の十九時頃には帰宅するのですが、その日は二十時を過ぎても帰ってきません。スマホに連絡しても出てくれないのです。それでお店に行ったなら、テーブルカウンターの上にスマホが置きっ放しになったままでした。今までそんなことは一度もありませんでした。胸騒ぎがして、泉州警察署に伺《うかが》いました。『もう少し待ってみたらどうですか』と言われたのでそうしたのですが、二日経《た》っても戻ってきません。それで泉州警察署にもう一度お伺いしたわけです」

「店は施錠《せじょう》されてましたんか」

「施錠？　あ、あの。いいえ、鍵はかかっていなかったです」

「店は、他に従業員さんはいやはりませんのか？」

「オープンに先立って若い見習いシェフを雇い、ホームページの募集記事を見て応募してきたパートの女性を雇いました。彼女はたまたま私の高校時代の同級生で友人でした。私と彼女がホール係をしていました。つまりスタッフは夫を入れて四人です。オープンからしばらくは順調でした。見習いシェフは夫の出た調理師学校の学生でしたけど、卒業とともにアルバイトから正規雇用《せいきこよう》にしました。ホール係もさらにもう一人パート女性を募集しようかと思っていました。だけどコロナ禍になって、お客さんが激減しました。それからは坂道を転げ落ちるようでした。まずパートの女性にやめてもらい、見習いシェフには他の店に移ってもらい、私も店に行かなくなりました。ランチ営業と言っても平均して日に三、四組でした。テイクアウトも同じようなもので、赤字がずっと続いていました。持続化給付金の支給は遅くて、もらっても店の家賃に消えました」

「そしたら、現在はダンナはん一人で店を切り盛りしてはるということですね」

「はい、一人で充分なのです。すごく悲しいことですが」

「それでも、頑張ってはったんですな」

「せっかく持つことができた自分の城ですから」

「ダンナはんの実家は大阪ですのか」

「三重《みえ》県の尾鷲《おわせ》市です。大学時代から大阪に出てきていました」

「その住所と連絡先を教えてくださいな。それと、若いシェフはんと、パートの女性の連絡先も」

「夫は実家には帰っていませんよ。電話で確かめました。お義母さんは夫が高校三年生のときに病気で亡くなっていて、そのあとお義父さんは再婚しました。夫は、お義父さんとは疎遠《そえん》でした」

「まあ、念のためですのや。頼んます」

美世は、スマホの住所録を画面にディスプレーしたあと、安治川が差し出した紙に書き込んでいった。

「店内を見してもらうことはでけますか」

安治川は、別の用件で府警本部まで出かけている室長の芝隆之《しばたかゆき》警部に電話連絡を取ってから、そう言った。ほどなく芝は戻ってくるということであった。

「店内を見るって、今からですか」

「早いほうがええんとちゃいますか」

「じゃあ、行方を捜索してくれるのですね」

「いや、そうなるかどうかを調べさせてもらいたいのです」

「ずいぶんと、遠回りなんですね」

「あんたが言わはったように、警察は税金で運営されています。そやさかい、犯罪性や事件性のある場合やないと動けしません。それをまず調べるのが先決ですのや」

2

安治川と良美は、美世とともに堺市《さかい》にある店へと向かった。

住宅街の中に店舗《てんぽ》や小さな町工場が点在する一角であった。テナントビルの二階にあり、専用階段で上がれるようになっている。大きな茶色の扉には〝臨時休業します〟の手書きの貼り紙がしてあった。

シェフである祥一が戻ってくるまで、再開はできない。ランチとテイクアウトで、わずかとはいえ収入はあったが、それがゼロになる。しかし家賃は発生する。美世が、早く夫の行方を探したいという気持ちもわからないではない。

店内を見せてもらう。カウンターが約十席、四人掛けテーブルが二つの、こぢんまりとした広さだ。壁は白を基調として、テーブルやカウンターは扉と同じ濃い茶色で統一されている。照明や装飾はヨーロッパのアンティーク調のもので統一されていて、費用が掛かっていると思われた。入り口に近いレジ横の消毒液やテーブルやカウンターに置かれたアクリル板が、今の時代を映し出している。

「三日前の店の状態のままですのか」

「はい、そうです」

「ダンナはんのスマホは、どこに置かれていたんでっか」

「このあたりです」

美世は、カウンターの入り口寄りに手を置いた。

「今、そのスマホは持ってはりますか」

「自宅マンションにあります」

スマホが置いたままだったという点は、自発的な失踪ではないという要素になる。自分から姿を消す場合、スマホは必需品だ。

だが、店内が荒らされたような様子はない。

「レジを開けてもらえますか」

「小銭《こぜに》しか残っていませんでした。あとはなくなっていました」

美世はレジを開けた。五十円玉と十円玉が入っていたが、他はカラだった。

「おつり用の紙幣《しへい》とか納入業者はんに支払う金は、どこにありますのや」

「ここですけど」

レジ台の引き出しを美世は開けた。そこもカラだった。

「だいたいなんぼくらいの金を置いてはりますのや？」

「十万円ほどです」

争ったような形跡は見受けられない。もちろん血痕《けっこん》などもない。安治川は厨房《ちゅうぼう》を見て回った。ランチ営業のあとは仕込みをしていたということだが、作られたものはなく、鍋《なべ》の中はカラだった。冷蔵庫の中の食材もわずかだ。包丁類は揃《そろ》えて引き出しに入っていた。

店内の写真を何枚か撮らせてもらったあと、美世と祥一が住むマンションに向かった。

「お子さんはいやはらへんのですか」

「ええ。店が軌道《きどう》に乗って、夫が三十五歳になったなら、と話し合っていました」

「ざっくばらんに訊いてしまいますねけど、ダンナはんの異性関係は、どないでしたか」

「不倫ということですか。それなら、無縁《むえん》です。店の厨房に引きこもっている毎日では、何もできません」

「家計は、奥さんが仕切ってはるのですか」

「ええ、そうです。いわゆるお小遣《こづか》い制すら、採っていません。まかないでご飯は済みますし、調理服以外の服代はいらないし、タバコもやらないし、パチンコもしません。必要なときは言ってもらったうえで渡していましたが、月平均で二万円もなかったです」

「趣味のようなものはあらへんのですか」

「家で動画を見たり、ゲームをするくらいです」

会話をしているうちに、マンションに着いた。店から徒歩でも数分ほどの距離だ。

セキュリティーのしっかりした比較的新しい七階建てのマンションだ。

「ここも賃貸でっか」

「いえ、ここは私の父親が、結婚祝いにプレゼントしてくれたのです。中古物件とはいえ、父はかなり無理したと思います」

美世はエントランスで部屋番号を押して、中に入った。三階の南向き2DKで、広くはないが子供がいなければ充分だろう。

「あんたのほうの実家はどこでっか」

「同じ堺市内です。ここから十五分くらいです」

部屋はまずまず整頓されていたが、DK以外の二部屋は居間と寝室という使いかたではなく、美世の部屋と祥一の部屋に分かれていた。

「恥ずかしい話ですけど、夫はイビキがとてもひどいのです。最初は同じ部屋で寝ていたのですけど」

お互いのベッド横には、二人のツーショット写真が置かれていた。美世のベッド脇のものはウェディングドレスとタキシードの結婚披露宴と思われるもので、祥一のベッド脇は二人のスキーウエア姿だ。

「これが夫のスマホです。やはり何の着信もありません」

美世は、確認してから差し出した。

「店に関係する業者はんを教えてもらえますか。帳簿類《ちょうぼるい》があれば、貸してほしいんです。それと調理師学校時代の名簿《めいぼ》や大学時代のスキー同好会の名簿があったら、お願いします。修業してはった梅田の一つ星レストランの名前と所在地も」

「いいですけど、夫の捜索はしてくれるのですね」

「そいつは検討したうえで、連絡させてもらいます」

安治川は、美世の実家の所在地を聞いたあと、辞去《じきょ》した。


「どない思う?」

外に出た安治川はまず室長の芝に電話で報告したあと、良美に訊いた。

「微妙ですね。泉州署としても判断に困って、うちに送付してきたのやと思います」

「店内を見た限りでは、犯罪の匂いはせえへんかった。拉致する動機は見当たらんし、誘拐なら要求があってしかるべきや」

「けど、あの奥さんは捜索してくださいと泉州署にも詰め寄ったんでしょうね。うちが気になったんは、店が施錠されていたかという問いに対する受け答えのぎこちなさです。本当は、施錠されていたんやないでしょうか」

「わしもそれは感じた。鍵が閉まっていたら、自発的な失踪の可能性が高《たこ》うなる。それを避けようとして、開いたままやったと答えた可能性はある」

「もし自発的な失踪としたら、身を寄せる場所として考えられるのは、尾鷲市の実家ですが、美世さんは電話したということでしたね」

「わしらでもういっぺん確かめてみる必要がある。あとは友人関係や店の関係者やな」

借り受けた池之上祥一のスマホの記録を見てみる。着発信はほとんどされておらず、メールやLINEのやりとりもごくわずかだ。交友関係は狭《せま》そうだ。

「自発的な失踪だとしたら、動機は経営不振ですかね」

「コロナウイルスと時短営業というどないしようもない事情が作用《さよう》しとる気がする。厚かましく時短要請もアルコール提供禁止も無視した店は行列ができるほどに儲かっているのに、真面目に聞き入れる店が苦しんでいる。アホらしなって投げ出しとうなる気持ちもわからんでもない」

「正直者がバカを見るなんて、おかしいですよね」

良美は唇《くちびる》を尖《とが》らせた。

「単なる逃避行ならともかく、自殺するための失踪やとしたら、放置《ほうち》はできひん」

「そうですね」

「まずは従業員やった二人から当たろうやないか」

見習いシェフをしていた畑靖史《はたやすし》は、道頓堀《どうとんぼり》近くにある大手チェーンの店で働いていた。まだ二十四歳の長身の青年であった。通用口まで出てきてくれた。

「僕を採ってくれた池之上祥一さんには感謝していましたし、シェフとして尊敬もしていました。素材が持つそれぞれの味を活《い》かす技術が上手で、創作料理のレパートリーも広くて、いっしょに仕事をしていて勉強になることが多々ありました」

「いつごろから働いてはったのですか」

「開業のときからです。ですから二年十ヵ月前ですね。そのときはまだ調理師学校の最終学年だったのですが、開業に伴うアルバイト求人募集が学校に来ていて、面接のうえで入りました。僕は、元々は体育大学の学生で体操選手だったのですけれど、膝《ひざ》の靭帯《じんたい》をケガしてしまって断念することになり、中退して調理師学校に入学しました。途中での進路変更という点も、池之上さんと共通していました」

「彼の行方がわからへんのですよ」

「ええ、奥さんから知らないかという電話がありました。でも、五ヵ月ほど前にこの店に移ることになって、それからは会っていないんです。不義理《ふぎり》ですけど、池之上さんの店に顔出しもしていなくて」

「行き先の心当たりは？」

「奥さんにも訊《き》かれたのですが、ありません」

「真面目な店主はんやったようですね」

「はい、職人気質《かたぎ》で実直な人です。こう言っちゃなんですけど、経営者にはあまり向いてなかったのではないでしょうか」

「けど、若くして独立しはりましたな」

「あれは、池之上さんの意向というよりは、奥さんが望んだからでしょう。ああ、すいません。今のは、忘れてください。僕の勝手な思い込みです」

畑は言ってしまったことを悔いるような表情になった。

「いやいや、何でも話しとくれやす。あんたが感謝してはる池之上さんが、自発的な失踪をしはったのかどうかを、わしらは知りたいんです」

「もし失踪ではないなら、どうなるんですか？」

「事件なら府警として捜査を始めます。また自発的な失踪であっても、自殺のためだということが判明したなら人命第一でそれを防ぐために動きます」

「そうですか。でも、僕は本当にわからないんですよ。さっきも言いましたように、五ヵ月ほど前に今の店に移って以降は、池之上さんとは接点がありません。どうしておられるかは気になってはいたのですが……やはりコロナが憎いです。飲食店は社会の敵みたいな存在になってしまい、お客さんはどんどん離れていって、経営は厳しくて縮小せざるを得なくなりました。今の雇われ先のように七つも店舗があると、緊急事態宣言が出ていない県の店舗が頑張ってくれて赤字の穴埋めをしてくれるのですけれど、個人営業の一店舗でしかもオープンしてまだ年数が少ないと常連客もまだ少なくて、とてもシビアです。真面目な人だけに、やっていられない気持ちになったのかもしれません」

「こっち関係は、どないでした？」

安治川は、小指を立てた。

「あまり仕事以外の話はしませんでしたけど、何もなかったと思います。堅物《かたぶつ》でした」

「奥さんの美世さんと池之上さんとの関係はうまくいっていたのでしょうか」

良美が訊いた。

「いえ、それもわからないです。あのう、そろそろ戻らないと睨《にら》まれますので」

畑は通用口の中のほうを指で示した。

続いて、美世の友人でホール係をしていたという八木紀佐子《やぎきさこ》に電話連絡をしたうえで、会うことにした。

彼女は堺市内のスーパーマーケットでレジ係をしていた。休憩《きゅうけい》時間になるまで、安治川と良美は外で待つことにした。

「さっきの畑という若いシェフさんのことですけど、美世さんのことがあまり好きではないという印象をうちは受けました」

「それはどないな根拠で?」

「池之上さんの独立開業は、『奥さんが望んだから』と言わはったときに、美世さんへの非難が込められている気がしました」

「せやな。わしは彼が『不義理ですけど、池之上さんの店に顔出しもしてなくて』と言うたときに、美世はんのことが苦手やないかと感じた。美世はんもう今は店に出てへんそうやけど、先に退店した彼はそれを知らへん」

「退店するように引導《いんどう》を渡したのも、美世さんでしょうか」

「経理関係をしていたということやから、かもしれへんな」

安治川のスマホに芝から着信があった。

「池之上祥一さんの父親と連絡が取れた。やはり祥一さんは姿を見せていないということだ。父親とはかなり相克《そうこく》がある印象を受けた」

予算に限りがあるから、尾鷲市まで簡単には行けない。芝が電話で聴取をしてくれた。

「池之上祥一さんには、名古屋市で薬剤師をしている姉と、同じ三重県の伊勢《いせ》市で高校の教員をしている弟がいるが、『その二人に比べてデキが悪い。大学も一番偏差値が低い』と父親は言った。シェフになることにも賛成しなかったようだ。祥一さんとしては、父親に可愛がられていないと感じていたと思える」

「それなら、父親を頼って実家に向かったという線はやはり薄いでんな」

「祥一さんの姉と弟の連絡先も訊いたので、確認してみる」

「お願いします」

芝との電話を終えたところへ、八木紀佐子が姿を見せた。濃紺の制服にひっつめ髪で化粧っ気もほとんどない。美世の友人ということだが、ずいぶんと地味だ。

「警察のかたが来られたということは、もしかして池之上さんの身に何かあったんですか。美世さんから『行方を知らないか』という電話があってからずっと心配しています」

紀佐子は薄い眉を寄せた。

「いや、何かあったとかそんなんやおません。行方不明にならはった背景を調べてる段階です。なんぞ心当たりはおませんか」

「わからないです。真面目なかただけに、時短営業とアルコール提供禁止で、お客さんが来なくなって苦しかったのだとは思います。テイクアウトなどの工夫《くふう》も限界がありますから」

「美世はんと友人やと聞きました」

「中学校と高校が同じでした。中高一貫校ではなく、毎年クラス替えもあるのですけれど、縁があって六年間で三回もいっしょのクラスになりました。高校を卒業したあと、あたしは繊維《せんい》会社に就職してずっと工場で働いていたのですけれど、安い海外製品が入ってきて経営が悪化し、四年前に人員整理が始まりました。そのころ親の介護が必要となって、あたしは割増金をもらって退職しました。介護が終わってからも、すぐには仕事が見つからず、フリーターをしていたのですけれど、新しくできた創作料理店のホームページにあったホール係募集を見て応募しました。美世ちゃんがその店主の奥さんだったのは偶然でした」

「美世はんもホール係をしてはったのですね」

「ええ。でも彼女は忙しい時間帯だけの出勤で、メインは出納《すいとう》と会計の担当でした」

「さいぜん見せてもろうたんですけど、なかなかお洒落《しゃれ》なお店ですな。内装の工事費も高うついたんとちゃいますか」

「美世ちゃんの親が出したと聞いています。大手銀行の役員をしてはるということで、お金があるんでしょう」

「そうでしたか。自宅マンションも、親に結婚祝いとして買ってもらったと言うてはりましたな」

「あたしもそう聞きましたよ。彼女は一人っ子だから、いろいろおねだりできるんでしょうね」

「そうやって支援してもろたら、祥一はんとしたらおいそれと店を潰《つぶ》すわけにはいかしませんな」

「ええ、プレッシャーはあったと思います。美世ちゃんの親からは、もともと結婚自体も反対されていたそうですから、よけいですよね」

「結婚に反対やったんですか」

「医者のように安定した高収入の人と結婚させたかったようですよ。美世ちゃんは『そんなことは聞き入れられない』と耳を貸さなかったということですけど」

「あの、それで夫婦仲はどうやったのですか?」

良美がやや遠慮がちに尋ねた。

「そこまでは知りません。店に居るときは、普通な感じでした。仲が悪くては、一緒に仕事はできないと思います。家に帰ってもずっと同じ空間にいるんですからね。だけど、夫婦の実際のところは、第三者からはわかりようがないです」

「祥一さんと美世さんとは、大学時代の先輩と後輩ということでしたね」

「ええ、美世ちゃんは外国語学部で学年も違いますが、スキー同好会で一緒だったと聞きました。最近はスキーを楽しむ余裕はなかったと思いますけど、店長は雪国出身でもないのにお上手《じょうず》でした」

「あなたから見て、失踪に思い当たるフシはおありですか」

「それはわかりません。中学高校の同級生だったころは、美世ちゃんとそこそこ親しくはしていましたけれど、あくまでも十代の頃です。あたしは大学には進学しなかったので、それ以降はあまり美世ちゃんと会うことはなかったんです。雇ってはもらいましたけど、あくまでも従業員と店主の奥さんという関係でした」

　八木紀佐子が勤めるスーパーマーケットをあとにした良美は、小首をかしげた。

「うちには理解できないことがあります。ああしてスタッフを雇い止めにするくらい経営が苦しいのやったら、どうして美世さんは残された祥一さんと二人で力を合わせて頑張っていこうとしなかったんですか。ランチとテイクアウトだけになってお客さんが大きく減ったとしても店は続いているのやから、ホール係として出るべきです」

「まあ普通はそうやろけど、夫婦間のことはさまざまやしな」

「なんだか祥一さんが可哀想です」

「わしらの仕事はそういう評価をすることではないんや。二手《ふたて》に分かれよう。あんまし時間をかけるわけにはいかへん」

安治川は、良美にそう提案した。もし特異行方不明者ということになったなら、なるべく早く捜索を始める必要がある。

「はい」

「わしは、祥一はんが修業していた梅田のレストランと、大学時代のスキー同好会仲間に当たってみる。あんたは、美世はんの両親のところを訪ねてみてくれ」

「美世さんの両親が関係しているのでしょうか」

「いや、直接的にはないやろ。けど、紀佐子はんが言うてはったように、婿養子《むこようし》に近い存在の祥一はんは美世はんの両親からプレッシャーを受けていた可能性がある」

「わかりました」

3

その日の夕方に、消息対応室に安治川と良美が相前後して戻ってきた。倉庫だった建物の二階という職場は、安治川の元同僚が評したように「島流し」と言えるかもしれないが、その反面隔離《かくり》されていて気兼ねなくミーティングができる。いわゆるサツ回りの記者もここまではやってこない。

「では、始めよう。まず新月君から」

「はい。美世さんの実家は、彼女のマンションから歩いて約十五分の距離の一戸建てです。豪邸と言うほどではないですが、なかなかの広さです。父親は大手地方銀行の元総務部長で、定年後の現在は融資先企業の監査役をしています。母親は、フラワーアレンジメントの教室を自宅で開いています。美世さんは、そこの一人娘として生まれました。小さい頃からいろいろなお稽古事《けいこごと》を習わせて、良家のお嬢さんに育てたかったようですが、親の望みはかなわなかったと思えます。中学校も高校も、名門の私学女子学園を受験したが不合格となり、大学も両親としては不本意な進学先となったようです。八木紀佐子さんが言っていたように、医者などハイソサエティーとの結婚を両親は望んでいたようですが、美世さん本人は『夫が自分よりも上に立つのは嫌よ』と拒《こば》んでいたそうです。祥一さんは一つ年上とはいえ、性格的には真面目でおとなしく、美世さんは『あの人なら支配できるから結婚する』と母親に洩《も》らしていたそうです。父親は『しかたない』と言いながら、店の開業資金の援助《えんじょ》もしてあげたということです」

「祥一さんの行方不明については？」

「まったく心当たりがないということでした」

「では、安治川さんからの報告を」

「修業先であった梅田のレストランでの仕事ぶりは、とても真面目だったということです。彼が星付きレストランで働けたのは、調理師学校時代の成績が良かったこともありますが、美世はんの父親からの口利《くちき》きもあったようです。父親が勤める銀行から融資を受け、また銀行も顧客接待に使うという関係があったわけです。独立については少し早すぎると引き止める向きもあったようですが、ここも美世はんの父親の『なんとかよろしく頼む』に押されて円満退店という形になったようです」

「父親にそう言わせたのは、美世さんだろうな」

「ええ、そない思います。それから、スキー同好会の同期三人と連絡が取れました。

会えたのは一人で、あとの二人は電話です。総合すると、こうです。祥一はんは、新入生のときからファミリーレストランでバイトを始めて、最初はホール係でしたがのちに厨房補佐となり、調理することの楽しさを知っていったようです。尾鷲の実家からの仕送りも少なかったので、バイト三昧《ざんまい》の学生生活だったということです。意外にも、スキー同好会に入ったのは三回生になってからです。一学年下の美世はんは先に入部していました。どうやら美世はんに誘われて入部したようです。そのころから二人はつき合っていたとのことでした」

「先輩後輩と言っても、彼女のほうが入部は先だったということだな」

「ええ。祥一はんは引き込まれたということになります。完全に美世はんのほうが主導権を握っていたそうで、調理師学校の授業料も出してもらったと聞きました」

「正確には、美世さんの親が出したということだな」

「ええ。祥一はんは高校は男子校で、大学に入ってからもつき合った女性は一人だけで、あまり免疫《めんえき》がなかったということでした。美世はんのほうは、むしろ逆で、かなりモテていたようです。祥一はんが入る前のスキー同好会にも元カレはいたとのことです」

「自分の思いどおりになるということで、祥一さんを選んだということなのかな？」

「その可能性はかなりあると思います。友人の一人が、その元カレから聞いた話を覚えていてくれました。美世はんは、古いタイプの父親が自分や母親に対して支配的な姿勢だったことに嫌悪感を抱いていたそうです。せやから、もし結婚するなら逆の立場になりたい、と。祥一はんは眼鏡を取ったら、父親に顔立ちが似ているそうなので、そんな祥一はんを思いのままにできることに、特殊な快感を抱いたということやないですやろか」

「あ、その顔立ちのこと、うちも感じました。祥一さんは写真でしか見ていませんけど、それでも美世さんのお父さんに似ていました」

良美がうなずきながら、言葉を挟《はさ》んだ。

「そうか。美世さんには少し屈折《くっせつ》したものがあるのかもしれんな。他に安治川さんは、何か収穫《しゅうかく》は?」

「室長の話と合致《がっち》しますが、祥一はんは大学生の頃からすでに、あまり故郷に帰りたがらへんかったそうです。父親とは折り合いが悪うて、姉や弟ともうまくいってへんかったようです。父親は、彼だけが学業成績が悪く、性格的にも地味で無口ということで、かなり疎《うと》んじていたそうで、それもあって仕送りも少なかったようです。そらあ、実家に帰りとうないですな」

「では、そろそろ消息対応室としての結論を出そう。これまでのところを整理すると、こうなるな。店の経営は行き詰まっていて、シェフ助手の男性とホール係の女性は解《かい》雇《こ》していた。妻も今では手伝うことなく、彼一人でやっていたが、それでも対応できるほど客が少なくて閑《ひま》なくらいだった。しかし店の家賃は支払う必要があった。いつコロナが収束するかなかなか見通しが立たない状況で、現実逃避をしたくなる気持ちは、理解できる。店内が荒らされた形跡はなく、誘拐や拉致の電話もない。人に恨《うら》まれるような性格には思えない。そこまでは自発的失踪を推定させる。ただし、どこかに行くアテがあったのかというと、そうでもなさそうだ。真面目な性格ということだから、何も言わずに姿を消すのではなく書き置きくらいはあってもおかしくない。荒らされた形跡はなかったが、店の売り上げや両替用金銭はなくなっていた」

「けど、書き置きはあったかもしれません。奥さんなら隠すことができました」

良美が小さく言った。

「新月君はどう結論づける？」

「うちは、自発的失踪つまり一般行方不明者やと思います。奥さんから支配されていた関係ということも、店が順調なときはまだよかったのでしょうが、左前になったら耐えられなくなったのではないでしょうか。店の会計は奥さんが握っていたということとですから、祥一さんは店にあったお金を持ち出して逃避の資金にしたのやと思います」

「じゃあ、美世さんは夫が自発的失踪だろうとわかっていながら、行方不明者届を出したと見るのかい」

「今のところ、そう思います。彼女は『夫の行方を捜索してください』と食い下がりましたが、少し演技も入っているかもしれないと感じました。世間体《せけんてい》や両親の手前から、夫に去られたという形にはしたくなかったのではないでしょうか」

「安治川さんは？」

「わしはここに戻るまでに、預《あず》からしてもろた祥一はんのスマホを調べてみましたんや。やはり彼は交友範囲が狭いです。電話の発信や受信は少なく、しかも大半が仕事関係でした。こちらから連絡をしてみたところ、そのうちの一人の食材仕入れ業者が『毎回、月末払いの契約なのだが、今月は途中で代金をもらうことになった。それとともに、もう食材は当面入れない予定なので了解してほしい、と池之上さんに言われた』と話してくれました。彼は『もしかして閉店するのですか』と遠慮しながら訊いたら、『まあ、そういうことだ。コロナが憎いよ』という返事だったそうです。つまり、池之上祥一はんは、閉店を予定していたのです。犯罪絡みの特異行方不明者とは思えしません」

「立つ鳥あとを濁さず、ということだったようだな。私も、一般行方不明者だと考える。真面目な人間ほど、極端な逃避行動を採ることがある。何もかも捨てて一人旅に出られるなら出たいと、私だって思うことがある。気がかりなのはスマホを置いていったことだ。一人旅でもスマホは必要だろう。それを置いていったということは、自殺の線もないではない。だが、防ごうにも手がかりがない」

「あの、祥一さんは新しくスマホを買うつもりではないでしょうか。GPS機能が付いていたなら、奥さんに把握《はあく》されてしまいます。ちょっと見せてもらえますか」

良美は、祥一のスマホを受け取った。

「やはり、GPS機能が付いています」

「なるほど、妻からのがれたいからスマホを置いていき、別のスマホを買ったことはありえるな。今は格安のスマホも出ている」

消息対応室としての判断は出た。

借りていた祥一のスマホやスキー同好会時代の名簿を返すとともに、美世には一般行方不明者となったことを伝えた。

「民間の調査会社に依頼するしかないということなのですね」

美世は以前に来たときほど、食い下がらなかった。

「そうなります。やはり店の経営不振を一人でしょいこんで、しんどくてやってられへんというお気持ちにならはったのやと思います」

「そこまで打たれ弱い人だとは思っていなかったです」

「所持金がなくなったら、ふらりと帰ってきはることもあると思います。そんときは、温かく迎えてあげてくださいな」

「探してくれない警察に、そこまで説教される筋合《すじあ》いはないと思います」

美世は憮然《ぶぜん》とした顔になった。

「気ぃ悪うしはったら、すんまへん」

警察には、民事不介入《みんじふかいにゅう》という原則がある。私人間《しじんかん》のもめ事や夫婦間のいざこざに、公権力は関わらないし、犯罪でない限りは関わってもいけない。だが、持ち込まれる案件は、そういった民事トラブルや夫婦問題も少なくないのだ。

4

それから一週間が経過した。

消息対応室にいる安治川に電話が入った。

「八木紀佐子と申します。以前に職場まで事情聴取に来られた安治川さんでしょうか」

「ああ、先だってはどうも」

前に会ったとき、アポを取るために安治川は自分のスマホから連絡をしていた。

「相談事があるのですが、よろしいですか？」

「何ですやろか」

「池之上美世さんがいなくなったのです。実は、美世さんの御両親から電話を受けたのですよ。いくら連絡しても繋《つな》がらないと」

「祥一はんのほうは、どないですか」

「まだ行方がわからないままだそうです。それなのに、今度は美世さんです」

行方不明者届を出した人間が、一週間後に続いて行方不明になったことになる。

「祥一はんから連絡があって、そっちへ行かはったということはおませんのか」

「あたしも、昨日まで九州のほうに旅行していて、よく事情が飲み込めないのですけれど、お母さんのところに彼女から昨日『しばらく留守にするけれど心配しないで』というメッセージが固定電話の伝言に入っていたそうなのです。あまりそういうことがなかったので、お母さんはすぐに折り返しの電話をしたけれど、携帯の電源が切られていたそうなのです。それで今日になっても相変わらず電源が切られたままだったので、あたしのところに『何か知らないかしら』と連絡してこられたのです。もちろん、何も知らないのですけれど、どうしたらいいかなと思って、こうして電話をしました」

「美世さん自身からそういう連絡が入っていたなら、犯罪絡みということは考えにくいですが、親御はんが気がかりでいやはるということなら、行方不明者届を所轄の泉州署に出すようにアドバイスしておいてください」

一人娘の声を母親が聞き違えることはないだろう。

「祥一さんの行方は、警察は探してくれないのですね」

「はい、申し訳ありませんねけど。自発的な失踪と判断しました。犯罪性がないので、警察としては動けへんのです。美世さんの場合も、今のところ同じような状況やないかと思います」

安治川はそう答えた。


約二時間後、安治川のスマホが再び鳴った。

「どうしたら、いいんですか。教えてほしいです」

八木紀佐子は、今度は自分の名前を告げることなく、あわててそう言った。

「落ち着いてくださいな。どないしはりましたか」

「美世ちゃんのお母さんから『いっしょに付いてきてほしい』と言われたので、彼女のマンションに行きました。美世ちゃんの姿はなかったのですけれど、かなりの血が付いたタオルが床に置かれているのです」

「なんですって。それで、一一〇番に通報は？」

「たった今、連絡しました」

「現場のものには触《ふ》れんと、パトカーが来るまで外に出とってください」

安治川は、すぐに向かうことにした。もしかしたら、一般行方不明者という判断はミスだったかもしれなかった。そう思うと気が重かった。

「同行します」

良美があとを追いかけてきた。

「君まで来んでも」

「室長が『行ったほうがいい』と言ってくれました。『安治川さんは責任を感じ過ぎるタイプだから』と」

「そうか」

安治川は、正直なところ芝の配慮がありがたかった。この年齢になっても、常に冷静で居られるとは限らない。

すでに所轄の泉州署の刑事が到着していた。八木紀佐子は、ハンカチで顔を押さえる年配女性を支えるようにして立っていた。

「安治川さん。こちら、美世ちゃんのお母さんです」

「船岡《ふなおか》喬子《きょうこ》です」

母親はかすれた声で頭を下げた。

「しっかり気を持ってくださいな。まだ結論が出たわけではあらしませんよって」

そう言いながら、安治川は中に入った。

「わざわざお出ましですか。消息対応室というのはヒマな部署のようですな」

泉州署の刑事係長は皮肉っぽく言った。長年の勤務で広いネットワークを持つ安治川だが、泉州署に知り合いはいなかった。

「あのですね」

抗議をしようとした良美を安治川は抑えた。

「血の付いたタオルがあったということですが」

「キッチンの床にありました。もう府警の鑑識課が持ち帰りましたが」

刑事係長は画像を見せた。

かなりの血液の量で染まった白地のタオルは、無造作に床に捨てられたように置かれていた。鮮血ではなくてやや黒ずんだ色をしていて、少し以前のものだと推測できる。

「他に血痕《けっこん》などは？」

「これだけでした。どう解釈したらいいのか、迷う要素もありますな。生活安全課の連中は、行方不明者届を出しにきた池之上美世と会っているが、われわれ刑事課はそのときは関与していない」

「わしも、会うとります」

安治川はそのときの様子や自分が得た情報のすべてを提供した。

「そうだったんですか。夫の行方を探すように強く求めていたのですな」

刑事係長は考え込んだ。

「現段階での見立《みた》てでは、どないですか？」

「血液のDNA鑑定をしないことには何とも言えませんな。実は、タオルにくるまれてスマホがありました」

刑事係長は、手の内を隠さず話した安治川の姿勢に態度を少しだけ軟化《なんか》させた。

「祥一はんのスマホでっか？」

「ええ」

「それなら、以前に消息対応室で借り受けていたことがあります。おそらく、わしの指紋も付いとります」

「それとキッチンに、女性物のポシェットが置かれていました。中には銀行の封筒に入れられた鍵《かぎ》があったのですな。母親に事情聴取をしたところ、池之上美世さんは父親が勤めていた銀行の貸金庫を借りていたことがわかりました。今、部下に調べさせています」

「スマホをタオルでくるんでいたというのは、何かのメッセージですやろか。やはり夫の失踪との連続性が気になります。仲が良うないように見えていても、夫婦なんですよって、行方がわかった夫のもとへ行ったのやないかとも考えていたんですけど、そういうものが見つかったとなると」

「係長」

銀行から部下が戻ってきた。

「あちらで聞こう」

刑事係長は奥の間を指さした。さすがに初対面の安治川と捜査情報を全部共有する気はないようだ。

安治川はキッチンに足を運んだ。問題のタオルは持ち出されており、床はきれいだ。冷蔵庫を開けてみる。ほとんど食材はない。

外へ出て、八木紀佐子に支えられている船岡喬子に頭を下げた。

「大変でしたね。まだ帰らへんように、と泉州署から言われてはるのですね」

「ええ」

「せめて座ってもらわな。配慮が足りひんな」

「いえ、大丈夫です。もうすぐ主人も仕事を切り上げて来てくれます。美世のことが心配でなりません。まだ行方はわからないのですか？」

「ええ、残念ながら。事件の可能性もありますよって、その場合は警察のほうで探していくことになると思います。電話があったのは一回だけですか？」

「ええ。きのうの午後は、フラワーアレンジメントの授業をしていますので、留守番電話になっています。録音されていた内容を聞いて、あわてて美世の携帯に連絡を取ったのですが、電源が切られていました。今も繋がらないんです」

「この家の鍵を持ってはるのは？」

「合計三本です。美世と私と、そして祥一さんです」

「美世はんは最近実家を訪ねてきはったことはありますか」

「祥一さんと連絡が取れなくなった、と訪ねてきました」

「きょう、ここに来はったとき、施錠はされていたんですな？」

「はい、閉まっていました」

「タオル以外に、何か気になったものは？」

「とくにないです」

「美世はんは、料理のほうは得意でしたか」

「いいえ、お世辞にも上手《じょうず》とは言えません。家でも祥一さんに任せっきりでした」

「おいおい、消息対応室は、いつから捜査権がもらえたのですかな」

刑事係長が背後から声をかけた。

「いや、そういうわけでは」

「もうお引き取りくださいな。お母さんは中へ、友人さんもどうぞ。聞き取りをします」

「ほな、失礼します」

良美は頬《ほお》を膨《ふく》らませたが、安治川はあっさり引き下がった。

「どういうことなんですかね。夫婦の連続行方不明なんて、そうそうないですよね」

帰りながら良美は、マンションを振り返った。停まったパトカーや出入りする警察官を住人たちが遠巻きに見ている。

「紀佐子はんから電話を受けたときは、美世はんは祥一はんの行方を突き止めてそちらに行った、と思うた。けど、血の付いたタオルで状況は一変した」

「誰の血なんでしょうね。家の中だから、美世さんか祥一さんか……けど、うちらが前に訪ねたときはなかったですよね」

「ＤＮＡ鑑定で、誰の血なのかはそのうちわかるやろ」

「もし美世さんが事件に巻き込まれて、その前段として祥一さんの失踪が事件性のあるものだったら、消息対応室の判断ミスになりますね」

「そないなるな。せやけど、もし美世はんが事件に巻き込まれたのやとしたら、実家の固定電話に入っていた『しばらく留守にするけれど心配しないで』というメッセージと矛盾《むじゅん》するで」

5

消息対応室のある四天王寺署に着く手前で、安治川は八木紀佐子に電話連絡を取ってみた。

「もう聴取は終わりましたか」

「喬子さんとは別々にされて、あたしのほうは先ほど終わったのですけれど、喬子さんはまだなので外で待っています。高校時代に、喬子さんには美味《おい》しいケーキをご馳《ち》走《そう》になったり、卒業式でアレンジメントの花をもらったり、よくしてもらいました。こういうときに、お返ししておきたいです」

「美世はんの父親は？」

「ほんの二、三分前に到着して、中に呼ばれていきました」

「どないなことを訊かれましたか」

「美世ちゃんの行方を知りたいということでいろいろ尋ねられましたが、あたしはここ三日間は鹿児島のほうに旅行していましたので、知らないとしか答えようがなかったです」

「例のタオルについては、なんぞ訊かれましたか」

「血液型がB型ということでした。美世ちゃんはあたしと同じA型なので、彼女の血ではないです。警察はもしかして、美世ちゃんが祥一さんを殺して逃げているのではないかと疑っているのですか？」

「いや、そういう情報は、わしらのところには届いてしません」

「何だか、嫌な感じです。美世ちゃんは、殺人なんてことができる人じゃないです」

「他に、刑事たちはなんぞ言うていましたか」

「大台ケ原《おおだいがはら》に行ったことがあるか、と尋ねられました。ありませんと答えると、美世ちゃんはどうだろうかと訊かれました。そこまでは知らないです。退店してからは会っていませんから」

大台ヶ原は、奈良《なら》県と三重県の県境にある日本百名山の一つだ。安治川には思い当たるフシはなかった。

「どうやら、泉州署は他殺の可能性ありと考えているようやな」

安治川はスマホをしまい込んだ。

「誰が被害者なんですか」

「祥一はんは、B型と行方不明者届にあったやないか」

「え、そんなことまで覚えてはるのですか」

「覚えていたのはたまたまやで。施錠されていた家の中で、居なくなった祥一はんの血痕が付いたタオルが出てきた。そうなると、鍵を持っている美世はんや喬子はんが疑いの対象になる。喬子はんへの事情聴取がまだ終わらへんのも、それが理由やろ」

「せやけど、うちらが入ったときには、タオルなんてなかったです。それに、美世さんがもし犯人やとしたら、わざわざ行方不明者届なんか出しますかね。あ、でも、美世さんは、演技で行方不明者届を出しにきた可能性も感じましたね。自発的失踪だとわかっていながら、世間体から行方不明者届を提出したのではないかとも思ったのですが、もし仮に美世さんが祥一さんを殺害したのなら、行方不明者届を出したのはカムフラージュということになるかもしれません」

「けど、これ見よがしにタオルが置かれてあったのは不自然やないか」

「そうですね。犯人なら、そんなものは普通は残しませんよね」

「そうなのか。うーん」

芝室長は腕を組んだまま、黙ってしまった。

「夫婦仲はいいとは思えなかったです。美世さんはわがままなところもあると感じました。だけど、夫を殺しておいて行方不明者届を出すような強心臓かどうかはうちはわかりません」

良美が言葉を繰り出すが、芝は反応しない。

「いや、まだ殺人で捜査が始まったと決まったわけやあらへんで」

安治川が抑えるように言った。

「新月君」

芝は椅子に座り直した。

「われわれの仕事は何だね？　事件捜査か？」

「いえ。一般行方不明者か特異行方不明者かの判別です」

「もしその判別が間違っていたら、謝るしかない。私自身も、池之上祥一さんの案件は、店の経営不振から逃避したくなった単なる失踪で一般行方不明者だと判断した。だから、私にももちろん責任がある。いや、室長として、最も重い責任がある。事件性が出てきたのなら、非を認めたうえで、あとは所轄署の刑事課と府警本部の刑事部に任せるしかない」

「だけど、その事件性がしっくりこなかったとしたら」

「それでも、われわれに事件捜査権はない」

「なんだか、うちらは損な役回りですね」

「もともと警察自体が損な役回りだよ。私は街頭警備の担当をしたことがあるが、スムーズに人が流れて何も起きないのが当然とされる。トラブルがゼロという結果になっても、世間は警察を賞賛しない。逆にもし何かが起きてしまったなら、ミスを問われて過失責任となることもある」

「でも、人間のやることですから」

「それは言い訳にならない。そういう役目なのだから、しかたがない」

安治川が割って入るように言った。

「室長なら、わしらが判定した事案の顚末《てんまつ》を記すために、所轄の泉州署や府警本部に捜査の状況や結果を照会することは可能やないですか」

「それはまあ、できるだろう。嫌味《いやみ》を言われることは覚悟しなくてはいけないが」

「照会を頼んます。タオルにくるまれて、祥一はんのスマホがあったと聞きました。

それから、美世はんは銀行の貸金庫を借りていたということです。銀行となると、金銭絡みなのかもしれまへん。八木紀佐子はんは『大台ヶ原に行ったことがあるか』と泉州署の刑事に訊かれてはります。それも、気になりますんや」

「わかった。すぐにというわけにはいかないが、照会はしておこう」

6

芝は「すぐにというわけにはいかない」と言いながらも、その翌日に府警本部まで出向いてくれた。

「うちらの消息対応室は、これまで判別ミスと呼べるほどの失敗をしてこなかったので、ショックですし、残念です」

良美は口惜しそうに唇を噛《か》んだ。

「失敗ゼロを続けるなんて不可能や。それに、まだ判別ミスと決まったわけやないで」

「それはそうですが」

「祥一はんも美世はんも、まだ行方不明というだけや。縁起《えんぎ》でもないことやけど、死体が出たわけやあらへん」

その安治川の言葉は、約一時間後に覆《くつがえ》ることになる。

芝が府警本部から帰ってきた。

「実は、呼び出しがあって向かうことになったんだ。捜査状況を知るためにこちらから出向いたわけではない」

「せやったんですか」

「タオルの血は、池之上祥一さんのものだというDNA鑑定が出た。それと、美世さんが借りていた銀行の貸金庫を泉州署が開けたところ、祥一さんが二年七ヵ月前に加入した生命保険証書が入っていた。受取人は妻の美世さんで受取額は一億円だ。ほかに現金が約五十万円と地図が入っていた。三重県と奈良県に跨《また》がる大台ヶ原の地図だ。その地図の三重県側のエリアに、○印と△印が付けられていたんだよ」

三重県警と山岳ガイドの協力を得たうえで、山歩きが得意な刑事部の三人が現場に向かった。○印の場所は、あまり地元の人も立ち入らない渓谷《けいこく》で、そこで割れた男物の眼鏡が見つかった。その眼鏡は池之上祥一がかけていたものと形状が酷似《こくじ》していた。その周囲からは血痕も見つかった。三日前にも雨が降っていたが、それでも血痕は残っており、かなりの出血が推測できた。渓谷の両側には急峻《きゅうしゅん》な崖《がけ》が屹立《きつりつ》しており、そこからの転落がありえた。だが、池之上の姿はなかった。

「山岳ガイドの人が渓谷を少し降りたところに小さな洞窟《どうくつ》があると言い出して、その中を調べると、上から土と小石がかぶせられて毛布に包まれた祥一さんの遺体が見つかった。死後およそ一週間から十日が経過しているということだ。死因は転落死と見られる。地図の△印がまさに小さな洞窟だったのだよ。貸金庫を借りていたのは美世さんで、その銀行は本人しか使用や開閉ができない。元行員であった父親でも許可されないということなので、彼女以外に地図を入れた人物はあり得ない。現に、銀行の記録には、五日前に美世さんが利用した記録と防犯カメラ映像があった。このことから、美世さんが、夫を転落死させたうえで遺体を隠した可能性が出てきた」

「けど、そうやって、わざわざ印を入れた地図を残す意味は、何ですのやろか？」

「他殺だとしたら、殺害の動機は生命保険金目的が考えられる。そうなると受取人である妻は疑われる。だから事故死か自殺にしておきたい。すぐに遺体が見つかれば、解剖《かいぼう》されて詳しく調べられる。遺体を隠しておいて時間が経てば、腐敗《ふはい》が進んで解剖しても詳細《しょうさい》がわかりにくくなる。しかし行方不明のまま遺体が出なければ、死亡は確定せず生命保険は下りない。だから遺体を隠しておいて、ほとぼりがさめたころに出す必要があるが、場所がわからなくなってはいけない。祥一さんにとっては地元と言える場所だが、美世さんには土地勘《とちかん》があるとは言えない」

「地図を残さなあかんような不案内な場所で、殺害などしますやろか」

「三重県警が調べてくれたのだが、高校時代の祥一さんは同級生と何度か大台ヶ原に行っている。彼にとっては好きな場所なのだ。大台ヶ原に行こうと誘えば、店に引きこもり同然の彼を連れ出すことができたかもしれない。大学時代に知り合って交際していた祥一さんは、大台ヶ原まで美世さんを案内していたことはありえる。だとしたら、彼女にとっては熟知《じゅくち》しているとは言えないが、初めての場所ではなかったわけだ。もちろん、これはあくまでも仮説《かせつ》だ。他殺と決まったわけではない。遺体発見のことは間もなくマスコミにも発表されるが、三重県警と協調して事故と事件の両面から捜査すると付け加えられる方針だ」

「もし美世はんが犯人やとしたら、行方不明者届を出して強く捜索を希望したのは、自分に容疑を向けさせへんための芝居ということですな」

「そうなるな。われわれは利用されたということになる」

「突き落とすこと自体は女性の力でもできそうですが、洞窟に運んで隠すのは腕力がいりませんか？」

良美が訊いた。

「私もその疑問は持ったので確かめた。渓谷を十数メートル下ったところに洞窟はあるそうだ。祥一さんは痩せた体格なのに対して、美世さんは知ってのとおりかなり大柄だし、大学時代はスキー同好会だったのだから運動神経もあるほうだろう。引きずって移動させることは可能だったのではないかな」

「仮に、美世はんが夫を殺害したとして、なんで今になって姿を消しますのや。家で見つかった血染めのタオルの意味も理解でけません。貸金庫の鍵が入ったポシェットが置かれていたのも、なんやけったいです」

「それは謎だが、われわれが追うべきことではない。その権限もない」

「そらそうですけど」

「府警のエライさんたちは、所轄署と消息対応室というダブルチェックシステムが機能を果たしていないとおかんむりだ。祥一さんの遺体発見現場が三重県ということで合同捜査になるが、府警に弱みがあるので三重県警に主導権を取られかねないと懸念《けねん》している」

府県警間の縄張り意識は強い。三重県は紀伊《きい》半島に位置するのだが、行政的には中部地方に属し、中部管区警察局の所管になる。管区警察局の範囲を越えると、対抗意識はさらに強くなる傾向が否めない。

「いずれにしろ、今回は消息対応室として失点を受け入れるしかなさそうだ」

芝は低い声でそう言った。

第二節

1

翌々日の日曜日に、安治川は一人で美世の両親が住む家に向かった。最初の事情聴取は新月良美に行ってもらったので、母親の喬子とは血染めのタオルが見つかった直後に初めて会った。そのときの喬子はハンカチで顔を押さえていた。タオルの血の主がわが娘かもしれないと気が気でなかったのだろう。

血は、娘のものではないことがそのあとわかったのだが、今度は娘に殺人容疑がかかることになった。どちらにしても辛《つら》い立場だ。

「ごめんください。消息対応室の安治川です」

遠慮《えんりょ》がちにインターホンに向かって話しかける。消息対応室として、祥一を特異行方不明者にしなかったことを詫《わ》びておきたい。その後の美世から何の連絡もないのかも気になる。それともう一つの目的は、まだ顔を合わせていない父親の隆明《たかあき》と会っておくことだ。日曜なら在宅していると思われた。

「消息対応室……何の御用ですか」

喬子は抑揚《よくよう》のない声で応じた。あまり歓迎されていない様子が伝わる。

「もう少しだけ、お話を聞きたいと思いまして」

切り出しかたが難しい。亡くなっている場合なら、「お線香《せんこう》を上げさせてもらえませんか」と言えるのだが。

「もう泉州署や府警本部の刑事さんにさんざん質問されました」

「正直なところを申します。わし個人としては、美世はんが犯人やとは思うてしまませんのや。疑問が少なからずあります。わしにでける範囲で、それを確かめたいんです」

安治川は、近くに停まっているセダンの中からの視線を感じていた。美世が容疑者で逃走しているならこの実家に舞い戻ってくる可能性はある。それに備えて、張り込み監視がなされているはずだ。安治川はそれを予想しながら、あえて訪問した。車から張り込み捜査員が写真に撮っているだろう。それは覚悟の上だ。

「本当に、そう思っているのですか？」

「わしは、美世さんと実際に会うて、会話もしとります。なんで血染めのタオルがこれ見よがしに置かれていたかの疑問も持っとります。他の捜査員とは意見がちゃいますのや」

玄関扉の施錠が解《と》かれた。

ほつれた髪のままの喬子が姿を現わした。わずかな間に、かなりやつれたように見える。

「いろいろタイヘンやと思います。けど、美世はんはもっとタイヘンやないですやろか」

美世から連絡がなかったかということはここでは訊かないことにした。すでに何度も問われているだろう。

「お入りください」

喬子は小さく頭を下げた。

応接間には、総白髪頭の男が着流し姿で座っていた。六十代後半くらいの年齢だが、背筋がぴんと伸びて体格がいい。眉間《みけん》に皺《しわ》を寄せて気難しそうな風貌《ふうぼう》だ。細い目だがその眼光は鋭い。

「夫の隆明です。こちら府警の安治川さんです」

　喬子が紹介する。

「インターホンのやりとりを聞いていたが、あんたは正気かね。府警の方針に逆らったら処分されるだろう」

「ええ、普通ならそないなります。けど、わしは再雇用という身分ですのや。階級も巡査部長待遇という曖昧《あいまい》なやつでして、給料も退職前の六割ほどしかもろてません。降格処分というのはあらしませんやろし、減俸《げんぽう》されても元々が低いもんです」

「しかしクビになることはあるだろう」

「それはあります。せやけど、もう退職金はもろてます。今さら返せという制度はあらしません。それに、今回は府警もまだ明確な方針が持ててしません。美世さんが怪しいという程度です」

「そうかもしれない。しかしその程度であっても、美世が容疑をかけられていることは動かしがたい。こんなことなら、一般人でも銀行の貸金庫を借りることができることを教えてやらなかったらよかった。私の紹介ということで、美世は優待料金で貸金庫を借りていたんだよ」

「そのことを知ってはったのはどなたですか？」

「私と妻は知っている。五十万円ほどが入っていたということだから、祥一君はおそらく知らないへソクリだったのだろう」

「わしには、仮に美世はんが犯人やとして、なんで祥一はんのスマホをくるんだ血染めのタオルが床にあったのか、そして銀行の貸金庫の鍵の入ったポシェットが台所に置いてあったのかがわからしません」

「私には、わからないことだらけだよ。美世の育てかたを間違っていたのだろうか」

隆明は、喬子のほうを向いた。

「私にもわかりませんよ。私たちの結婚当初は、三人くらい子供がいたらいいなと話し合っていたのですが、なかなか授からなくて、ようやく美世が生まれてくれました。それだけに、甘やかしてしまったんですかね。一人しかいない娘だから」

「子育てはおまえの責任だよ。私は仕事をしているんだから」

隆明は喬子を責める口調になった。

安治川は話題を変えた。

「祥一はんとの結婚には、反対やったんでしたか」

八木紀佐子からはそう聞いていた。

「正直なところ、もっと安定した収入が見込める社会的地位のある相手と結婚してほしかった。それに美世が初めて祥一君を連れてきてこの部屋で相対したとき、男としての弱さを感じた」

「弱さと言わはりますと？」

「自分で道を切り拓《ひら》いていく力がないように思えた。仕事柄、ベンチャー企業の若い創業者を知っているが、みんなしっかりとした心柱のようなものを持っておる。祥一君が調理が好きなのはわかった。だがそれだけではダメだ。やはり自分の店を持っていかなくては、大きくはなれない。その野心がなかったんだよ」

「自分の店を持たなあかんのですか」

「雇われシェフでは、稼ぎはたいしたものにはならない。美世も、もちろん満足はしないだろう。祥一君は私に『お嬢さんを幸せにしますから、結婚を許してください』とこの部屋で深々と頭を下げたんだよ。それなら、頑張ってもらわないと」

「けど、新型コロナウィルス流行による時短営業や客足の低下は、不可抗力《ふかこうりょく》やったんとちゃいますやろか」

「それでも、荒波を乗り切っている飲食店は現実にあるんだ。弱っている店ばかりではない。彼には度量も度胸も足りないんだ」

「せやけど、多くの店はしんどいです」

「あんたは、私と経済議論をしに来たのかね」

「いや、そやおません。失礼しました。美世はんは、距離的に近いこの実家によう帰ってはったのですか」

「まだ子供もおらんので、わりと多かったですな。平均すると、月に二、三回くらいですかな」

「祥一さんに対する不満のようなものは言うてはりましたか」

「店が経営不振になっていては口にして当然でしょうや。しかし、だからといって、夫を殺したりはせんよ。そんなことができる娘ではない。殺すくらいなら、離婚したでしょう。警察は生命保険金目当てではないかと考えておるようだが、保険金額は一億円ということだ。世間一般からすると多額かもしれないが、この屋敷と土地だけで時価は一億円を超える。ほかに株券や預貯金もあるから、遺産総額は一億五千万円くらいになるだろう。美世は一人っ子だから、単独で相続できる」

「なるほど……それで離婚話はありましたのか」

「私は聞いておらんが、おまえは」

隆明は喬子のほうを向いた。

「実は、『気になる男性がいる』ということは洩らしたことがあります。でもそれ以上のことは口をつぐみました」

「それはいつ頃のことでっか」

「半年ほど前だったでしょうか」

「どういう男性かとは？」

「聞いていないです。あまり聞いてもいけないと思いました」

安治川はその男性のことが気になった。仮に美世が祥一を殺害したとして、動機は生命保険金ではなく、異性関係かもしれないのだ。祥一は真面目な性格ということだから、美世が浮気をしていたとしたらそのことを責めて、トラブルになっていた可能性もありえないことではない。

「美世はんから、大台ヶ原という地名を聞かはったことはありますか？」

「いや、知らん。おまえはどうか？」

「スキー場なんですか。美世は大学時代にはよくスキー場に行っていました」

「いや、スキー場があると聞いたことはありまへん」

奈良県の天川村《てんかわ》にはスキー場があるが、二十キロほど離れている。

「さいぜん離婚という言葉が出ましたけど、そういったことを美世はんが口にしはったことはありましたか」

喬子が答えた。

「それはなかったです。マンションを買うときや祥一さんが店を出すときなどには私たちを頼るのですけど、肝心《かんじん》なことになると相談なしに自分で進めてしまいます。結婚のときもそうでした。やはりわがままに育ててしまったということでしょうか。でも内弁慶《うちべんけい》なだけに、人を殺すようなことはできません」

「美世はんの行き先に、ほんまに心当たりはおませんか」

「あなたも、他の刑事さんと同じような質問をしないでくださいな。『犯人やとは思えしません』と言いながら、逃走して潜伏していると疑っておられるのでしょう」

「いえ、ちゃいます。犯人やない可能性が高いと思うているからこそ、心配なんです。身を隠したものの、疲れてしもうて自殺ということになってしまわへんかと」

「縁起でもないことを言うんじゃない。本当に心当たりはないんだ」

隆明は怒りを含んだ声になった。

安治川は、美世の実家をあとにした。車を停めて張り込んでいる刑事は、それを見て電話でどこかに連絡していた。だが、あとを追いかけてくる様子はなかった。

安治川は堺東駅《さかいひがし》まで出て、カラオケボックスに入った。ここならたとえ尾行《びこう》がなされていても、中には入ってこないだろう。

そこから安治川は、八木紀佐子に電話をかけた。スーパーマーケット勤務なので、日曜日でも勤務中かもしれないと思ったが、出てくれた。

「きょうは、午後からのシフトです。もうすぐ出かけたいので手短にお願いします」

「わかりました。さいぜんまで美世はんの実家におじゃましてたんですけど、喬子はんは、美世はんから『気になる男性がいる』と聞いたことがあるそうです。中高時代から仲良うしてきはったあんたなら、知ってはるんやないですか」

「いえ、それは聞いたことがないです。いつごろのことですか」

「喬子はんは、半年ほど前に聞いたと言うてはります」

「それなら、ホール係をやめさせられたあとです。やめさせられたというよりは、経営状態からそうなってしまったと表現すべきですね。いずれにしろ、あたしは八ヵ月前に退店しています。それに、中高時代は美世ちゃんとかなり親しかったですけれど、そのあとは疎遠《そえん》でした。あの店で働くようになってからも、あくまでパートのホール係と店長の奥さんという関係です。プライベートなことは知りません」

「他に美世はんが親しかった友だちを知らはらしませんか」

「そう言われましても……いったい何を調べておられるのですか」

「美世はんの失踪の理由です。夫が行方不明になってしもたことで、消息を絶ったなら周りの人間が気を揉《も》むことを身をもって感じてはったはずやのに、なんで失踪を選んだのかが解《げ》せへんのです」

安治川は胸の内を正直に言った。泉州署や府警本部にはその視点が欠けているように思えるのだ。

「泉州署の刑事さんがあたしのところにやってきて、『美世さんが行きそうなところを思い当たらないか』と訊かれましたけど、そういう理由ではなかったです。むしろ、美世ちゃんが何らかの犯罪に関わっているのではないか、と考えておられるという印象を持ちました」

「すべての府警の人間が同じ考えやないと思います。わしは、美世はんが自殺をしやはらへんかも心配です」

「自殺のことは、私も心配になります。早く行方を探してください。私からもお願いします」

「そのためにも手がかりがほしいんですのや。なんぞ思い出さはったなら、連絡をおねがいします」

「わかりました」

八木紀佐子との電話を終えたばかりのスマホに着信が入った。芝室長の携帯電話からだった。日曜にかかってくることはめったにない。

「安治川さん、今どこなんだ？」

「堺東のカラオケボックスです」

「ほう、カラオケとは珍しいね」

「用件はわかっとります。張り込まれている美世はんの実家を訪ねたことで、室長のところに苦情の電話が入ったんですやろ」

「お察しのとおりだ」

「迷惑かけてすんまへん」

「動きたい気持ちはわかるが、抑えてくれないか。府警のエライさんから、『これ以上規律を乱すようだと消息対応室の存続に関わるぞ。池之上祥一は一般行方不明者だという判別ミスをしたうえに、失策《しっさく》を繰り返したなら』と釘を刺された」

「お言葉を返すようですけど、判別ミスかどうかはまだわからしません」

「安治川さん。あなたは大ベテランなんだから、縄張り意識の強い警察で、セクションを乗り越えての行動はいけないという鉄則は百も承知のはずでしょう」

「ええ。せやけど、捜査はようけの人間が協調してやるのが、一番やと思うてます。それによって、正確でスピーディーに真相に辿り着けるはずです」

安治川が警察官人生で最も長い期間在籍した刑事部捜査共助《きょうじょ》課は、異色の部署であった。他の都道府県警のために動くことが多々あった。たとえば北海道で指名手配を受けた容疑者が大阪に逃げた可能性があるが確実ではないので、費用面から北海道警が捜査員を派遣《はけん》しがたいときは、依頼を受けて大阪府警の捜査共助課員が可能性のある場所を調べて、指名手配犯が見つかれば身柄確保をして北海道警に引き渡した。それまた他の都道府県警のために証拠や情報収集をすることは日常茶飯事であった。それが大阪府警の手柄《てがら》になるかどうかなど考えたことがなかった。また府警内で所轄署同士の橋渡し役をすることもあった。

「安治川さんの考えが正論だと思う。芝隆之、個人としては……しかし、大半の警察官は、縄張り意識が強くて、自分たちのホームグランドをよそ者に踏み荒らされたくないと思っている」

「そら、まあ」

「とくに今回の事案担当の管理官は、その傾向が強い」

「管理官がお出ましということは、捜査本部が設けられたのでっか」

「いや、そうではないんだ。三重県警は、池之上美世が尾鷲にあるホームセンターで毛布とスコップを買っていることを摑んできた。毛布を持ってホームセンターの駐車場に停めたレンタカーに一人で乗り込む防犯カメラの映像も見つけてきた」

「そいつは有力な手がかりになりますね」

「ところが府警の調べで、美世は堺市内のレンタカー会社で車を借りていることがわかったが、それが祥一の死亡推定日の翌日なんだよ。それ以前には借りていない。池之上夫婦は車を持っていない。祥一には運転免許もない」

「死亡推定日が絞れたんですか？」

「これも三重県警が、池之上祥一と思われる男を、JRの三瀬谷《みせだに》駅前から大台ヶ原の麓まで乗せたタクシーの運転手を探し当てたんだ。遺体と同じ服装だったということだ。沈んだ表情で一人でタクシーに乗り込んだと運転手は証言している。そうなると、池之上祥一は自殺行で大谷ヶ原に向かった公算が高い。そして池之上美世はその翌日に死体を隠すために毛布やスコップを買った可能性が高くなった。三重県警にすっかりリードされてしまったと、管理官はひどく不機嫌なのだ」

芝は苦々しそうに、そう言った。

「わしなりに調べてみましたが、きょうは不首尾でした。もう控えます」

再雇用警察官という身分は、昇任や処分を気にかけなくてもよい気楽さはあるが、身分的には半人前なのだ。半分は部外者とも言えた。

2

それから三日が経った。

泉州署に一通の封書が届いた。宛先はパソコンで印字され、消印は大阪市内だ。洋形封筒が使われていた。招待状によく使われるサイズだ。裏には、池之上祥一が経営していたローコスファンの店名と所在地が活字印刷されている。

中には、折り畳まれた和紙の封筒と手紙、それとは別にパソコンで打たれた手紙が添《そ》えられていた。

和紙の封筒は、達筆ではないが楷書体《かいしょたい》のようなきちんと字で、表に〝美世さんへ〟と手書きされていた。裏には〝池之上祥一〟とある。

中の手紙も同じ筆跡で手書きされていた。

〝美世さん
これまでボクなりにいろいろ頑張ってきたけれど、もう限界だ。

情けないけど、ここまでだ。会社員なら辞表が出せるけれど、自営業はそうはいかない。

美世さんに勧められて、独立したけれど、やっぱり向いていなかった。結局、美世さんの期待には沿えなかった。

その美世さんの期待が——正直なところ、しんどかった。

ボクには、美世さんが思ってくれているほどの能力も技量もない。好きで入った道だったから、調理師学校時代は楽しかった。だけど仕事にしてしまうと、もうそんなに楽しくはなかった。

美世さんの実家から援助を受けて調理師学校に行かせてもらい、梅田の星付きレストランへの就職もお義父さんの口添えのお蔭《かげ》で実現した。今の店の開店資金もそうだった。

美世さんの実家には、たくさん借りを作ってしまった。それも重荷だった。

考えてみれば、大学時代のデート代も、美世さんに出してもらっていたね。男なのに、年上なのに、情けない。尾鷲にいたころは、姉や弟にコンプレックスを持ちながら父親に叱られるのが重荷だった。大阪に出てきて、それは軽くなった。でも奨学金を借りながらの、貧乏生活だった。バイトを増やそうかと思っていたときに、美世さんと出会った。ボクが学食で大盛りカツカレーを食べたいけれど、そうしたらレポート用紙が買えなくなりそうだと、財布の小銭を睨みながら迷っていたところに、声をかけてくれたのが最初のきっかけだったね。

美世さんはボクを気に入ってくれて、学費援助もしてくれた。嬉しかったけど、複雑な思いだった。美世さんに勧められて入ったスキーサークルの費用も、全部出してくれた。ついつい言葉に甘えてしまった。

そして逆パパ活のような関係から、そのまま逆玉《ぎゃくたま》の輿《こし》に乗るみたいになっていった。ありがたいことだったけど、気持ちのうえではしんどかった。美世さんに対しては何も言えなかった。対等ではなかった。美世さんの両親に対しても、同じだ。

もうすべてにおいて十二分な気がしている。十二分に美世さんの望むように行動した。独立して十二分に頑張った。そしてコロナ禍で十二分に苦しんだ。この先、そんなに楽しいことはもうないと思う。十二分に生きた。この世にもはや未練《みれん》はない。

美世さんの実家への借りと、まだ完済しきれていない大学時代の奨学金は残ったままだが、ボクの生命保険金で清算してほしい。

突然にこの手紙を送ることになって申し訳ない。でも、そうでないと美世さんは引き止めるだろう。ボクのためというより、自分のために。

こんなボクでも、自分の人生を自分で終わらせる権利は持っている。大好きだった景色のもとで、人生の幕を降ろすことにした。

さようなら。どうか元気で。そして新しい人生を送ってほしい。

美世さんにとって失格者だった祥一より〟

添えられていたパソコンの手紙のほうには、こう書かれていた。

〝警察のみなさんへ

池之上美世です。いろいろお騒がせして、申し訳ありませんでした。夫の祥一が行方不明になったと騒ぎ立てて、お手数をかけました。

本当のことを申し上げます。あの夜、夫は家に帰ってきませんでした。携帯に電話しても出ません。店に行き、施錠されていた扉を開けると、カウンターに夫の携帯電話が置いてありました。胸騒ぎがして、泉州署に駆け込みました。でも「もう少し待ってみたらどうですか」と言われて、そうすることにしました。

そして翌日に家に夫から手紙が届きました。同封のものです。読んでもらえばわかりますが、自殺することが書かれていました。驚きました。そして何とか止めようと思いました。確かに夫が書いているように、私は実家の経済力を武器にして夫に無理《むり》強《じ》いをしていたのかもしれません。それまではまったく気がつきませんでした。もっとざっくばらんに言ってくれればよかったのですが、真面目で無口な夫は胸の内に溜め込むタイプだったのだと思います。いえ、そんな反省はあとでいいことです。とにかく夫を止めなくてはいけません。

夫は「大好きだった景色のもとで、人生の幕を降ろすことにした」と書いていましたが、思い当たる場所が一つありました。夫が尾鷲にいたころに何度も登った大台ヶ原です。その中でも、夫がお気に入りの地点がありました。渓谷の両側に続く岩壁を、左右対称に美しく見下ろせる場所があるのです。とくに有名なスポットというわけではないし、他の人からすればどうということのない風景かもしれませんが、それだけにひとり占めができました。夫は両側の岩壁の間に見える太陽を眺めながら、希望を抱いたそうです。優秀な姉と弟に挟まれて、劣等感を持って生きてきたが、高校を卒業して尾鷲の町を出れば、未来はきっと開けると自分に何度も言い聞かせたということです。私も結婚前に三回も連れて行かれました。スキーができない山はあまり好きではないのですが、あそこは別格でした。

もしやという場所を思いついたら、いてもたってもいられなくなって、私はすぐにレンタカーを借りて大台ヶ原に向かいました。

夫は好きな大台ヶ原の地図を持っていました。店を持ってからは出かけることもできなくなりましたが、ときおり部屋で地図を眺めていました。地図が家に置かれたままであったということは、夫は行っていないのかもしれません。しかし他に思い当たる場所はありませんでした。何度も足を運んでいた夫は、地図なしでも行けたと思えました。

私は地図を片手に過去三回の記憶を呼び起こしながら、無我夢中で登りました。何とか夫が大好きだった場所に辿り着きました。そして渓谷を見下ろして、倒れている夫の姿を見つけました。必死で下に降りて、夫のところへ行きました。夫は血を流して倒れていました。持っていたタオルで血を拭いましたが、全く身動きもせず、脈もありませんでした。

夫はコロナに殺されたのです。憤死《ふんし》でした。可哀想すぎました。

しばらくその場に夫の亡骸《なきがら》といっしょに居ました。涙がようやく止まってから、通報しようとしましたが途中でやめました。夫は生命保険について誤解しています。自殺の場合は、加入して一定の年数が経っていないと支払われません。以前は一年以上経過してからというのが大半だったので、世間に疎《うと》い夫はそう思い込んでいるのですが、夫が加入している生命保険は三年以上経たないと自殺では下りないタイプなのです。今ではそちらのほうが多いそうですね。独立開業してから少し経って余裕ができたときに私の希望で入ってもらったのですが、まだ二年七ヵ月目なのです。夫はサインしましたが、細かい字の約款《やっかん》など読んでいません。

夫の遺志を実現するためには、すぐに死んだことにしないほうがいいわけです。迷いましたが、私は夫の遺体を引きずって洞窟に隠しました。洞窟の存在も、交際していたときに案内してもらいました。夏でもヒンヤリしていた感覚はずっと肌に記憶されていました。

そのあと尾鷲まで出て毛布とスコップを買って、夫の遺体を隠しました。時期が経てば、風化が進んで、死亡時期は正確にはわからなくなるでしょう。行方不明にしておいて、しかるべき時期になってから洞窟から山の中に移動させて、ハイカーに発見されればいいと考えました。

ただ、突然に夫がいなくなって、店を閉めたなら、やはり妻が疑われることになります。遺書があるので、自殺であることは明らかなのですが、少なくともあと五ヵ月経つまでは出せません。遺書はハイカーに発見させる夫の遺体のポケットに入れておけばいいわけですが、それまでは自分は潔白《けっぱく》であることを示すためにも、警察に行方不明者届を出して、夫の身を案じる妻を演じておかなくてはいけません。殺したわけではないのですから、それくらいは頑張ればできそうでした。

でも結果として、それは藪《やぶ》をついて蛇《へび》を出すようなことになりました。警察は、とくに消息対応室という部署はかなり徹底的に調べてきました。

正直なところ、怖くなりました。遺体を動かしたことは間違いなく罪ですし、下手をしたら殺したのではないかという容疑を掛けられかねません。

私は、もう一度考えました。実は、私には夫がいなくなったときにはアリバイがありました。一日目の夜は泉州警察署に足を運んでいます。二日目の朝には開店のために内装工事をしてくれた業者のところへ伺って、代表者の松野正彦《まつのまさひこ》さんと会って夫の行方について心当たりがないかを訊いています。そのあと実家を訪れていて、隣家の奥さんと顔を合わせています。実家から帰ったときに手紙が届いたのです。夫は運転免許もないので、南海から近鉄へと乗り継いで松阪《まつさか》まで行って、JRで三瀬谷《みせだに》駅まで行ってバスに乗ったのだと思います。

もし私に疑いがかかっても、いざとなればアリバイを出せばいいと考えましたが、それも甘かったです。アリバイなんて、夫が身を投げた正確な時間がわからないのですから、完璧じゃありませんよね。でも、夫を殺していないことは本当です。

どうか疑いをかけないでください。そして私の行方を探さないでください。

両親には、迷惑と心配をかけてしまいました。本当にごめんなさい。ほとぼりが冷めて静かになるまで、私は姿を消します。

池之上美世〟

裏付け捜査がなされた。

三重県警は、美世が尾鷲のホームセンターで毛布とスコップを買ったことは店内の防犯ビデオ映像ですでに摑んでいたが、美世が犯人ならばなぜあらかじめ用意していなかったのかという疑問は捜査員の中からも出ていた。

美世の手紙に書かれていた工事業者の松野という男は、彼女が訪ねてきたのは間違いないと話した。実家の隣家の主婦も挨拶を交《か》わしたことを証言した。池之上祥一が大台ヶ原に向かうためにタクシーに乗った時間帯からして、死亡推定時刻はおよそのところ、美世が松野や実家を訪ねていた午前中とされていた。車を飛ばしても間に合いそうになかった。

何よりも注目されたのは、池之上祥一による自筆《じひつ》の遺書であった。自殺の意向は明らかだった。筆の乱れもなかった。彼は、開業したときに、梅田のレストラン時代のシェフ仲間や馴染みの客にオープンを知らせる案内を直筆《じきひつ》で送っていた。それらのとの照合の結果、池之上祥一の筆跡《ひっせき》に間違いないという鑑定結果が出た。

3

「池之上祥一さんは、自殺だったんだ。犯罪絡みの特異行方不明者ではなかった。しかも美世さんが消息対応室を訪れたときには、もう死亡していた。すなわち、消息対応室としては、責められるべきものはなかったことがはっきりした」

芝室長は、安治川と良美に経過説明をした。

「府警本部としても、好結果となった。現場は三重県警の管轄ということもあり、なかなか捜査は難航していたようだ」

「美世はんの行方は追わへんのですか」

「死体遺棄罪は成立する。けれども、殺人と死体遺棄では大きな差がある。探さないというわけではないだろうが、人員をかけて必死にやるということはないだろう。もちろん、美世さんがみずからの意思で消息を消した一般行方不明者であることは疑いようがない。消息対応室の出番はないわけだ」

「せやけど……」

安治川は天井を睨んだ。

「おいおい、もう騒がないでくれよ。安治川さんが動いたことは、『今回に限って不問にする』と上機嫌の府警本部のエライさんたちは大目に見てくれているのだから」

芝は、問題児童を諭《さと》す教師のような顔になった。

「は、はあ」

「池之上夫妻が送ってきた手紙のコピーももらってきた。これを読めば、もう一件落着は明白だよ」

芝が出かけるのを待っていたかのように、良美が口を開いた。

「池之上祥一さんは自殺やないと考えてはるのですか」

「そやない。手書きの遺書があって、祥一はんのものやという筆跡鑑定もされているんや。わしが引っかかるんは、美世はんの行動や」

「アリバイのことですか」

「いや、実家の隣家の住人と顔を合わせたのも、松野という内装業者を訪ねたことも、ほんまやろ。疑問なのは、祥一はんからの手紙が届いて『自分の人生を自分で終わらせる』と書かれていたんで、美世はんが大台ヶ原に向かったくだりや。大台ヶ原が祥一はんが好きやった場所やから、もしやと思いついたのはおかしくはない。けど、それやったら、なんで警察に頼らへんのや。一刻の猶予もあらへんのに、自力でレンタカーを借りて三重県に向かうなんて」

「そっか。祥一さんが帰ってこなかったその夜にも、美世さんは泉州署に行って探してほしいと言っているわけですよね」

「他にも、しっくりせんことがある。三年以内という生命保険の免責《めんせき》期間があるさかいに、遺体の発見を遅らせようとしたことはわからんわけではない。せやけど遺体が見つかったあと、自分に容疑が向く危険性を考えへんかったのやろか。保険金を得ることで、トクをするんは美世はんや。動機の点で怪しまれる」

「でも、遺体発見時に、祥一さん直筆の遺書がポケットに入っていたら、他殺とは思われないですよね」

「遺書に日付は入ってへんけど、店を投げ出した直後に書かれたことは推測でける。それから五ヵ月も祥一はんはどこでどうしておったということになる。そのうえ五ヵ月も経った遺体が、ハイカーが通るルートにあったなら不自然や。逆にハイカーがめったに訪れへんところに置かれていたなら、いつまでも見つからへんかもしれへん」

「そうですね」

良美は小さく息を吐いた。

「府警のエライさんたちは体面と責任を気にするかさいに、祥一はんの自殺がはっきりしたということで肩の荷を降ろして、細かい部分まで突き詰めようとはせえへんやろ。生命保険会社にしても、もう保険金請求はされへんのやよって、メデタシメデタシという結末となった」

「大筋《おおすじ》がわかれば、小さな疑問は省略というわけですね」

「事件性があらへんのやったら、警察の守備範囲ではなくなる。けど、ほんまに事件性はあらへんのやろか」

「室長が言っているように、美世さんには死体遺棄罪が成立しますけどそれは大きな犯罪ではないですよね。指名手配もされるわけではありません」

「それこそが狙いやないやろか」

「え、安治川さんはやはり、祥一さんは自殺ではなく、他殺だと考えてはるのですか」

「いいや、自殺やと思う。独立開業したもののコロナ問題が起きて経営が苦しくなったのも、美世はんのペースで動かされ、これからも動かされていく人生に嫌気《いやけ》が差したんも事実やろう。わしらの調査でも、真面目で背負い込んでしまって抱えきれなくなる性格やったことや、姉や弟へのコンプレックスがあったことはわかった」

「それじゃあ、どこがおかしいんですか」

「祥一はんの手紙が本物やさかい、同封されていた美世はんの手紙も本物やという錯《さっ》覚《かく》があるんとちゃうか」

「えっ、だけど、美世さんでなかったら書けないことも書いてあるのではないですか。生命保険の加入期間とか、洞窟に遺体を隠したこととか、尾鷲に行って毛布やスコップを買ったこととか」

「美世はんに近しい人物で、当日行動をともにしていたもしくは尾行していた人物がおったとしたら、どないやろ。もちろん、毛布やスコップを美世はんが買うているときは、離れて防犯カメラに映り込まんように気を配っていた」

「そんな人物がいるんですか」

「いや、あくまでも仮説や。けど、祥一はんの手紙は手書きなのに、美世はんのはパソコンの印字やいうんは、けったいやないか」

「美世さんの年代なら、パソコンも慣れていると思いますけど」

「泉州署は美世はんのマンションのパソコンを調べたんやろか。経緯と事情を洗いざらい書いた手紙を警察に送った人間が、打ち込んだ文面を消去して隠すことはしてへんと思う。たとえ消去していても復元は不可能やない。けどメデタシメデタシなもんで、調べてへんのやないか。それに美世はんの手紙や封筒の指紋照合はしたんやろか」

「誰か別人が、美世さんになりすまして送ったということですか。けど、それやったら祥一さんからの手紙が同封してあったのはどう説明するんですか」

「そこがトリックやないかな。美世はんに宛てた祥一はん直筆の手紙が同封されていたから、差出人は美世はんやと考えてしまう。そして祥一はんは、結局は一般行方不明者やったんやさかい、美世はんの失踪も自発的な一般行方不明者やと捉えてしまう」

「つまり、夫婦による連続した自発的な行方不明だ、と思わせているということですか」

「その可能性はあるで。ほんまは不連続なのかもしれへん。そのためにも、もうちょっと調べなあかん」

「府警のエライさんたちに叱られますよ。室長にも」

「いや、室長の本心はせやないと思う。室長はわざわざ二つの手紙のコピーをもらってきたやないか。コピーをもろうてくるのも、一苦労やったと思う。そして、こうして席を外してくれた」

芝が出ていったから、安治川は芝の机の上に置かれていた手紙のコピーを読むことができたのだ。

「そっか。室長は暗に、うちらに調べてみたらどうかと示しているんですね」

「うちらやない。わしにや。あんたは正規の身分や。懲罰《ちょうばつ》処分もあれば昇任査定もある。けど、わしはそんなもんあらへん。ここからは、わしの独壇場《どくだんじょう》や」

「そやけど、どうやって調べるんですか」

「安治川ネットワークを使うてみる。泉州署には知り合いはおらんけど、捜査共助課時代に関わりがあった三重県警の刑事はおる。祥一はんは自殺やったけど、死体遺棄事件は文句なく成立してる。その遺体が遺棄されてたんは大台ヶ原やさかいに、三重県警としてもまったく縁が切れたわけやない」

「そうですね」

「悪いがあんたは留守番しとってくれ。きょうは休暇をもらうで」

安治川はそう言い残すと部屋を出ていった。

第三節

1

「驚きました。美世が手紙を警察に送って行方をくらましたなんて」

美世の母親である船岡喬子は、けさ泉州署から説明を受けたと話した。隆明のほうは監査役を務める会社で会議があるので出かけているということだった。

「こちらには、美世はんからの連絡はあらへんのですね？」

安治川はそう確認した。

「電話も手紙もないです」

「おかしいですな。一人っ子として大事にしてもろうてきた御両親に何も告げんと、警察にだけ手紙を送るなんて」

「ええ。でも、そういう子に育ててしまったんですかね」

「早いとこ美世はんの行方を知りたいと思うてはりますね」

「もちろんです。自分でバリバリ働いて生きていくタイプではないので、心配です」

「ご心配は、お察しします。美世はんのマンションの鍵は持っているて言うたはりましたな」

「ええ」

「これからいっしょに出向いてもらえませんやろか」

「美世の行方を調べてくださるんですか。自分から姿を消したうえに、祥一さんの遺体を隠すことまでしていたから、行方不明者届を出しても警察は動いてくれないのではないですか」

「警察としてやのうて、わし個人としてでけるだけやってみます」

喬子とともにマンションに入った安治川は、美世が持っているパソコンを調べた。画面やファイルの中には、泉州署に宛てて出した手紙の文面は見当たらなかった。安治川は、パソコンのメーカーと機種名を調べて電話連絡を取った。そして技術担当者に、泉州署に送られてきた印字の手紙の画像を送った。

しばらく待たされたあと、返信電話が入った。

「送っていただいた画像の活字の字体は、弊社《へいしゃ》のパソコンのものでしょうが、おそらく機種が違いますね。送っていただいたほうが、一つ新しいタイプの字体だと思われます。画像なので、断定はできませんが」

「おおきに。大変参考になりました」

その電話が入るまでの間に、喬子に立ち会ってもらって部屋の中を調べた。大台ヶ原に関するものは、登山口の標識を背に撮られた学生時代と思われるまだ少しあどけなさの残る美世と祥一のツーショットのスナップ写真だけだった。もっとも、泉州署や府警本部が捜索で持ち帰ったものが他にあったかもしれなかった。

「美世はんは、大学に入らはるまでにもスキーをしてはったんですか」

スキーの写真はそんなに多くはなかった。

「いいえ、高校のときは合唱部でした」

「大学時代の友人を御存知ないですか」

「結婚披露宴に来てくれたかたは二人います。心あたりはないかと電話をしてみましたけれど、どちらも『全然わかりません』『ここ二年ほどは会ってもいないです』といった返答でした」

「親戚筋とかそういうのは？」

「そこまで親しくしていた者はいないと思います。念のため、私の妹や母、主人の兄にも、電話はしましたが、収穫はありませんでした。失踪なんて恥さらしもいいところです」

「中高生時代に家出しはったことは、なかったですか」

「それはありません。不満を持たないように、好きなことはさせてあげました。行きたいところに連れていき、欲しいものは買ってあげました。勉強しなさいとも、うるさく言いませんでした」

「一人旅とかは」

「そういうことはやろうとしなかったですし、やはり危険なこともあるので許しませんでした」

「お気に入りの好きな場所は、どこかありましたか」

「地中海に面したヨーロッパの街が好きでしたね。マルセイユ、モンペリエ、バレンシア、アマルフィには、私と二人で行きました」

コロナ禍でそういった海外渡航は考えにくい。もしそうだとしても出入国記録を調べたならすぐにわかる。

「貸金庫の中に五十万円が入ってましたけど、それ以外にいわゆるヘソクリは持ってはりましたやろか」

「詳しくは知りませんけど、他にもあったと思います。独身時代は働いていました。

実家暮らしなので光熱費も食費もこっち持ちでしたから」

「結婚までは、どないなお仕事を？」

「ペット美容室で受付をしていました。身分は一年更新の契約社員です。大学時代にはトリマーになりたいと思った時期もあったようですけど、そんなに器用ではないので」

「期間はどのくらいでっか」

「卒業してから結婚が決まるまでの六年間です。『大学を出た者がする仕事じゃない』と主人は言い続けていたんですけど」

安治川は、そのペット美容室の店名を訊いて書き留めた。

「もしかしたら、受付をしながら技能をトリマーはんに教えてもろてはったかもしれませんな。そしたら自活能力は持ってはるんとちゃいますか」

「さあ、でもそんなに勉強熱心な子ではないですよ」

「立ち入ったことを訊きますけど、男のほうの関係はどないでしたか」

「自分の娘を褒《ほ》めるのもなんですが、器量《きりょう》よしですから言い寄ってくる男性は少なくなかったと思います。美世はそういう話になると、はぐらかしていましたけれど。でも結婚してからは、不倫などということはなかったと信じています」

「『気になる男性がいる』ということは、言うてはったんでしたな」

「一度そう洩らしてはいましたけれど、気になるのと実際に不倫関係になるというのは違いますよね。世間体の悪いことをする子ではないはずです」

独身時代の美世が仕事をしていたペット美容室は、あべのハルカスの近くにあった。人気店のようで、かなりの広さを持っており、沢山の客で賑《にぎ》わっていた。三十代後半くらいの副店長という名札を付けたショートカットの女性が応対してくれた。彼女の姉が店長で経営者ということであった。

「お忙しいのにすんまへんな」

「いえ」

泉州署や府警本部の人間は、誰も来ていないということであった。単なる死体遺棄罪だけであって、出頭こそしていないが手紙で自ら告白しているから、自首に近い扱いとなり実刑にはまずならない案件だ。そんなに熱心には追わないということなのだろう。大都会では事件や事案は次々と起こる。

「美世ちゃんは、大学三回生のときから週二回程度のアルバイトとして来てくれました。四回生になったとき、『ホントはあまり働きたくないので、なかなか就職活動をする気にならないの』と打ち明けてくれました。ちょうどそのころ受付担当の子が一人、結婚で退店することになったので、『代わりにうちに来ない』とお誘いして、卒業後は契約社員という形でフルタイムで居てくれました」

「トリマーをしてはる人には、資格はいるんでっか」

「愛玩動物看護師《あいがんどうぶつかんごし》や飼養管理士《しようかんりし》といった制度はありますが、それ以外の人でもトリマーになれないわけではありません。動物専門学校の卒業も必須《ひっす》条件ではないのです。私も動物専門学校出身ではありません」

「美世はんは、トリマーの技術を習うたり、覚えたりはしはりましたか」

「いえ、受付業務だけでした。一度訊いてみたことがあるんですが、『動物は好きだけど、トリマーが楽な仕事ではないとわかったのでなりたくはないです』ということでした」

「母親は『それほど手先の器用な子ではない』と言うてはりましたな」

「私はそうは思いませんでした。でも、本人にその気がなかったら、無理ですよね。さっきも言ったように、彼女は働きたくないキャラでした」

「父親は医者との結婚を勧めてはったと聞きました」

「お医者さんとお見合いはしたそうですよ。でも」

副店長は言い淀んだ。

「教えてくなはれ。絶対に口外しませんよって」

「そんな大げさなことではないですけど、お相手から断られたんですよね。美世さんはプライドが高いから、自分が低く見られたと気を悪くしていて『あんな古くさい考えの男は、こっちから断るつもりだった』と話していました。私から見ても、美世さんは思うように夫が動かないとダメな人でしょうね。玉の輿に乗れるのなら他のことは我慢する、といったタイプではなかったですね」

池之上祥一の手紙には、自分は逆玉の輿に乗ったという表現もあった。

「夫である池之上祥一はんとは大学時代からのつき合いやったということですから、彼との交際と並行して、お見合いをしてはったということですやろか」

「そういうことでしょうね。池之上さんについて彼女は『あくまでもキープ君なんです』と言っていたことがあります。他にいい人が見つからなかったら結婚するというスペアみたいなものでしょう。お見合いどころか、カリスマ美容師とつき合っていた時期もありますよ。すぐにフラれたようですけどね。それ以前はJリーガーを目指していた高校時代の同級生ともつき合っていたけれど、事故で亡くなったと聞きましたよ。そちらが本命だったみたいですよ。あまり詳しいことは話したがりませんでしたけれど」

「つまり池之上祥一はんとは、いわゆる二股《ふたまた》ということでっか」

「二股と言えば二股だけど、あくまでもキープ君だから」

「美世はんは、いろいろ打ち明け話をしてはったんですね」

「お互いスイーツ好きなので、仕事帰りに二人でカフェに行くことが何度かありました。彼女は『副店長は聞き上手なので話しやすい』と言ってくれました。職場とカフェだけのつき合いだったから、かえって恋バナもしやすかったんだと思います」

「美世はんの母親はそういうことを知ってはったんでしょうか」

「知らないでしょうね。『母親は大げさだから深い話はできない』と言っていたこともありました」

「半年ほど前に、気になる男性がいると洩らしてはったようなんですけど」

「ここを寿《ことぶき》退店してからは一度も会っていないので、最近のことは存じ上げませんね」

「退店しはってからは、連絡もおませんでしたか」

「ないですね。結婚してからは、美世ちゃんとはすっかり疎遠になってしまいました。女性というのは、環境が変わると関係性も変わります」

副店長はサバサバした口調で答えた。彼女のところに身を寄せているといった可能性はなさそうだった。彼女にとってはビジネスのパートナー、いやパートナーにもならない。比較的安い賃金で働いてくれる契約社員という存在だったのかもしれない。

安治川はペット美容室をあとにした。

少しずつだが、安治川なりの美世像が見えてきた気がする。

裕福な部類に入る家庭の一人っ子として、大事にそしてわがままに育ってきた。勉強が好きなほうではなく、私学の女子学園の受験には失敗して、偏差値があまり高くない高校や大学に進学した。その大学で池之上祥一と知り合ったが、どうやら本命ではなかった。働くことは望まず、夫に対しては上に立ってコントロールしたい性格であった。祥一に早く独立させたのも、その表われだったのだろう。祥一の遺書と言える自筆の手紙には、彼の不満も垣間《かいま》見える。

（事故で亡くなった本命の男というのが、なんや気になるな）

高校時代の同級生ということだから、八木紀佐子なら知っているかもしれない。

2

「またあなたですか」

紀佐子は、辟易《へきえき》したかのような表情でスーパーマーケットの通用口に出てきた。

「お仕事中にすんまへんな」

「美世ちゃんの行方がわかったのですか」

「いえ、まだですのや。そのために情報を集めとります。高校時代の同級生でJリーガーを目指していた男性と美世はんが交際してはったということを耳にしました。御存知ですやろか」

「もしかして川手《かわで》健吾《けんご》君のことですか？」

「いや、名前までは」

「川手君のところへ美世ちゃんが身を寄せているとお考えなら、見当違いです。川手君とは会いたくても会えません」

「事故で亡くならはったということは、ほんまなんですね」

「ええ。バイパス道路をバイクで走っていて、水銀灯にぶつかってしまい、翌日に死亡しました。あれは、美世ちゃんが悪いんです」

「と言わはりますと」

「川手君は高校を卒業したあと働きながらJFLチームに所属していたのですけど、サッカーの夜間練習で疲れている彼を美世ちゃんが『急だけど、短時間だけでも会いたい。お願い』と強引に呼び出したんです。川手君は寮生活なので、会うだけ会ったあとトンボ帰りをしたんですけど、門限に遅れないように急いでしまってスピードを出し過ぎてハンドルを切り損ねたんです」

「そんなことがあったんですか。彼は、無理やと断はらへんかったんですやろか」

「美世ちゃんは、言い出したらきかないところがあるんです。祥一さんの独立もそうでした。そんな願望を我慢して受け入れてくれる男性を選んでいたんだと思います」

このあたりは、安治川が抱いた美世のイメージと合致していた。

「ほんまはそのサッカー選手のほうが本命やったと聞きました」

「そこまでは知りません。高校を卒業してからは、美世ちゃんとあまり交流はなかったのですから」

紀佐子は気色《けしき》ばんだように言った。

「他に、交際男性はいやはったんでしょうか」

「それも知らないです。高校時代の彼女はチヤホヤされることが多くて、恋多き女のタイプだったとは思いますけど……あの、もういいですか。あまり持ち場を離れるわけにはいかないんです」

「どうもすんまへんでした」

紀佐子が勤めるスーパーマーケットをあとにした安治川は、三重県警に連絡を取った。かつて三重県警からの依頼で、大阪にある親戚宅を張り込んで、頼ってやってきた指名手配犯を逮捕して引き渡したことがあった。

「ああ。安治川さん、御無沙汰しています」

そのときに引き渡しのためにやってきた若手の刑事の一人が、大曽根雄二《おおそねゆうじ》だった。律儀な彼は毎年欠かさず年賀状を送ってくれる。去年から刑事部の総務課長補佐になっていた。

「課長補佐はんに御栄転やな」

「いえいえ、地方警察ですから、たいしたポストではありませんよ」

「少し訊きたいことがあるんや」

安治川は、祥一が大台ヶ原の渓谷に転落したと思われる崖上の足跡鑑識の結果が知りたいと伝えた。祥一の身元確認にやってきた人物とその様子も教えてほしいと頼んだ。

「居合わせた現場の捜査員に訊いてから、折り返し連絡をしますね。あの事件は、拍子《ひょうし》抜《ぬ》けというか竜頭《りゅうとう》蛇尾《だび》というか、コロシだと意気込んだのに自殺で終わりましたね。尾鷲のホームセンターで女房が毛布やスコップを買っている映像が見つかったときは、刑事たちから拍手も出たと聞きましたが」

「映っていたのは彼女一人だけでしたか」

「他にいたなら、当然捜査対象にしていたはずです」

「遺書の写しは、府警から送られてきましたね」

「ええ。それはすぐに届きました」

「死体遺棄罪の捜査のほうは、進んでいますか」

「いや、それはあまり……たしかに遺体は三重県内で見つかっていますが、遺棄したという女房は大阪府民ですし、自白の手紙も府警の警察署宛てに出されていますので

……安治川さんは、今はどこの所属なんですか」

「定年退職をしまして、新設の消息対応室という小さな部署におります。仕事内容は地味ですねけど、現役時代に気づかなかった重要性も感じていますのや」

「気づかなかった重要性、ですか」

「御承知のように、殺人事件の件数は年々減少傾向にあり、未遂《みすい》を含めてもここ数年は全国で年間千件から千二百件という程度です。諸外国と比べてずいぶん少なくて、昭和二十年代のピークの時期と比較しても三分の一くらいになっとります。そやけど、その数字はあくまでも認知件数ですのや。すなわち、警察が把握《はあく》してへん事件は入っとりません。一方では行方不明者は年間八〜九万件もあります。その中には、こっそり殺されて行方不明のまま表に出てへんケースが何件か、いや何十件かあるかもしれまへんのや」

「ありえることとですね。隠された殺人というのが行方不明になっていることは、あってもおかしくないです」

「せやから、行方不明案件の調査にもっと力を入れるべきやと思います」

3

安治川はその足で、池之上の店の工事をした内装業者の松野正彦と会った。松野正彦工務店の所在地はiタウンページで知ることができた。

「別の刑事さんにも話しましたが、池之上の奥さんは、『夫の行方がわからないのですが知らないですか』と訪ねてきはりました。間違いないです」

「間違いないかどうかを確認したいんやないんです。そのときの様子が知りたいんですのや」

「様子ですか」

「夫が突然いいひんようになったら、あわてますよね」

「ええ。あまり落ち着きのない感じでしたね。言い直しもしはりました。『行方がわからなくて』を『行く末がわからなくて』といった間違いです。無理もないですよね。急なことなんですから」

「どう答えはったのですか」

「まったく心当たりがないので、そうしか答えられませんでした。開店した直後には、手直しのために三、四度伺《うかが》いましたが、それ以降は関わりがないです。池之上さんのお店もお客さんが少なくて大変でしょうが、飲食店の内装を扱っているわれわれも青息吐息《あおいきといき》です。新装開店件数はぐっと減りまして、暇な毎日です」

松野に礼を言って外に出た安治川は、訪ねる前に持っていた疑問が膨らむのを感じた。あわてて夫の行方を確かめるなら、出向いて訊くよりも電話のほうが手っ取り早い。しかも最近は、頻繁《ひんぱん》に会っている相手でもない。同じ堺市内とはいえ、美世のマンションから松野の工務店までは六キロほど離れている。

安治川は、美世の実家に建つ隣家のインターホンを押した。隣家は、美世の実家よりも二回りほど大きい。前庭も広い。トイプードルを抱いた五十代くらいの小太りの主婦が門扉を開けて出てきた。警察の人間を邸宅に上げてくれる富裕層は少ない。

安治川は小声で、美世と顔を合わせたときの様子を確認した。

「ええ。間違いなく、実家を訪ねてきたという美世さんと会いましたよ。『こんにちは』『久しぶりね。元気にしてる』という言葉を交わしました。別の刑事さんに証言したとおりです。日付も時刻も間違っていませんわ」

彼女は面倒くさそうに答えた。

「そのときの様子はどないでしたか」

「どないと言われても、とりたててどうということないわ。ときどき実家には帰ってはったようですし、変わりはなかったわよ」

「どこで顔を合わせはりましたんや」

「すぐそこのT字路よ」

「買い物か何かで出かけはるとこやったんでっか」

「この子のお散歩よ」

腕の中のトイプードルをあやす。

「散歩は、毎日ですな」

「ええ」

「時間帯は決めてはるのですか」

「雨でなければ、お昼前よ。戻ってきてから、ランチにしているわ」

それだと美世と出会ったのは、まったくの偶然とは言えないかもしれない。もし美世が隣家の主婦の生活習慣を知っていたなら、T字路の先で待ち構えている芸当も可能なのではないだろうか。

4

安治川のスマホに三重県警の大曽根からの電話が入った。

「鑑識結果ですが、現場は岩場なのでとても断定はできないですが、池之上祥一以外の足跡は検出されなかったそうです。それから遺体確認には、尾鷲に住む父親がひどく不機嫌そうな顔でやって来たそうです。『最後まで迷惑かけやがって』と愚痴《ぐち》っていたということでした。あれでは池之上祥一は大台ヶ原まで足を運んだけれど、実家に立ち寄る気は起きなかったでしょうね」

「おおきに、ありがとうございました」

安治川は、これまでのことを整理してみた。

池之上祥一が店の経営と今後に展望が持てず、美世やその実家からの足枷にも苦しみ、これまでの自身の人生に嫌気がさしていたことは確かであろう。自筆の遺書があり、自殺であることは動かしがたい。

だが、美世のほうの手紙は手書きではなく、パソコンで打たれたものだった。しかも美世が自宅に持っていたパソコンから印字されたものではなかった。こちらは何者かによる偽造の可能性が出てきた。

保険金が欲しくて遺体を隠したという動機はありえることであり、池之上祥一の死が自殺であって事件性がないということがわかったので、泉州署や府警本部はパソコンの機種まで精査《せいさ》していない。

しかし、美世の書いたものが偽造なら、「ほとぼりが冷めて静かになるまで、私は姿を消します」という一文も鵜呑《うの》みにはできない。

そして美世がアリバイをなるべくはっきりさせようと動いている不審点もあった。

安治川のスマホにまた着信が入った。芝からだった。

「休暇を取って、どこにいるんだね」

「あ、いや」

「パソコンのメーカーのかたから消息対応室に電話が入った。印字体について安治川さんから質問があった件で、詳しい資料を送りたいのでFAX番号を教えてほしいと」

照会した際に、信用して協力してもらえるように、消息対応室に所属していることは話していた。

「出勤してからの休暇願など変だよ。自宅所用のため、という理由も作為《さくい》がありありだ」

「えらいすんません」

「しかし、安治川さんの慧眼《けいがん》には恐れ入った。パソコンの印字体のことまで気が回らなかった」

「ないのだろうか」

「はあ」

「美世さんの御両親は、美世さんの行方不明者届を出していないのだろうか」

「ええ。母親は『自分から姿を消したうえに、祥一さんの遺体を隠すことまでしていたから、行方不明者届を出しても警察は動いてくれないのではないですか』と言うてました」

「それなら、うちに出してもらおうじゃないか」

「ええんですか」

「間違って提出されたので、一応うちで調べることにした、という体裁《ていさい》にしてみよう。苦言《くげん》を呈されるのは確実だが、安治川さん一人が動くよりは三人のほうが効率的だ」

「室長や新月さんを巻き込むのは……」

「もう巻き込まれているよ。出勤してからの休暇願を出されて」

芝は電話の向こうで軽く笑った。

「あ、せや」

「どうしたんだね」

「室長に感謝します。ヒントをもらいました。出勤してからの休暇願って、やはりおかしいですよね」

「今さら何だね」

「池之上祥一の遺書は本物ですやろけど、出されたタイミングがおかしいんです」

第四節

1

安治川は三重県に出向いた。県警の大曽根に頼んで、池之上祥一の死亡推定日とその翌日のホームセンターの映像をダビングしてもらうように頼んだ。

そのあと三瀬谷駅に足を運んだ。池之上祥一と思われる男が沈んだ表情で駅前からタクシーに一人で乗車して大台ヶ原の麓へと向かった。そのことは間違いないであろう。

遺書があったこともあって、池之上は自殺という結論となった。ゆえに、それ以上の捜査がなされなかったことは否めない。

安治川は、他に目撃者がいないか粘り強く探した。そして別のタクシー運転手から、収穫を得た。その運転手は池之上の死亡推定日に駅前で客待ちをしていて、三十代くらいの男が前で客待ちしていたタクシーに乗り込むのを見ていた。そのとき同年代の女性が少し離れたところでそのタクシーをそっと見送っており、女性が自分のタクシーに乗ってくれるのではないかと期待したが乗らなかったことを記憶していた。客待ちをしているタクシーは、次に誰か乗ってくれないかと周囲に注意を払うが、乗せたほうの運転手は行き先を聞くことや発進することなどに気を取られていることが多い。

新月は、美世が卒業した高校へ向かい、同級生たちの住所を尋ねたあと、聞き取りに回った。

芝は、見習いシェフをしていた畑靖史が転職した道頓堀近くにある大手チェーン店を訪ねて、彼が急に退職したことを知った。

少しずつだが輪郭《りんかく》が見えてきた。

畑靖史は、港区の海遊館《かいゆうかん》に近い創作料理店に転職していた。

安治川は、その店から仕事を終えて出てくる畑を待った。

「お疲れはんでした。少し話につきおうてくださいな」

安治川の登場に、畑は驚いた様子だった。

「何の話ですか？」

「まあ、ちょっとだけ歩きまひょ」

安治川は海遊館から歩いて約五分の天保山《てんぽうざん》公園に足を運んだ。江戸時代の天保年間に近くの川の堆積土砂《たいせきどしゃ》をさらって積み上げた築山《つきやま》だ。当時は二十メートルほどの高さがあったが、現在の標高は四・五メートルで、大阪市のホームページでは日本一の低《てい》山《ざん》とされている。

「この横を流れとる川が、安治川です。その堆積土砂でできた山がここですのや。わしと同じ名前の川やったんで、小学生のときに自由研究のテーマにしたことがおました」

「そんな話ですか」

畑は鼻白《はなじろ》んだ。

「地名のことはどうでもよろしいのやけど、人間ていうもんは関心があることは知りたいと思いますな。最近のわしが知りたかったんは、池之上美世はんのことでした」

安治川はベンチに腰を下ろして、畑にも座るように促した。

「美世はんに最初に会うたんは、消息対応室に来はったときです。『落ち着いてなんかいられません。夫の行方を捜索してください』と手にしたハンカチを握りしめはりました。けど、いろんな状況からして、事件性のない自発的な失踪という可能性が高いと思えました。そのあと家の中から血染めのタオルが見つかりました。そして銀行の貸金庫に大台ヶ原の地図が入ってました。その地図の△印が付いた洞窟で夫の祥一はんの遺体が見つかりました。いっきに事件性が出てきました。美世はんは消息を絶ち、そのあと祥一はんの遺書とともに、美世はんの名前で差し出された手紙が警察に届きました。それによって、祥一はんは自殺をして、美世はんは保険金目的で祥一はんの遺体を隠したものの計画を貫くことはできないと観念した、という見《み》立《た》てになりました」

安治川は、天保山のある港区築港《ちっこう》とユニバーサル・スタジオ・ジャパンのある此花区桜島《さくらじま》を結んで架かる天保山大橋を見上げた。

「コロナで経済的にも精神的にも打撃を受けていたんは、祥一はんだけやのうて美世はんも同じやと思えました。親の反対を押し切って結婚したものの、夢はしぼんでしまいました。彼女もまた精神的に追い詰められていました。祥一はんはそんな美世はんを見て、責任を感じるとともに自棄《やけ》にもなっていたと思えます。そんな二人の架け橋の役割をする人物がいたのやないですやろか。その人物は、一方では祥一はんに

『自殺をすれば楽になれるうえに、生命保険金で義父への返済ができる』と説得しました。その一方で美世はんに祥一はんの自死を知らせるとともに、保険金を得るには約款からして五ヵ月ほど足りないから遺体を隠す必要があると説得しました。そうやって池之上夫婦の橋渡し役をしたわけです。まずは祥一はんを自殺に向かわせたあと、美世はんを操《あやつ》ったわけです」

畑は黙って聞いているが、その表情は硬い。

「その人物の意図が、わしにはようわかりませんでした。利益や地位を得るためというのが犯行動機としては多いんですけど、今回はちゃいます。祥一はんの遺体が五ヵ月後にうまいこと出てきたら、生命保険金は美世はんが丸々手にします。得をするという観点だけからしたら、美世はんになります。せやけど、犯罪の動機というのは、損得だけやないんです。愛憎もあれば、復讐《ふくしゅう》もあれば、嫉妬《しっと》もあります。他にも様々な動機の犯罪がありますのや」

「もう少し要点を言ってもらえますか。仕事を終えて帰るところです。疲れてもいます」

苛立《いらだ》ちを含んだ声を畑は出した。

「すまんことです。けど、もう少しだけお願いします。今回の事件のポイントは、犯人の気持ちの変節やったとわしは考えとります。自殺に向かわせるという行為は成功する確率のほうが低いでしょう。けど、うまくいったのです。それで図に乗ってしもうて、第二幕を開けることにしたんです。祥一はんは自殺やのうて他殺やということにして、その罪を美世はんに着せようとしたのが第二幕です。そやけど殺人事件となったら、警察は全力で捜査をします。そのことで、犯人は自分の身にも捜査の手がのびたら大変やと感じました。それで祥一はんが自殺したという決定的証拠である遺書を出すことで、事件の重要性を消すとともに、美世はんを失踪したことにしました。これが第三幕ですのや」

自殺に向かわせるという行為の犯罪性は微妙だ。自殺それ自体は犯罪ではない。そそのかして自殺をさせたときは自殺教唆罪《じさつきょうさざい》となるという条文は刑法に置かれているが、処罰された実例はあまりない。自殺した人間は死んでしまっているのだから、そそのかしたかどうかの立証が容易《ようい》ではないからだ。

「よくわからない想像話には、つき合ってられませんよ」

畑は腰を浮かしかけた。

「いえ、わかってはると思いまっせ。ここを早いとこ離れて、八木紀佐子はんに電話しようと思うてはるんでっしゃろ。今の店に雇われたあと、近くのマンションに引っ越して同棲を始めはりましたな。いっしょに鹿児島に旅行しはったんも摑んどります」

「旅行しようと、同棲しようと自由じゃないですか。お互い独身だから問題はないでしょうや」

「それはそのとおりです。けど、いっしょに犯罪をしてはったなら問題なしというわけにはいきまへん」

「祥一さんが自殺したときは、前の店で仕事していましたよ。三重県まで行くことなんかできません」

「現場に行ったとまでは言うてしません。アシストというのはいろんな形でできます」

良美が、小柄な三十代女性を伴って現われた。

「八木紀佐子さんそして美世さんと高校時代で同じクラスだった小原里依《おばらりえ》さんです。あなたが御存知ないかもしれない二人の関係性について、話してくれます」

小原里依はちょこんと頭を下げた。

「うまくお話しできるかどうかはわかりませんけれど……あたしたちの通っていた高校は、わりと校則が緩《ゆる》かったです。美世さんは家が裕福なのでいろいろお洒落《しゃれ》なものを持ってきてはりました。性格的にも華やかなところがあって、地味でおとなしい紀佐子さんは仲良くしてはりましたけど対等の関係ではなく、おさがりもたくさんもってはったと思います。太陽と月と喩《たと》えればいいでしょうか。悪く言えば、お姫様と家来《けらい》かもしれません。でもそんな二人は、卒業を前にして仲違《なかたが》いしました。原因は紀佐子さんが三年生の夏になってからひそかに交際していた男子生徒が、美世さんに乗り換えたことです。形としては美世さんが横取りしたことになります」

「川手健吾君のことですな?」

安治川は確認した。安治川が会ったとき、紀佐子は川手のことに詳しかった。バイパス道路をバイクで走っていて水銀灯にぶつかって死亡したことや、美世が「急だけど、短時間だけでも会いたい。お願い」と強引に呼び出したために門限までに帰ろうとして急いだのが原因だと話した。そして「あれは、美世さんが悪いんです」とも言った。

「はい、川手君です。美世さんは美人だから、カレシには不自由しなかったです。二股をかけている噂もありました。それに対して紀佐子さんは一途《いちず》だったんですよね。好きになったら尽くす女性でした」

そう話す小原里依を、畑靖史は座ったまま見上げている。

「美世さんは大学に進学して、紀佐子さんは家庭の事情で就職しました。高校を卒業してからのことはよく知りませんけれど、川手君が亡くなったときに、紀佐子さんは葬儀に来てはったけど、美世さんの姿はありませんでした。そのとき紀佐子さんは、美世さんとは絶縁《ぜつえん》状態だと話してはりました。本当かどうかはわかりませんけど」

「本当のことです」

畑がつぶやくように言葉を挟んだ。

「詳しく話してくれはりませんか」

安治川が畑に水を向ける。

「紀佐子さんは、病気になった親の治療費を稼ぐために就職した繊維会社での勤務が終わったあと、アルバイトで弁当工場で働いていたんです。会社にバレないように表に出なくていい副業をしたわけです。そこでやはり夜間アルバイトに来ていた調理師学校生だった池之上祥一さんと知り合いました。祥一さんが美世さんの支援で調理師学校に通っていることを知って、紀佐子さんは因縁《いんねん》に驚きました。そのあと祥一さんは義父の口利きで星付きレストランに就職して、急かされるようにして独立することになりました。開業に先立って、祥一さんはホームページを開設して、店の宣伝をするとともにホール係の募集をしました。紀佐子さんは病気が重くなった親を看取《みと》るために繊維会社を退職していたのですが、その介護生活も終わって新しい仕事を探していました。ホームページを見た紀佐子さんは、祥一さんに連絡を取りました。美世さんは、面接にやってきた紀佐子さんをパートタイマーという形で採用しました。かつての子分なら、こき使えると考えたようです」

畑が話し終えると、安治川は良美にアイコンタクトを送った。良美は、小原里依に丁寧に頭を下げながら、ともにこの場を離れた。

「畑はん。あんたは、前に説明してくれたように、開業に伴うアルバイトシェフの求人募集が調理師学校に来ていて、応募しはったんやな」

「そうです。祥一さんの調理の腕は尊敬できました。調理師学校卒業後はアルバイトから本雇いにもしてもらいました。だけど自分は、美世さんとはソリが合わなかったです。その愚痴を紀佐子さんに聞いてもらうようになりました」

「店の人間関係はだいぶわかりました。それで、事件のことでっけど」

「だから、やってませんよ。祥一さんは自殺ではないと言いたいんですか」

少し柔らかさを帯びていた畑の表情が、再び硬くなった。

「いえ、彼は自殺やったという結論に異議はあらしません。美世はんが死体を隠したのも事実ですやろ。問題は、美世はんの行方です。わしらは行方不明者を扱うセクションですよって」

「知りませんよ。美世さんが行方不明になったとき、僕と紀佐子さんは鹿児島にいたんですからアリバイがあります」

「あんたらが鹿児島にいやはった間に美世はんが行方不明になった、となんで断言でけるのですか。美世はんが消息を絶った日がわかってはるのですか？」

「いや、それは」

畑は言葉に詰まった。

「アリバイを考えての鹿児島行きやったと思います。けど、アリバイというのは犯行日時がはっきりしとって初めて、成立するもんです。行方不明にしてしもうたなら、遺体発見が遅れて死亡日時がどんどん幅を持ってきよります。せっかく美世さんを鹿児島まで呼んで殺害することで、あんたらのアリバイを作ったけども、時間が経過してしもうて意味はなくなったんとちゃいますか」

「…………」

畑は黙った。

2

芝が運転する車は、天保山公園の近くに停まっていた。安治川と畑の会話の様子は、安治川が付けたマイクを通じて車内に流れていた。

「もうこれ以上、畑君をイジメないで」

助手席に座らされた八木紀佐子は、芝に訴えた。

「イジメているつもりはありませんよ」

畑の沈黙は続いている。

「野暮《やぼ》な質問をしますけど、彼のことを愛していますか」

「あたしがこれまでの人生で好きになったのは、二人だけです。川手君と畑君です。畑君の場合は、年下ということもあって最初は意識していなかったのですけど」

「きっかけはあったのですか」

「開業してしばらくは店は順調でしたけれど、コロナ禍になったことで躓《つまず》いた美世はストレスを解消したいとばかりに、畑君にちょっかいを出してきたんです。彼はあまり社会経験も女性経験もなくて、つい受け入れてしまいました。でも畑君は純真過ぎて、すぐに悩みました。畑君は『祥一さんに申し訳ないから、店を辞めるべきですよね』と、先に退店したあたしに相談してきました。あたしは、自分と川手君のことを打ち明けました。美世は川手君の死を悼む気持ちも、責任を感じる負い目も何も持っていませんでした。だからあたしを平気で雇い入れ、高校のときと同じように顎《あご》で使っていたのです。あたしが何か復讐のネタが見つかれば、という思いもあってパートタイマーに応募したことなど毫《ごう》も気づいていませんでした。あたしは『辞めなくていいのよ』と畑君に諭すように言いました。あたしには弟はいませんが、まるで弟ができた思いでした。それがだんだんと弟ではなく、恋人になっていきました。彼の純真さに惹《ひ》かれたからかもしれません」

「美世さんに対する被害者同盟といった部分はなかったですか」

「初めのうちはそれもあったと思います。でも今はそんなのじゃありません。さっきの質問に答えますね……彼のことを愛しています」

「祥一さんのほうは、弁当工場で知り合ったころから、あなたに好感を持っていたのじゃありませんか。単なる男女間の好感だけではなく、親のためにかいがいしく昼夜働く姿勢へのリスペクトが入っていたと思います。もちろん美世さんという存在がありましたから、真面目な彼は好意を口には出さなかったと思います。そういうことがあったから、あなたが応募してきたときは以前からの知り合いであることは美世さんには話さずにすぐに採用しようとしたし、あなたの言葉に導かれるようにして自死による解放の道を選んだのではありませんか」

「そこまではわかりません。でも言えるのは、あたしは今も昔も、既婚者はもちろんのこと恋人や婚約者がいる異性は恋愛の対象外ということです。それだけに、交際中の男性をゲーム感覚で奪い取るような女性は許せません。同時進行で複数の異性を愛する女性はもっと理解できません」

美世はまさにそういう女性であった。

「若い畑君をあなたの復讐に巻き込んでしまったことに、うしろめたさはありませんか」

「正直なところ、それはあります」

「もう観念なさったほうがよろしいですよ。尾鷲のホームセンターに、美世さんが借りたレンタカーが停まっていましたが、離れたところにあなたの車があったのを確認できました。『先に行ってくださいな。すぐに追いかけます』とでも言って、あえて美世さんの単独行動だという外形を作ろうとしたのでしょう。そして祥一さんが亡くなった日にも、あなたの車は三重県を走っていたことも、掴みました。自殺するようにそのかしただけでなく、祥一さんを三瀬谷駅前まで車で送って、タクシーに乗せて大台ヶ原へと向かわせましたね。別のタクシーの運転手が、三十代くらいの女性が見送っていたことを証言しています」

「そこまで調べたのですか。警察がそんなに慧眼だとは想像していませんでした」

「事件性があるとわかったなら、警察はとことん調べます。捜査圏外にいるときとは違うんです。こざかしいことはもうやめて、素直に認めたほうがいいですよ。われわれは警察官なので、自首扱いにはできませんが、情状酌量《じょうじょうしゃくりょう》は裁判で考慮されると思います」

「そのあとのことも警察は摑んでいるのですね」

「推測はできています。あなたは自分の車で祥一さんの乗ったタクシーを追いかけて、自殺を見届けました。血染めのタオルは、そのときに得ましたね。祥一さんが書いた遺書をあなたは預かっていました。当初は、美世さんに殺人の嫌疑を掛ける計画でしたから、それを表に出すことはしません。その一方で美世さんにそっと近づいてあくまでも忠実な子分を演じて、生命保険金を得ようと持ちかけて、遺体を隠す工作を説得します」

「美世があんなに頼ってくるとは思わなかった。美人だということで偉そうにしていたけれど、結局は一人では何もできないのよ。まさか高校のときの下女が裏切るとはお姫様は思ってもいなかったのね」

紀佐子は吐き捨てるような口調で続けた。

「店の経営は全然うまくいっていなかった。コロナの影響もあるけれど、独立は早過ぎた。お金を掛けた内装費のローンもあった。両親にはいいことしか言っていないけど、火の車以上の状態だった。そのうえ彼女自身の浪費癖が油を注いでいた。自宅マンションも抵当に入っていた。貸金庫にあった五十万円は、担保にしたマンションが競売されたときの非常用生活資金だったのよ。世間知らずのお姫様はそんな内実もあたしに話した。両親の遺産なんて、まだまだ先にならないと入らない。だから生命保険金は喉から手が出るほど欲しかった。下女が立てたアイデアに、夫の死で動転したお姫様はあっさりと乗っかった。小気味良かったわ」

「大台ヶ原の地図が貸金庫から出てきました。隠した洞窟に印を付けて」

「洞窟から遺体を出すときに場所がわからなくなっては元も子もない、とお姫様を説得して、印を付けさせたうえで、たとえ自宅や店が家宅捜索を受けても出てこない貸金庫にしまうように説得した。お姫様の名をかたって書いた手紙には、祥一さんが大好きだった絶景ポイントに『私も結婚前に三回も連れて行かれました。スキーができない山はあまり好きではないのですが、あそこは別格でした』とそれらしく書いたけれど、本当は麓まで一度行ったけど『山歩きなんて嫌いよ』と写真を撮っただけで引き返したそうよ。祥一さんは畑君を連れて二度足を運び、あたしはその畑君と一緒に登ったことがあった」

「祥一さんを自殺に向かわせることに、痛みはなかったのですか」

「もちろん迷いがなかったわけではない。でも、こういう言いかたをしてはなんだけど、祥一さんを解放してあげたつもりよ。彼はわがままなお姫様のせいで、いろんなものを抱えて喘《あえ》いでいた。この先、いいことなんかなかったわ」

「それは、あなたが断定できることではありません」

「…………」

「美世さんを苦しませるのが大きな目的だったのですね」

「天罰を受けるべき女だから、殺人犯として疑われるところが見たかった。夫を殺して自分も自殺した、という悲劇をそのあと背負わせたかった。だから美世が持っていた鍵を使ってマンションに入って、血染めのタオルを置いたのよ」

「どうしてそのシナリオを変更して、祥一さんが書いてあなたが預かった遺書を泉州署に送ったのですか」

「警察の捜査が思ったよりも苛烈《かれつ》だった。祥一さんが自殺ということがはっきりしたら、美世は単なる失踪者となって捜査は終了すると考えたからよ」

紀佐子は、重そうに吐息をついた。

「もうすべてを認めるわ。だから畑君を追及しないで。彼は、あたしに指示されて一部に加担しただけだから」

観念した紀佐子は畑をかばった。

3

「安治川さんも新月君も、お疲れさんでした。『消息対応室はあまりスタンドプレーに走らないように』というお小言《こごと》はもらったけど、それ以上のお叱りはなかったよ」

八木紀佐子と畑靖史の身柄《みがら》を待機していた泉州署員に引き渡して、三人は消息対応室に戻った。

「府警のエライさんは、褒《ほ》めてくれないんですね。まだまだ倉庫の二階からは出られそうにないですね」

良美は不満そうに頬を膨らませた。

「警察も、縦割りの行政組織の一つだからしかたがないよ」

　芝はなだめるように言った。

「わしらは上から評価されるために動いたんやないがな。真相が明らかにでけたのが、何よりの褒美《ほうび》や」

　八木紀佐子の供述どおりに、宮崎県境に近い鹿児島の山中に埋められていた池之上美世の遺体が出てきた。鹿児島は川手健吾の父祖《ふそ》の地であり、彼と交際していた時期に紀佐子は一度いっしょに訪れたことがあった。

「八木容疑者には同情すべき余地はある。川手健吾は働きながらJリーガーを目指していたが、なかなか両立は難しい。仕事をしていたなら練習時間は取れない。若いうちが勝負だから焦る。そんな川手に経済支援を持ちかけて近づいたのが、美世だったということだ。おまけに川手が入団を憧れていたJリーグのクラブのオフィシャルスポンサーに父親の銀行がなっているから口利きしてもらえるとも持ちかけたようだ」

「そんなことでなびいてカノジョを乗り換えるなんて、感心しませんね」

　良美は眉を寄せた。

「八木容疑者にとっては、初めてつき合った恋人だっただけにショックは大きかったんだろうな。そして彼の死の原因を作ってしまったのに、葬儀にも来なかった美世に悪感情を抱いた。もちろん、高校時代に家来のような扱いを受けていたことも蓄積していたと思う。お姫様としては、家来の恋人を横取りしても別に何とも思わなかったのだろう。恨む気持ちはわかるが、それから何年もして復讐に走るという執念深さがちょっと理解できないな」

「うちには、それは理解でけます。女の心に棲《す》み着いた小さな鬼は、だんだんと大きくなっていくことがあります。祥一さんが亡くなってしまった今では、確かめようがありませんが、祥一さんが調理師学校時代にアルバイトをしていたときに接点があった紀佐子さんは、祥一さんが美世さんとつき合っていることを知り、祥一さんと繋がりを持ったうえで彼が独立開業したときに雇ってもらえるように働きかけたのではないでしょうか。ホームページに載った求人を見て応募したなんて、タイミングが良過ぎます」

「わしは、畑靖史という八木紀佐子がようやく出会えた二人目の愛する相手に、美世がちょっかいを出したことが、その心の鬼を動かす原因になったんやと思うとります。川手健吾のように再び潰《つぶ》されるのはかなわへんと」

「そういう見方もできるな、だが、犯罪に至《いた》った事情の評価は、裁判官や裁判員の仕事だ。われわれが関与すべきものではない」

「そうですな。ただ、何歳になっても思うのは、人間は単純なようで複雑な動物で、複雑なようで単純な動物やということです」

安治川は、船岡隆明・喬子夫妻から出してもらった行方不明者届を手にした。たった一枚の紙切れだが、実にさまざまなものが詰まった重いものであった。

全国で毎年新しく八～九万枚も出される行方不明者届の中にも、今回以上の重さと複雑さが潜んだ事件が混じっているかもしれない。

安治川はあらためて自分の仕事への責任を感じることになった。

この作品は徳間文庫のために書下されました。

なお本作品はフィクションであり、実在の人物・組織・団体等とは一切関係がありません。

徳間文庫

再雇用警察官《さいこようけいさつかん》

0の構図

2022年4月15日　初刷

著者　姉《あね》小《こう》路《じ》祐《ゆう》

発行者　小宮英行

発行所　株式会社徳間書店

東京都品川区上大崎三－一－一　〒141－8202
目黒セントラルスクエア

電話　編集〇三(五四〇三)四三四九
販売〇四九(二九三)五五二一

振替　〇〇一四〇－〇－四四三九二

印刷
製本　大日本印刷株式会社

ISBN978-4-19-894730-9　(乱丁、落丁本はお取りかえいたします)

徳間文庫の好評既刊

姉小路 祐

再雇用警察官 いぶし銀

書下し

一所懸命生きて、人生を重ねる。それは尊くも虚《むな》しいものなのか。定年後、雇用延長警察官としてもうひと踏ん張りする安治川《あじがわ》信繁《のぶしげ》は、自分の境遇に照らし合わせて、そんな感慨に浸っていた。歳の離れた若い婚約者が失踪した——高校時代の先輩の依頼。結婚詐欺《さぎ》を疑った安治川だったが、思いもよらぬ連続殺人事件へと発展。鉄壁のアリバイを崩しにかかる安治川。背景に浮かぶ人生の悲哀……。

徳間文庫の好評既刊

安達 瑶

降格警視

ざっかけないが他人を放っておけない、そんな小舅《こじゅうと》ばかりが住む典型的な東京の下町に舞い降りたツルならぬ、警察庁の超エリート警視（だった）錦戸准《にしきどじゅん》。墨井《すみい》署生活安全課課長として手腕を奮うが、いつか返り咲こうと虎視眈々《こしたんたん》。ローカルとはいえ、薬物事犯や所轄《しょかつ》内部の不正を着々と解決。そしていま目の前に不可解な一家皆殺し事件が立ちはだかる。わけあり左遷《させん》エリートの妄想《もうそう》気味推理炸裂！